岛上的女儿们

[美]珍妮·梅拉米德——著
梁卿——译

Gather the Daughters

Jennie Melamed

献给我伟大、神奇、别具天才的父母

楔　子

瓦妮莎梦见自己是个成年人，拖着沉重的身子，心力交瘁。她的两个轻灵优雅的女儿在海岸边雀跃嬉戏，她在沙滩尽头的草地上望着她们。她们飘飞的裙裾呈白垩色，像苹果的果肉，又像风吹日晒后泛白的石头。渐渐炽热起来的阳光在水面上碎裂，亮晶晶的碎片在细细的波纹上荡漾，宛如破损闪烁的电影胶片。一个女儿停下脚步，回转身，使劲向她挥手。瓦妮莎也满心疼惜地向她挥了挥手。两个女儿抓着彼此的胳膊，蹦跳旋转，她们叫啊，笑啊，最后双双倒在沙滩上。

她们站了起来，两颗脑袋凑在一起商量了一下，然后提起裙子下到海里。*别走太远了！*瓦妮莎喊了一声，她们假装没听见。她们像笨拙的苍鹭一样，一边叉着腿往前走，把裙边都沾湿了，一边仔细瞅着水里的鱼虫虾蟹。小女儿转过身来，叫道：我们要去游泳，妈妈！

你们不能去游泳！瓦妮莎抓狂地嚷道。她们没有理会，而是纵身扑到水中划了起来，蹬着修长的双腿，手臂拍打着水面。很快，乘着一股强劲的水流，她们的身影越变越小。瓦妮莎想跑到海岸边，可是她的双脚却像生了根似的牢牢扎在地上，一动也不能动，两条腿就像枯死的树桩，完全没有知觉。她张开嘴巴，想喊她们回来，可是，她非但没有催促两个女儿赶快上岸，还身不由已地大喊：*快游！离开这里。快走，快！*太阳不见了，大海顿时一片昏黑，海水翻滚咆哮着，她们可爱的脸蛋缩成了两个小点。瓦妮莎双拳紧握，闭着眼睛，大叫起来。*再也别回来了！要是回来，我就杀了你们！我发誓我会把你们俩都杀了！*两个女儿消失在天边，瓦妮莎双手捂着脸，哭了起来。

贼，一句耳语仿佛从四面八方响起，在她的胸腔轰鸣哀叫。*亵渎神灵的罪人。*地面变得松软，穿过茫茫一片黑色黏液，她掉入下方暗无天日的黑色烈焰中。她的骨骼像枯枝一样咔嚓作响。她猛地旋转已经折断的脖颈上的头颅，看见两个女儿在她旁边抽搐打滚，她们纤细笔直的双腿弯折碎裂，白裙子被火焰吞噬。

这时候爸爸出现了。他摇了摇她，把她搂住。“瓦妮莎，放松，”发觉她浑身打颤，呜呜咽咽，他说，“只是做梦罢了。”她松开拳头，借着黎明的清辉，看到她的掌心留下几道又小又暗的月牙形掐痕。

“你梦到了什么？”爸爸睡眼惺忪地问。

“我不记得了。”她回答说。虽然这个梦多少次反复纠缠，在她的脑海中狰狞地盘旋弥漫，她每次都要喘着粗气、苦苦挣扎才能回到正常状态，但她却总是对爸爸说，她不记得了。她的直觉知道，不能把这件事随随便便透露给大人，就像送出一朵花或者一个拥抱。这个梦和它所包含的阴暗的亵神意味，是个可耻的秘密，像牙齿或者指甲那样结实牢固。爸爸吻了吻她汗湿的额头，含糊地咕哝几句，从来不曾对她刨根问底。

有时，在梦醒之后疲乏的早上，她端详着妈妈，好奇地想，如果她从妈妈身边游走，游向那片荒野，妈妈会喊些什么话。

目　录

春　天

夏　天

秋　天

春　天

第 1 章

瓦妮莎

冗长的拼写课结束了，亚伯拉罕先生此刻在讲浸泡和加工皮革的工艺。他东拉西扯地讲着浓缩尿技术，瓦妮莎小心谨慎地轻轻吸气，仿佛生怕染缸里加工皮革的酸臭味把她的肺灼伤似的。早春时节，空气中连续几周弥漫着半是醋半是麝香的味道，她已经打定主意，绝不要嫁给鞣皮匠，甚至绝不要住在鞣皮匠的住所附近。她睁着眼睛，脸上做出专心听讲的表情，思绪却飘进了夏天的白日梦。莱蒂把手伸到后背抓挠肩胛骨，趁机把一个纸团丢在她桌上，让瓦妮莎一个激灵回过神来。她用啃过的指甲把小纸团打开，上面写着：

你认为那是她的第一次吗?

半小时前，弗里达·约瑟夫在拼写“芜菁”时突然哭了起来。不是懊恼地掉眼泪，而是大声抽噎干嚎，好像喉咙挨了一拳似的。亚伯拉罕先生把她领出教室待了一会儿。他一定送她回了家，因为他回来时，她没有跟着回来。

弗里达的空座位很是醒目。前后左右的女生都小心地避免看它。木椅上有一块鲜艳的血渍，边缘不整齐，地上还有一滴正在凝固的暗红色血斑。大家都知道昨天那儿还没有。

瓦妮莎默默地沉浸在记忆中。莱蒂在座位上动来动去，终于回过头狐疑地看了她一眼。瓦妮莎有点烦，敷衍地冲她耸了耸肩膀。

莱蒂把头转了回去，在纸上撕了个小角。她用细细的炭笔在纸片上写了几个字，大大地伸了个懒腰，把它丢在瓦妮莎桌上。

瓦妮莎抓起纸条，在怀里展开，偷着看了看。炭笔字很模糊，她只能勉强认出几个字：多小孩子气啊。我第一次就没哭。

瓦妮莎忿忿地咬了咬舌头。她仔细从一沓纸中抽出一张，写道：撒谎。她探身向前，把纸条一丢，它像一只小黄蝴蝶落在莱蒂怀里。莱蒂委屈地瞥了瓦妮莎一眼，就一本正经对着亚伯拉罕先生，假装很专注的样子。瓦妮莎用手指绞着辫梢，希望自己在外面，在奔跑。

女孩们一律扎着辫子，光洁的发辫弯曲有致地搭在肩上，一到紧张激动时就摆弄辫子。这是个积习难改的小动作，等她们长大成人，把头发盘起，也还会徒然地在空中挥舞手指，努力回想少了什么东西。女孩们慌乱时喜欢用手指摆弄的另一样东西是裙边，她们的裙子很少有边缘整洁、针脚细密的。今天，她们穿着妈妈认为适合五月份的各种裙子，有的冷得发抖，有的热得冒汗。有几件裙子用浆果汁染成了粉色，有些用根茎染成黄色，还有些纯毛薄裙是没有染过的米黄色。裙子污迹斑斑，腋窝处发黑，还有吃饭时不小心沾上的饭菜渍。夏季是集中进行纺织和缝纫的时节，人们把裙子要么放大，要么放长，使劲搓洗后重复使用，或者转送给有小女孩的人家。大女孩常常穿着刚做的新裙子，小女孩总是裹着快要散架的肥大的旧衣服。

亚伯拉罕先生还在啾啾不休，瓦妮莎只盼能有足够的纸用来画画。但几位游侠前几年就做出决定，岛上应该自己造纸，不该依赖来自荒野的残余纸张。旋工约瑟先生一直在做实验，可是今年这批纸一塌糊涂，几乎一碰就破，碎成粉末。即使这样，他们也不愿浪费。鲍比·所罗门用一张纸画了一幅绵羊喷火的画，就挨了老师吉迪恩先生一顿鞭子，让他好几天走路都一瘸一拐的。

快到三点时，钟表似乎走慢了，时针和秒针蹑手蹑脚，步履蹒跚。瓦妮莎想知道，亚伯拉罕先生今天早上有没有记得给它上紧发条。它很精美，是用产自荒野的铜做的，满满当当的齿轮传动装置小巧之至，像一只微型的茶色甲虫，小得可以放在食指的指尖上。虽然索尔牧师喜欢大谈荒野上的罪恶和战争，瓦妮莎却不由地心想，既然那里的人们发明了这么神奇的玩意，看来他们还是做了些正确的事情。

去年，加布里埃尔·所罗门把几个零件带到学校，零件是他从当钟表匠的父亲那里偷来的，他父亲又是从游侠手中得到了那几样宝物。孩子们聚在一起，对荒野的产品连声赞叹，哀求摸一摸那几个亮晶晶的微缩模型。有时，瓦妮莎凝望着几颗星星，想象它们是坏了的钟表内部小小的链齿和传动装置，被人抛入了夜空。她希望爸爸是个钟表匠，虽然游侠的身份重要得多。*神圣的游侠在荒野上行走，却没有成为疾病的一分子。*索尔牧师常说这句话。瓦妮莎问过妈妈，牧师所说的疾病是什么病，妈妈不知道。她又问爸爸，爸爸给她讲了那场战争之后在荒野肆虐的各种疾病。但他不肯给她讲那场战争的情形；从未讲过。瓦妮莎使出各种小鸟依人的手段向爸爸提问——他喜欢她头脑聪明——却白费力气，他绝口不谈这件事。她在图书室也找不到线索。曾经发生过的一切肯定都写在书里，藏在什么地方，可是事实证明，她能找到的书都没什么帮助。

钟表终于走到了差五分三点。亚伯拉罕先生擦了擦教室前面的大石板，把教学留下的粉笔屑擦干净，孩子们自觉地站起来，低头致意，鼓掌。亚伯拉罕先生郑重地取下一本《经书》——在岛上写成的唯一著作。它是写在荒野纸上的手抄本，用最结实的皮革装订，但亚伯拉罕先生还是得用一根手指按着，防止松散的页码像枯死的圣叶飘落在地。

“我们浴罪恶之火而生，像绿枝在朽木上长出，”他念道，“辛勤劳作、大有可为的人们从匮乏的荒野走来。我们的先人从战火蹂躏的恐怖中走来，让我们免于伤害。”和大家一样，瓦妮莎也跟着他逐字逐句地朗读。“从那场灾难经过净化和粉碎的尘土中，信念绽放，新生开始。在先人的指引下，我们将沿着一条笔直的窄路成长壮大。啊，先人，前十位成圣者，请为了我们的缘故向上帝祈祷，拯救我们免于不洁。阿们。”

“阿们。”女孩们跟着念道。她们悄无声息地鱼贯走出房间，四下散开，脚后跟在木地板上吧嗒作响，仿佛有人把一把卵石抛在地上。女孩跟其他班级的孩子们混杂起来，一伙的男生穿着褴褛的短裤和长衬衫，小孩子们在前面开心地尖叫奔跑。萨拉·摩西挽住瓦妮莎的胳膊，两人一起跑下台阶，跑到潮湿的空气中。

“我敢打赌，很快就要下雨了。”萨拉说着抬头望了一眼迷蒙的天空。她的头发受潮卷曲，在脑袋上丝丝缕缕围了一圈。

“还不到六月呢，”瓦妮莎没好气地回答，“六月以前从来没有下过雨。”

“啄木鸟已经在树上打洞了，”萨拉欢快地说，“妈妈说那是个信号。汤姆一冬天都在削石头。”

瓦妮莎翻了翻眼睛。汤姆·摩西梦想制造武器，但是到目前为止，他做过的事情只是投掷石块，然后飞快地跑到一边，起哄。“他不是该帮你爸爸纺织吗？”她直言不讳地问萨拉。

“他帮忙干活了，”萨拉说，“我们今年冬天织了很多布。今年亚伦先生的毛线很好。过了夏天，我们会有成堆的布匹。他们从荒野带来的绵羊新品种真不错。有时候小羊羔身上还长着斑点呢。”

“我知道，”瓦妮莎回答说。斑点羊羔从羊妈妈肚子里出生时，大家都去看过。它们长大了，雨季还没到，那些斑点看上去就像溅满了泥巴。“这么说，毛线是褐色的？”

“偏黄褐色，”萨拉说，“不是泥土色，有点差别。”瓦妮莎若有所思地点点头，不知道当初几位游侠是把那些绵羊一只只赶到一处，还是偶然发现了满圈的绵羊。家畜新品种很稀罕，这次是运气好；岛上的羊羔得了一种未知的疾病，约一半的羊羔陆续死了，羊毛又脆又软已经好几年。

尽管天气潮热，瓦妮莎却很喜欢走路回家。乌鸫在树丛里唧唧啾啾，细高的草叶随着下方看不见的小动物一抖一抖；一只兔子蹦蹦跳跳地跑过，一只轻手轻脚的猎猫发出沙沙声。她避开一块块植被低矮的碧绿牧场，走在齐膝高的琥珀色草地上，听任草叶迅速掠过她的双腿。

回到家，妈妈做好了饼干。瓦妮莎三岁的弟弟本看样子好像已经吃了一整天。瓦妮莎觉得好笑，她伸手从他的金色卷发中拂去几块金黄色的饼干屑，得到一个奶腥气的笑脸作为回报。妈妈走过来，给她端来盛在陶盘里的两块蜂蜜玉米饼，还有盛在瓦妮莎心爱的漆器杯子里的新鲜牛奶。瓦妮莎专注地用一根手指搅拌牛奶，望着茶色的乳脂浮到表面。她把玉米饼在牛奶里蘸一下，仔细把附着在泡软的饼干上的乳脂舔得精光。

八年前，瓦妮莎五岁时，她的爷爷奶奶喝了绝命汁，他们一家住进这栋房子，把老房子留给了妈妈的妹妹。如同岛上的多数房屋，它几乎全部用荒野的木料建造，再用染工摩西先生的防水酊剂加以保护。房子本身造得坚固结实，亚当家的厨房在岛上更是首屈一指。爸爸喜欢修造，他刚把父母掩埋，就捣鼓起厨房来，添了特制的抽屉用来存放面粉或谷物，又在炉膛里加装了长短不等的金属杆，关上黏土门，房间里就不会烟雾弥漫。他在炉门边呈扇形铺了灰紫和淡紫色的石头，可以把食物放在靠近炉门的石头上保温。瓦妮莎记得妈妈在新厨房里走了一圈，目眩神迷，满脸笑意，好几次开心地看着爸爸，眼神饱含着瓦妮莎说不清楚的奇特渴念。

整座房子的点睛之笔是厨房的餐桌，也是用荒野的木料做的，但是散发出金黄、深红的光泽，斑斓夺目。爸爸一家已经把它传了几十年，留下了经年使用的斑痕：中间有一块烧灼过的黑斑，桌腿上的刮痕像金色的伤疤。为了保护它不再受到损坏，妈妈用一块粗纺垫子几乎把它整个罩起来，但瓦妮莎喜欢撩起垫子的边角，用手指摩挲泛红的木头，看她皮肤的油脂在桌面留下一道油腻的印迹。

“小心别洒了，”妈妈说，瓦妮莎把手掌按在桌子上。“爸爸想让你今晚早点上床，”她接着说，“他说你睡眠不足。”瓦妮莎瞥了妈妈一眼，可是妈妈忙着把烤焦的碎屑扫到墙角的桶里。瓦妮莎叹了口气，把手指在牛奶中蘸一下，又按了按剩余的饼干屑，把它调成糊状。“哦，珍妮特·巴尔萨泽快生了，我们要去参加。可能再过几天吧。”

瓦妮莎做了个苦脸的表情。珍妮特·巴尔萨泽已经生了两个有缺陷的婴儿，生下来就是黏糊糊的青色死胎，像水洼里淹死的昆虫。她要是再生个有缺陷的孩子，就再也没有资格生育了。有人就会鼓动她的丈夫吉尔伯特再娶个妻子。有时女人宁愿喝下绝命汁，也不愿无儿无女活在世上。索尔牧师喜欢赞扬这样的女人。

瓦妮莎想象不出安静乏味的吉尔伯特·巴尔萨泽能拿什么大主意。他和珍妮特可能会孤苦终生，到他再也干不动时，就不事声张地默默死去。希望到时候他把打铁的本事传授给了别人。男孩都想学打铁，他们打赌说他生不出孩子，到时候不得不收别人家的次子为徒。他经常把他们从火炉旁边赶走，喝令他们一边玩儿去。

“我们一定要去吗？”瓦妮莎问。她记得珍妮特上次生下缺陷胎儿时的情形，那场面既吓人又恶心。

“这是我们的义务。”妈妈说，意思是一定得去。

“我能去图书室吗？”瓦妮莎问。

“只要你的两只手很干净。”妈妈说。瓦妮莎低声咕噜着背出妈妈接下来要说的话：“我希望你记住，你是多么幸运，手边就有书。岛上其他人都没有这个优越条件。”

游侠们也都是收藏家。从往昔文明的遗迹涉足而过，怎么可能不是收藏家？每户游侠家庭都不仅继承一堆宝贝，而且，游侠每去一趟荒野，还会再添一些宝贝。这些宝贝有时杂七杂八：精美的饰有花卉图案的盘子，亮晶晶的首饰，几台机器。有时主题鲜明；游侠亚伦收藏了一些骏马的图画和雕塑，骏马向前拱着精致的脖子，健壮的腿伸展开来，让岛上的孩子们觉得怪异，孩子们从没见过比羊大、比狗跑得快的动物。爸爸与先祖亚当的代代传人一脉相承，他带书回来。他们家的图书室占了整栋房子将近一半的空间。爸爸把一部分书藏在一只箱子里妥善保管，说它们只能给游侠看，瓦妮莎始终打不开那把锁。不过多数图书都是故事书，他骄傲地把它们摆放在环绕房间四壁的简易书架上。图书的品种之多令人咋舌：有的书只有手掌大小，有的书庞大厚重到瓦妮莎必须抵到肚子上才搬得动。它们用她从未见过的黄油色精美皮革做封面，或者用质地细密的布料做封面，分辨经纱和纬纱让人眼睛发疼，或者用厚纸做封面，上面点缀着从不会剥落的插图。瓦妮莎觉得有一本书最漂亮，它的页码边缘涂有薄薄的金砂，把书合上，它看起来像一块熠熠生辉的珍宝。《神圣罗马帝国的创新》虽然外观富丽堂皇，里面却没有图片，不能告诉瓦妮莎神圣罗马帝国是什么样，也没有清晰地说明它到底发明了什么。

爸爸把书籍的出版日期都抠掉了，他说荒野的年代没有意义，但是保留了作者姓名和其他信息。那些名字很怪，让瓦妮莎非常惊讶。玛利亚·卡兰斯沃思。阿瑟·布雷顿。阿迪埃尔·韦克斯曼。萨尔曼·鲁西迪等。在岛上，大家都沿用先人的姓氏。取名要经过游侠批准，名字是岛上某位故世者的名字。瓦妮莎觉得自己的名字很无趣：她更愿意叫萨尔曼。

学校里也有书，是学生在上课时共用的大部头。学校里的书没有把日期抠掉，但这无关紧要，因为谁也不知道先人是哪一年靠岸的。如同爸爸的书，它们的出版地址令人振奋，无法拼读。费城，阿尔伯克基，魁北克，西雅图等。学生们编故事，讲述这些地方在沦为荒野以前是什么样。费城矗立着黄金铸造的高楼大厦，在阳光下闪闪发光；阿尔伯克基是一片始终熊熊燃烧的森林；魁北克的夏天无比寒冷，孩子们走出户外瞬间就会被冻死；西雅图在海面下，经由金属隧道把书送到陆地上。

瓦妮莎觉得爸爸图书室的许多书很没意思。有一次，爸爸送给她一本书，说它对女孩有好处，但故事中的那些人却不用名字称呼彼此，除了结婚从不思考别的事情（结婚过程惊人地繁琐）。爸爸听了她的反馈觉得好笑，又送给了她一本《野性的呼唤》，她把这本书读了八遍。岛上有狗，但没有书里那种高大、凶猛、健壮的狗。她从这本书中学到很多；滑板啦，竞赛啦，户外生火啦，狼啦。有时她梦想独自一人大步行走在白雪皑皑的寒冷旷野，旁边跟着毛发刚硬的野狼。

今天，瓦妮莎挑了本《立体主义者毕加索》，她快速翻着里面的图片。前几页被人撕了，剩下的全是画。爸爸说他不知道立体主义者或毕加索是什么人。她喜欢这些奇怪的画，画的是不存在的事物，成年人像畸形儿，两只眼睛长在脑袋的同一侧。林迪·亚伦曾经让她摸过一幅画，她不该摸的，那幅画的手感很涩，很厚实。这些画看起来也给人那种感觉，但她摸上去却只有纸的感觉。

不一会儿，瓦妮莎躺腻了，就走了出去。农庄和花园一片碧绿，在迷蒙的阳光下错落有致，索尔家的果园成了天边一条淡淡的黑线。爸爸是游侠，定期收到岛上家家户户献上的贡品，田地、花园和大海出产的最新鲜、最美味的食物；瓦妮莎一家只要有个小菜园即可，房屋周围环绕着一片在风中起伏的淡黄色草地。

一条褐色的瘦狗蹦来跳去。瓦妮莎叫了它一声，它乐颠颠地飞跑过来。它叫里德，是约瑟夫家的狗。里德把大脑袋伏在瓦妮莎胸前，哼哼唧唧，身体扭来扭去，仿佛要把瓦妮莎的胸膛穿透似的。瓦妮莎抓挠它的耳朵，它脑门的温热传遍了她的全身。瓦妮莎希望自己是一条狗；她只要到处奔跑、吃食就行了。可惜那么多新出窝的小狗都给溺死了，她得运气好才能长成一条大狗。

晚饭是羊肉和土豆。瓦妮莎不爱吃羊肉，妈妈总对她说，他们能吃到肉，要谢天谢地。她也想感恩，却做不到；羊肉吃在嘴里像泥巴。爸爸吃得津津有味，他用牙齿撕咬纤维，嚼得很起劲。她环顾四周，看见几张大吃大嚼的嘴巴，牙齿咬在肉上，把肉嚼成肉泥。她咬紧牙关克制住反胃的感觉。她小口吃着黄油土豆，又吃了几口烤得焦脆的羊皮。爸爸终于注意到了，说道："瓦妮莎。"瓦妮莎强迫自己把羊肉咽下去，几乎没有咀嚼，假装自己是一条狗。狗从不咀嚼，它们直接吞咽。

"今晚你想喝点什么帮助睡眠吗？"妈妈问。爸爸皱了皱眉。他认为没必要喝安睡奶，每每为瓦妮莎喝了下去而失望。瓦妮莎对妈妈点了点头，小心地不去看爸爸。她的晚间牛奶有一股又苦又辣的味道。

这天晚上，瓦妮莎没怎么醒来。她醒来时刮着风，一切都在随风摇摆，树枝摔打着墙壁。就快入夏了，她想，黑暗随即又追上了她。

第 2 章

瓦妮莎

教堂半埋在地下。妈妈说，她小时候，教堂大部分在地上，后来就一直下沉。

先人上岛时，来不及给自己造房子，就先兴建了一座高大宏伟的石头教堂。他们不知道，这座厚重的建筑会在多雨的夏季沉入淤泥中。大教堂慢慢向地下沉没，挡住了从窗户透进来的亮光，犹如合上黑色的百叶窗，教民们不知不觉把背驼得越来越低。建筑者并不气馁，他们又添了些石头，教堂以继续下沉做出回应。每隔十年左右，等到屋顶几乎与地面齐平时，岛上的男人就聚集起来，在它上面垒起石墙，把原教堂的屋顶变成新教堂的地板。瓦妮莎问过妈妈，为什么不用木头。妈妈说，这是传统，改变传统就是对先人不敬。

如今，岛上可用的石头早已打磨切割，砌入教堂的墙壁消失殆尽。游侠不得不一点一点从荒野带回新的石头；要是一次带回，会把渡船压沉。

瓦妮莎忍不住想，要是让她说了算，她会稍微改变建筑方法，让它持久一点。但是她怀疑等到自己长大成人，就不会觉得目前兴建教堂的方法有什么问题了。兴建教堂然后让它沉没，在这个过程中，除了兴致勃勃，她没见大人们表达过其他情绪。

游侠带回来的石材很漂亮，是彩色的。瓦妮莎觉得它们的纹理、它们从泥墙上探出的样子使人愉悦。她喜欢用手掌摩挲那几块最光滑的石头，就像摩挲口袋里那几颗溜圆的鹅卵石。一块石头上留有一条小鳗鱼的化石印迹，孩子们都喜欢仔细端详它雅致的骨骼图案。

沿着长长的台阶下到昏暗的教堂，让人扫兴。窗户用大块切割玻璃精心构造，看起来就像玻璃上有裂缝，仿佛有人把玻璃打碎又重新粘起来。目前窗户半埋在黑色的淤泥中。微弱的阳光在靠近天花板处游弋，像蒙了几层细纱。瓦妮莎即使一边听着布道，一边也总是留心注意着窗户。莱蒂赌咒发誓说，曾经有一头巨兽游到玻璃上，它像一条大蠕虫，只不过长着牙齿，它把白肚皮紧贴着玻璃，扭动，啃咬，随后又摇摇摆摆地游走了。许多传说讲述巨大的地下生灵，比教堂本身还要大；它们从夏日的泥水中游过，用柔软有力的怀抱缠在孩子们身上，把孩子囫囵吞下去。

教堂的长椅用打磨光滑的木头制作，是岛上能找到的最平滑的地方。虽然屁股坐了上千次把它们磨旧了，但瓦妮莎还是不舒服地滑来滑去；她总是找不到可以安坐的位置。索尔牧师站在诵经台上，背后高大的石墙上映出他的身影。

他照例讲到了先人。“他们来自那样一块土地：家庭四分五裂，父女被迫分离，儿子遗弃母亲，让母亲孤独地死去。我们的先人怀着憧憬，这憧憬在烈火熊熊、战争四起和无知充斥的世界无法实现。思想和行为的烈火和瘟疫如黑烟笼罩，比那块土地上肆虐的烈火和瘟疫还要可怕。”

他身后的墙上挂着一块尊贵的旧挂毯，它纤细得像飞蛾的翅膀，松软得像云团。挂毯描绘开辟这座岛的情形，诸位先人的头发用略微不同的颜色绘制。先人上岸，建立教堂，建造房屋，生儿育女，在果树下分别召集孩子们开会，到处行走，征服自然或者冲鸟儿叫嚷（很难辨别），安慰老者，死去，升入天国。挂毯使用的布料虽然褪色破损，却仍然光彩夺目：金线在毛茸茸的绿色材质上闪烁，洒过水的红褐色布料像肉块一样厚实光滑，瓦妮莎知道那一抹淡黄曾经是金黄色，像晚霞一样壮美。

另一位游侠的女儿阿尔玛·摩西曾经告诉瓦妮莎，她爸爸说过，一台机器在荒野上出了岔子，把一切变成火海。差不多整个世界都着了火。牧师讲的很多内容听起来和摩西的说法很相似。先是大火，接着是瘟疫。那是一场灾难。可是现在，游侠们时常到荒野去，带回布匹、铁器、纸张甚至动物，丝毫没有显出毁灭的迹象。也许一切都烧光了，后来又长了出来。另一名游侠的女儿汉娜·所罗门说，她爸爸告诉她，爆发过一种疾病，那种病导致肌肉糜烂，人们在站立的地方倒地身亡。还有个女孩琼·约瑟夫说，当时，死人站起身来，跌跌撞撞地四处走动，用眼睛把一切点燃，直到他们的尸体腐烂。不过大家都知道琼喜欢夸大其词，她爸爸只是个养山羊的农夫而已。

此时牧师讲到了妇女，就瓦妮莎所知，这是他最爱讲的主题。这个主题比什么都让他来劲。她想象他夜里在卧室里走来走去，严厉地数落只想睡觉的妻子。他有两个儿子，只有妻子一个女人可供他训斥。

“当女儿服从父亲的意志，妻子服从丈夫的意志，妇女充当男人的帮手时，我们就对先人和他们的憧憬表达了尊崇。先人坐在造物主脚下，心灵受到温暖，转而温暖着造物主的心灵。妇女用得体的行为、适当的意图尊崇先人。先人定会打开天国的大门，上几代长辈会张开双臂迎接我们。”瓦妮莎感觉到爸爸在瞪着她，勉强把目光从窗户收回。

“这种服从行为只有出于坦荡的心怀和心甘情愿的头脑，”牧师接着说，“这些事情只有出于端正的精神，我们才能真正得到救赎。”瓦妮莎知道，如果得不到救赎，死后就会堕入下方的黑暗，永无出头之日。她在开始做噩梦之前有一次问过妈妈，那意思是不是堕入魔鬼居住的地下。妈妈笑了，然后严肃地说，也许。

多亏那些噩梦，现在瓦妮莎对下方的黑暗和随之而来的恐惧了如指掌。她一直在努力做到端正，尤其在思想上。她想象自己的先人菲利普·亚当明察秋毫，审视着她头脑中冒出的每个卑劣念头，并且在一张纸上做着黑色的记号。

“男子汉们，我们也不是没事可做，”牧师警告说，“我们必须待女儿以仁慈和敏感。我们不得使性子伤害或毁损她们，而是必须遵照先人离开禁地时订立的约定，对她们保持兴趣。我们必须把她们交到丈夫手中，安全、明理、怀着爱意。我们要让妻子感觉备受呵护，就像她年幼时在父亲的臂弯里感到备受呵护一样。”

瓦妮莎扭头去看凯特琳·雅各，凯特琳的胳膊上总是留有指印淤青，坐在凯特琳近旁的人们却把头转向别处。

“我们的社会以妇女为基础，”牧师说，“以恭敬的女儿和恭敬的妻子为基础，但是我们必须帮助她们，保护她们。我们必须当好牧羊人。我们必须牢记先人的教诲，牢记他们为何来到这块土地上。”

瓦妮莎用眼角的余光瞥到一点动静，她蓦地察觉，珍妮·所罗门正隔着几道长椅盯着她。瓦妮莎和珍妮是岛上仅有的两个红发女孩，红发赋予了她们一种身份，即使没有别的特点，她们也显得与众不同。瓦妮莎的红色是明晰偏暗的褐红色，她觉得与珍妮的头发相比黯然失色。珍妮的头发像燃烧的火焰，那种红接近橘色，熠熠闪光，一束束铜色发绺向外炸开。她本人似乎在座位上放射着光芒。

瓦妮莎迟疑地迎接了珍妮的目光。珍妮的眼睛是几近无色的灰色，突然，她瞳孔放大，一双眸子似乎变得幽黑。瓦妮莎皱起了眉头，想起珍妮上一次盯着她看还是在好多年以前，还想起那个星期爸爸遭遇的事情。她的心跳加快了。珍妮能看到未来吗?

大家都怕珍妮。她到了十七岁还没有迎来成熟，这样的事前所未闻。他们说，为了避免成熟，她几乎不吃饭，她吃的东西只够让她睁开眼睛，让血液正常流淌。瓦妮莎试过一次，想看看几乎不吃饭是什么感觉。到下午时她就又累又饿，结果后来吃了两顿的饭量。

珍妮的威慑气质有一部分来自夏天的记忆。夏天来临时，珍妮和她的妹妹玛丽所向无敌，连男孩也怕她们。他们说，珍妮把杰克·索尔的眼珠抠了出来，事后又显得好像纯属意外。他们说，她爸爸也怕她，在家里不敢说话。他们说，要是有人碰过她一根手指，事后一定会后悔。

此刻她正盯着瓦妮莎。瓦妮莎屏着呼吸看回去，却无法直视那双黑色的眸子，就把视线移开了。珍妮想干什么？瓦妮莎望向别处，觉得头晕，才又回头去看珍妮。她看见珍妮的目光越过自己，注视着别人——也许注视着虚空，任思绪在那颗火红的古怪脑袋里翻飞。

瓦妮莎望着珍妮那根耀眼的发辫，它的颜色多么鲜艳，它好像在动，在她的肩膀上盘旋弯折。到了全体起立时，瓦妮莎忘记站起来，爸爸碰了碰她的肩膀。她腾地跳起来。

该诵读岛上的律令了，牧师管它叫“先人诫命”，其他人叫“戒律”。尔等不可偷窃。尔等不可偷听隔壁邻人。瓦妮莎虽然嘴里机械地默诵着睡梦中也能倒背如流的词句，思绪却悄悄溜了号。尔等不可忤逆父执。尔等不可未经邀请进入他人房舍。尔等抚育子女不可超过二人。尔等不可怠于犒赏游侠。“不可”的条目虽然连篇累牍，她却每次都能全背下来。有一次爸爸告诉她，过去只有十条左右，后来随着游侠智慧增长，戒律的条目也增多了。会众的齐声高吟烘托着她心不在焉的咕哝。尔等不可忘祖。月事之女入果实之夏前，尔等不可与之触碰。

瓦妮莎很纳闷，一直觉得纳闷，为什么诫命用“尔等”和“汝”这样的词，除了背诵戒律时，她从没听过有人这样说话。连牧师也不这样说话。她想象自己对菲奥娜说：“散学后尔可否请吾去汝家，吾可戏汝之犬，食汝之饼？”她咬住舌头才没让自己笑出声来。一个婴儿啼哭起来，长嚎转为有节奏的哼哼，她的妈妈摇着她，低声软语地给她讲述戒律，像唱儿歌似的。尔等不可令汝妇之言行或身体背离。尔等不可令非汝姊妹母女之妇无男子之导引私聚。尔等不可杀戮。

戒律之后，采集盘传了过来，还有针。爸爸把盘子放在怀里，把指尖的血吮干净。在进入果实期之前可以不必采血，但瓦妮莎一贯早熟，她八岁时就开始照办了。她小心地取过针，扎在指肚上，挤出一滴血，滴到那一汪红色凝状物中。随后要把凝血倒在一块长势不好的庄稼地里。瓦妮莎一家从来不用种田，在她看来，庄稼地是些大坑，是垃圾的去处：动物粪便、人体排泄物、血、死尸。她尽量不去想，她吃的粮食也产自这些大坑。

礼拜后禁止说话，直到在家里完成祭拜。她指尖的味道像金属。人们站起来，鱼贯穿过长椅走上台阶，走向门口。瓦妮莎满怀希望地看了看天空，天空一片碧蓝。她嗅到风中的热气。夏天快来了，这几个星期向来最是难熬。

他们默默地走路回家，向其他走向教堂的人们点头致意；礼拜仪式整个上午重复进行。他们一到家，爸爸就打开祭坛室的门，祭坛室有单独的入口。多数人家都不设专门的祭坛室，但爸爸在瓦妮莎年幼时就造了祭坛室，其他游侠很快纷纷效仿。妈妈虔诚地用抹布和肥皂水打扫，它却动辄积满灰尘。尘埃盘旋飞舞，在阳光下像没有重量的小鸟莹莹闪烁。

祭坛用轻质木材建造，打磨雕刻的工艺很精湛，瓦妮莎在岛上的雕工那里从未见过；祭坛本身是爸爸从荒野找来的。祭坛上支着一本破旧的《经书》。原典几经磨损，已经化为灰尘，牧师的部分职责就是一丝不苟地抄写新的《经书》。《经书》旁边点着一支黑点斑驳的蜂蜡蜡烛——想必在蜡冷却时，几只蚊蚋飞了进去——还有首位亚当、即菲利普·亚当及其家人的画像。爸爸说，人像不是画上去的，而是在那场灾难前，人们用一种方法让某个瞬间定格。它跟课本里的图片很像，但是光洁、生动，惟妙惟肖。瓦妮莎认为，这意味着那时候的人简直像神。不然怎么能把时间定格在纸上?

菲利普·亚当一头金发，挺拔健壮，咧着嘴仿佛正要大笑。一头黑发的妻子侧身对着他，望着他的眼神充满爱意，两只手轻轻搭在他身上。他们旁边站着一个瘦削的男孩，身高体不宽，笨拙地咧嘴笑着，露出太多牙齿。另一边是他的女儿，跟他的妻子一样瘦，太瘦了。女儿也长着黑发，一双迷离的眼睛像脑袋上开了两个洞，嘴巴呈一条黑线。他们脚下的婴儿透着机灵，一头金发浓密得不可思议。那时候人们可以生两个以上的孩子。

在岛上，祭拜上帝的灵验程度跟祭拜太阳差不多:赞美或恳求的言辞都不太可能打动它们。上帝高高在上，遥不可及，是个再无可造之物的造物主，一个早已对孩子失去兴趣的父亲。看顾岛上凡人的是先祖，是古昔那些神一样的人。他们用强劲有力的臂膀迎接死者升入天堂，或者把死者打入下方的黑暗。一切祈祷都由先人转述给上帝，疏忽或亵渎也由先人奏报。“先人目睹一切，岛上无处不及。”《经书》写道。瓦妮莎小时候一度觉得，她大小便好像是做给一群若有所思的先人看的。

此时家家户户都在祭拜先人。菲利普·亚当属于最早的十位先人之列，另有几户人家也在瞻仰他的画像或遗物，向他献上敬拜词。不止一户人家可以把菲利普·亚当视为本族的祖先，这似乎有点混乱。瓦妮莎婚后要赞美另一位祖先，到时候就会显得奇怪；她已经对着这个俊朗的金发男子的非凡画像瞻仰了那么久，她担心换一位祖先会感到失望。他们说，菲利普·亚当是个天才。他连日不眠不休，奋笔疾书，才思泉涌，终于萃取精华写成《经书》。他随即入定，人们只好在他流泪时给他喂饭和清洗。他把诸位先人集合起来，催促众人赶在他预言过的世界末日之前，上了这座岛。他也是首位牧师，并设计了第一座教堂。

“以您的名义，菲利普·亚当，”爸爸跪在灰尘上，用一根手指虔诚地摸着画像说，“以您的名义。”

“以您的名义。”瓦妮莎和妈妈随声附和，本却只说了句“以名义”。

“最早的先人赐给我们力量。教给我们智慧。由您的双臂抵达上帝，让他进入我们的生活，让他萦绕我们的思想，把他藏在我们的心怀。愿男人像树一样健壮，女人像藤，孩子像我们的果实。我们沉入地下时，把我们拥在您的怀抱，带我们进入上帝的领地，让我们不要看向下方的黑暗。”

“阿们。”妈妈和瓦妮莎说。本看见一只微微发光的小飞虫开了小差。妈妈掐了他一把，他号啕大哭，攥紧了小拳头。

第3章

阿曼达

游侠的妻子索尔太太脸庞干瘪，说话刻薄，阿曼达本不想选她来举行仪式，可是只有她有空，阿曼达又等不及。她们迈步走进分娩屋，阿曼达手中的蜡烛在致密的木板墙上摇曳不定。木板墙散发出干涸血迹的金属味，很难闻，这是成百上千个大声啼哭的婴儿和哀叫不已的母亲们留下的味道。阿曼达皱了皱鼻子；索尔太太注意到了，厉声道："你以前没见过生孩子吗？"

阿曼达没有答话。她见过，见过一次。妈妈为了表示恪尽母职带她来过，但阿曼达怀疑妈妈没能骗得了任何人。当时她们沉着脸，默默坐着，山羊农夫的妻子迪娜·约瑟夫叫得很大声，翻滚着生下一个死胎，青紫色，身上挂着一道道红红白白的黏液。迪娜呜呜地啜泣，阿曼达被迫目睹这桩赤裸裸、血淋淋的伤心事，心里很厌烦。她瞄了妈妈一眼，妈妈显得百无聊赖。她心里突然想道：我们这对母女就是两个彻头彻尾的缺陷儿，至少我们在一起时。妈妈仿佛听到了她心里的想法，瞪了她一眼，阿曼达不悦地收回目光，注视着迪娜搂在怀里的那团血肉模糊的青色东西。

索尔太太叹了口气。“你知道这个仪式吗？”

阿曼达在学校里听别人讲过，剖开嚎哭的妇女的肚子，把婴儿取出来检查一下，再放回去，但她信不过讲故事的人。“不太知道。”她说。

“嗯，不要紧，”索尔太太轻快地说，“要不了你的命，然后你就知道了。要保守秘密。男人不知道，也不该知道。这是女人的事。我们自己要做好准备。”

阿曼达点了点头。“索尔太太？”阿曼达叫道。

“你现在是大人了，”索尔太太回答说，“可以叫我帕梅拉。”

“噢，”阿曼达说。直呼其名好像有点不礼貌。“为什么必须是游侠的妻子？”

“你想让别人来做吗？”索尔太太冷冷地问。

“不、不，不是的，”阿曼达违心地说，“我只是有点好奇。想知道原因。”

“身为游侠的妻子，我们掌握着权力，我们是女人当中的游侠。”索尔太太俨然说道，阿曼达点了点头。

她们不说话了，呼吸着血腥味的空气，然后索尔太太说：“你打定主意要做这件事吗？很多人不愿做。等把孩子生出来也没什么不行。”

“是的，我想好了，”阿曼达顿了顿，“我该做什么？”

“先把裙子脱掉。”

阿曼达握着裙边，把它从头上脱下，为了稳妥起见，又把束缚鼓胀乳房的布解开，裸着身子站立。索尔太太斜睨了她一眼，问：“大概四个月了吧？”

“哎。”阿曼达说。

“你十三岁？十四岁？”

“快十五岁了。”

“头一次生孩子的好岁数。躺在这儿。我去弄点稻草。”索尔太太把几捧干草堆在房间中央。“躺下。把腿伸直。”阿曼达照办了，眼睛盯着昏暗的天花板。“会疼的。”

“我能忍住。”阿曼达生硬地回答。

“我相信你能忍住。”索尔太太说，阿曼达狐疑地望着她。索尔太太是在恭维她吗？

索尔太太把手伸进裙子口袋，掏出一把小刀，它顿时被烛光照亮，细碎的波纹在金属刀刃上闪烁跳跃。她把刀子放在阿曼达胸前，哼唱起来。

她唱的不是歌词，而是无意义的音节构成的曲调，旋律如烛光般此起彼伏。她的嗓音低沉、沙哑、优美，阿曼达做梦也想不到，索尔太太尖酸的喉咙里有这样一副好嗓子。刀子轻轻地从阿曼达的胸骨划过，划到她隆起的肚子上。索尔太太深吸一口气，开始切割。她没有切到肉，只切破皮肤表层，鲜血渗出来，晶莹的小血球形成串珠，越来越大。缓慢的切割把阿曼达催眠了，刀子所过之处，她肚皮上那道原本冰冷的切线在疼痛中沸腾冒气。

“深呼吸。”索尔太太唱了半句停下来说。阿曼达照办了。

索尔太太切完了，阿曼达低头一看，只见索尔太太的切口整齐笔直得让人难以置信，它顺着滚圆的肚子一路切到她的耻骨。歌声使她镇静，让她觉得疼痛若隐若现，若即若离。凉丝丝的鲜血从肚子两侧淌下，在她胸前画出道道血痕，把她变成一个影影绰绰的奇怪生灵。

索尔太太停止哼唱，阿曼达趁机低声问道：“现在要做什么？”索尔太太却只是瞅了她一眼，又哼唱起来。她打开一个厚厚的小布包，深吸一口气，好像给自己定神似的。她用粗壮的手掏出一把洁白剔透的东西，迅速泼洒，使劲在阿曼达的伤口上抹开。

阿曼达疼得叫起来，她觉得自己的身体好像被打开了，疼痛深深地钻进了她的血肉。那条疼痛的细线绽放成一朵灼烧般的红花，在她疼得彻骨的肚子上描画出神秘难解的图案。她疼痛难忍，哭得上气不接下气，她喘息，啜泣，哽咽。

“深呼吸。”索尔太太说。

阿曼达想翻个身，但索尔太太的手放在她肚子上，用力按着肚子两侧。她不知道自己躺了多久，像一条搁浅后被开肠破肚的鱼，喘着粗气抽搐扭动。疼痛渐渐消散，海浪般柔和地退去，她的注意力放在索尔太太的两只手上。

“感觉怎么样？”她悄声问道。

她从索尔太太脸上看出来了。她紧闭双眼，使劲想把什么东西注入体内，为婴儿赋予生机。过了几分钟，她再次睁开眼睛，看见索尔太太潸然泪下。

“是个女儿。”阿曼达责怪地说。

“是个女儿，”索尔太太点点头说，她的歌唱完了。“一下也没有动。只是静静地待着，纹丝不动，其实疼得很呢。是个女儿，愿先人帮助她。”

“先人谁也不帮助！”阿曼达嚷道。从索尔太太的脸色看得出来，她失态了。

“愿他们饶恕你。”索尔太太一字一顿地大声说道。

“愿他们饶恕我。”阿曼达也温顺地说了一遍。她血迹斑斑的肚子一阵阵剧痛，她的眼泪涌了出来。索尔太太凑到她的脑袋跟前，抚慰地摸了摸她的头发。

“不要紧，阿曼达，”她轻声说，“我们都当过女儿。现在我们到了这一步。我们的女儿会很坚忍。想一想夏天吧，想一想你要给她的爱。”

阿曼达却只想到肮脏的冬天，她要被肉身束缚，困在床上度日如年，一次次咬紧牙关不让自己叫出声来。

我不干。她想。我不干。接着又想，先人啊，这种罪我还得再受一遭。她哭起来，强烈的悲伤像疾病侵染了她浑身的血脉。索尔太太用胳膊搂着平躺的阿曼达，把脑袋贴着阿曼达的喉咙上。她的头发散发出好闻的山羊奶、灰尘和盐的味道。

“哭吧，”索尔太太耳语道，“痛痛快快地哭一场吧。你熬过去以后要站起来，带着愉快的笑脸回到丈夫身边。忍受吧。我是这样做的，你也能做到。”

阿曼达的女儿迟迟才有了反应，在她的子宫里踢腾，转悠。

第 4 章

凯特琳

凯特琳有个让她害怕的噩梦反复出现，梦里的世界没有夏天。那个世界从不下雨，一切周而复始，一如既往。那是个炎热而没有自由的世界。有时候她担心自己会发疯，像所罗门家的那个儿子，他说话语无伦次，还用头撞墙。他的父母耐心地等他死去，好再生个有点出息的孩子，但他固执地活了好几年。他突然消失了，大家都知道发生了什么事。凯特琳可不愿意让那样的事情发生在自己身上。

她从梦中醒来，揪一揪耳朵，把耳朵揪得生疼。她头痛欲裂，痛感让她醒悟过来，她还是原来的凯特琳，没有发疯。她知道没有夏天的世界不曾存在过，也不会存在。

凯特琳即将迎来果实之夏，如果运气好，她不愿初潮很快到来。有些女孩盼望果实之夏，她知道自己也该盼望。然后，她会结婚，搬到别处去住。乔安娜·约瑟夫说，大家都很享受，要是你不享受，可以喝点东西让自己享受。凯特琳不能肯定她更怕哪一种情形，是身为凯特琳经历一切，还是变得不像凯特琳，事后醒来，浑然不知发生过什么事。

在凯特琳的脑海中，果实之夏与荒野和下方的黑暗一样可怕。爸爸经常讲到荒野。凯特琳的爸爸不是游侠，但他声称，他们给他讲过一些可怕的事情。夜深人静时，凯特琳琢磨他的故事，把它们放大拉长，添枝加叶，直到噩梦由惊悚的种子开出花来。有时她幻想一些十分可怕的场景，不由地为荒野的孩子们哭泣，尽管她拿不准荒野上有没有孩子。荒野上肯定有孩子，她自己就是其中一个。可那是很久以前的事，她不记得了。

至于下方的黑暗，妈妈说只要她是好孩子，就不会堕入其中。于是凯特琳使出浑身解数做个好孩子。

妈妈是个好女人。有时在夜里，爸爸的呼噜声告诉她们，他不会醒来，凯特琳就爬到床上跟妈妈一起睡。妈妈环抱着她，像一块温暖的毯子把她包起来。她们不能像白天那样唱歌和说话，但妈妈把凯特琳紧搂在怀里，很安全，让她几乎无法呼吸。感觉很好，那种力度。有时她能睡着。凯特琳听说有一种糖浆，喝了就能在睡梦中熬过一切。她很怕向人问起，听到斩钉截铁的否定回答，她宁愿梦到一个金黄醇厚的世界，在里面，睡眠像呼吸一样到来，不知不觉，不可避免。

每天放学后，她都尽量帮妈妈干活。家务活必须静悄悄地做，不妨碍别人，千万不能打扰爸爸或者把爸爸惹烦。要干的活儿很难及时干完，因为凯特琳家的房子眼看要塌了。妈妈娴熟地默默擦洗和清扫，随时把污垢和灰尘归拢倒掉，爸爸却忘了修补木头上松动的坑洼。每隔几年，男人就得刷一层染工出产的酊剂，防止霉菌滋生，这件事爸爸也忘了做。墙上黑褐色的霉点猖獗滋生，霉菌从墙壁底部分叉，火焰般向上腾起，小黑点盘旋翻滚，舔着天花板。她和妈妈有时要用抹布耐心地擦洗，甚至用指甲抠掉污渍，可是她们费心费力，却每每无济于事。凯特琳看到，霉菌现出各种图案，就像人们看到云团现出各种图案。树。蝴蝶。魔鬼。

有时候，别人家的房子似乎太干净，太完好，墙壁又干又亮又平整，让人不舒服，地板到处都可以随便踩踏，这自由也让她惊讶。她可以肆无忌惮地在台阶上跑上跑下，用不着敏捷地跃过正在朽烂的台阶。

因为爸爸的缘故，日子只能这样过，他不喜欢受到打扰。他听从先人的指点，在家里严格维护家长威风。大家都认为她爸爸揍她，她觉得很难堪。她知道，那只是因为她很容易留下淤青。爸爸有时开玩笑说，刮大风也能给她留下淤青。他把手放在她腿上，她的腿就会出现淤青。他抬起她的胳膊，在什么地方碰一下，那地方就会出现淤青。有时候她全无知觉，也会留下淤青。凯特琳讨厌那些斑痕；好像她的身体喜欢搬弄是非，把别人的身体沉默以待的大事小情都喋喋不休地扒拉出来。她的身体太聒噪，到处都是青肿、粉斑和红点。她不想吵上加吵，只好少言寡语。既然她不能变得聪明漂亮，她可以做到安静。还有，乖巧。

凯特琳是个少见的第一代移民。爸爸妈妈在她小时候就搬到这座岛上。以前，很多孩子问她，她对荒野有什么记忆，老老实实的回答是全无记忆。她问过妈妈，妈妈说她也不记得了。在别人看来觉得奇怪，凯特琳却认为妈妈说的是实话。妈妈多么奇妙，可是她跟别的妈妈不一样：消瘦，苍白，自我收缩。如果奇迹出现，再没有活儿要做，有时候妈妈就连续几个小时两眼茫然地坐在桌前。要是凯特琳问她在想什么，她就半笑着说："哦，我一定是……"从来不把后半句话说完。爸爸在家时，她马上恢复成一道影子，轻手轻脚地在边边角角掠过，收拾杯盘，擦拭台板，却神奇地隐而不见。

让爸爸讲点荒野的事情要稍微容易些，特别是他喝麦芽酒醉了以后。问题是凯特琳想不出合适的问题。她问，是不是爆发过一场大火，他笑着说："有这种事！"那语气让她拿不准他在开玩笑还是说了实话。她问，他和妈妈为什么来这里，他就说起先人啦，不要偷听隔壁邻人的戒律啦。她问，现在还有没有马，她记得课本插图和亚伦家画上的那种健壮的长腿巨兽。他说："马！你怎么会想起来问马？"她问，荒野上有没有孩子。他说："问题问得多了，就会出问题。"

要是他没喝醉，或者醉得太厉害，她从不问他问题。她必须恰到好处地抓住时机。有一次她从他嘴里套出来，荒野上有狗，她在学校里人气旺了整整两天，随后大家又对她视而不见了。凯特琳知道，她们希望她聪明点，好好问些问题。有个她那样的爸爸，这很难做到，但她不知道怎么跟人解释。

有时在静悄悄的下午，妈妈瞪着墙壁，爸爸在床上打呼噜，她老是思绪翩翩，想入非非。她不能把思绪禁锢起来。很奇怪，安宁的地方似乎只有教堂。虽然牧师发出黑暗下方的严厉警告，她不断地为了自己不够好而心情沉重，悲观失望，教堂却是可预料的。人们坐在长椅上，牧师大步来回，咆哮嘶吼。她不用说话，也不用回答问题。她知道，大家都得坐在长椅上保持安静，跟她一样。有时她闭上眼睛，稍微打个盹，耳朵里还能听见牧师讲话，眼皮后面却看到各种颜色和闪烁的面孔。

这个礼拜天，她正要在长椅上开小差，打个盹，前面有什么动静突然让她睁大双眼，感觉像没了眼皮似的。原来是珍妮·所罗门转过身，正盯着自己，凯特琳差点尖叫起来。世人当中，她最怕珍妮。比怕爸爸还厉害，比怕那些秘密开会、做出重大决策的游侠还厉害，比怕黑利·巴尔萨泽还厉害，有一次课间休息，黑利一拳打在凯特琳的肚子上。珍妮的相貌与众不同，她头发闪亮，雀斑密布；大家传言她到了夏天怎样势不可挡。不止这些。珍妮自己天不怕地不怕，这才是珍妮最让人害怕的地方。

凯特琳低头看着膝盖，看着有个虫眼的粗纺裙。她抬头望着天花板，好像在上面发现了什么有趣的东西。她还提心吊胆地冲珍妮的方向做了个挥手的小动作。珍妮的目光没有改变，只是歪了歪脑袋，像狗听到微弱的响动似的。她浅灰色的眼睛扫过凯特琳的胳膊，瞳孔幽黑阔大，凯特琳的胳膊上有斑驳的淤青从长袖内探出来。凯特琳突然很想大声叫嚷："没事的！我真的很容易留下淤青！"当然，她宁死也不会在教堂里大喊大叫。珍妮生着雀斑的嘴唇向一侧努了努。凯特琳正想从教堂的长椅下爬过去，珍妮却又转身面朝前方了。

凯特琳的心砰砰直跳，她慢慢地把一只手挪到大腿旁边，手指摸索着，像一只犹犹豫豫的蜘蛛，顺着木椅抓住了妈妈的手指。妈妈短促地捏了捏凯特琳的手掌，就像反射作用，面朝前方空洞地露出笑容。

第 5 章

阿曼达

阿曼达检查胡萝卜的时候，在地窖里愣了一会儿神。她手里抓着几根胡萝卜，琢磨晚饭该用哪一根拌沙拉，这时有什么东西突然起了变化。一股重量静静地落在她肩上，逝去的时间像斗篷似的兜头罩下。她慢吞吞地走上台阶，看了看钟表。过了近两个小时。她迟疑一下，叹了口气，走回到冰凉昏暗的地窖。

有一次，阿曼达跟邻居乔琳娜·约瑟夫说起逝去的时间。乔琳娜笑了，说那是“孕期狂热”，她自己也发生过同样的事情。阿曼达也笑了，没有再说起早些年，她从记事起就经常愣神。

自从胎儿开始踢腾，忘记时间的情况就变得严重了。起初阿曼达以为是自己的消化出了问题，但她随即反应过来，这种悸动太规律，太迅速，不可能是暖气。一只飞虫在窗户上疯狂地扑闪，抖了一下，停在窗台上。阿曼达第一次感觉到肚子悸动时，把一只手按在上面，心里想，你好，女儿。她随即冲进室外厕所，对着瘴气坑呕吐。透过褪色的酸橙味木头坑口，瞪着马赛克般的秽物，她当时就忘了时间。她回过神来，慢腾腾地回到屋里，心想，没办法知道，可能是个男孩。现在她坚定地知道是个女儿。

阿曼达害怕生了女儿，她会变成妈妈那样。妈妈从阿曼达出生的那一刻起就恨她。阿曼达后来才知道，妈妈拒绝喂她，是爸爸用布沾着羊奶喂养了她。爸爸给她换尿片，清理屎尿，逗她玩耍。妈妈坐在床上，瞪着天花板号哭。

阿曼达两岁时，伊莱亚斯出生了，妈妈立刻把他当成心肝宝贝。爸爸白天总在忙着修补屋顶。刚开始，阿曼达形影不离地跟着妈妈和伊莱亚斯，可是他们钻进一个只容母子二人的硬壳，让她茫然无措。后来她不再要他们陪伴。她只在爸爸回家后说笑，他把她抱在怀里，用双手摩挲她的脚丫，把她淡褐色的头发绕在手指上。

阿曼达竟然跟爸爸一起睡在儿童床上，妈妈和伊莱亚斯四仰八叉地睡在双人大床上。她一天天长大，膝盖骨、胳膊肘和髋骨经常顶到爸爸。她六岁时，爸爸的身体越过床架，把她弄醒了，此后她就没法睡觉了。爸爸睡得很沉，他每动一下都让她受到颠簸，每声呼噜都让她神经紧绷。再后来，她开始在壁炉边睡觉，如果壁炉是冷的，她就团成密实的圆球，如果壁炉不冷，她就像帽贝一样摊在屋顶睡觉。爸爸先是取笑她，继而恳求她，再后来喝令她夜里上床睡觉。但是等他一入睡，她就溜走了。

学校里其他女孩发现了阿曼达在屋顶睡觉，认为她特立独行，很勇敢，是个大无畏的叛逆者。她对这个称号毫不介意。她衣衫褴褛，鞋子快散架了——阿曼达的衣服只有破得挂不住，妈妈才肯给她缝补——与其让她们可怜她，不如这样更好。

很快，即使睡在屋顶也离爸爸太近，她就开始到处游荡，找别的地方睡觉。她学会了在严寒中睡觉，倒不是雪地里。后来她开始睡在岛屿边缘，微咸的海水慵懒亲切地涌到岸上。早上，天边总是迷雾茫茫，看不了多远，但她喜欢天光像温柔的触摸穿透薄雾，树林和浮木的轮廓发出淡淡的光芒，随着太阳升起，越来越清晰。她喜欢小小的寄居蟹，它们骄傲地把蟹爪伸到空中，碎步奔跑，也喜欢鱼儿在水中跳跃和扑腾的声音。她甚至喜欢回去面对妈妈的怒容和爸爸沉闷而惹人厌恶的慈爱，因为她知道，她已独享了好几个小时。

阿曼达不想让自己的女儿因为遭到妈妈嫌恶而睡在严寒中，可是妈妈也许并没打算讨厌阿曼达。只是事不由人罢了。

安德鲁回到家，阿曼达还在地窖里抓着几根胡萝卜。蜡烛烧得只剩一小截。地窖用石头精心建造，抹了灰浆，夏天可以防止泥水渗透。渐渐淡去的光线在平整的墙壁上跃动，挂着的鸡肉和成堆的土豆好像呲牙咧嘴的吓人活物。

“这是晚饭吗？”他笑着问。他把手放在她隆起的肚子上，吻了吻她的后脖颈。阿曼达平生第一次希望他走开。

“晚饭要晚一点，”她说，“我打了个很长的盹儿。”

“没关系，”他回答说，“星期四蒂姆家会备好半扇羊肉，都用烟熏过，可以存入地窖。我应该要一整扇；他家的屋顶能使用几十年。比别人家的屋顶都要耐久。”他身上满是锯末和细木枝，让她纳闷他是不是一直匍匐在树下。

阿曼达不敢相信她嫁的丈夫跟爸爸从事同一个行当。此刻她想起这一点，不由地一阵反胃。她竭力遏制住喉咙里的呕吐冲动，专心说话。

“我不知道，”她回答说，“要是一整扇肉，不等我们吃完就变味了。”

“你胃口那么好，不会的。”他说着冲她咧嘴一笑。

“胃口好的不是我，”阿曼达说着摸了摸肚子。不要说“她”。“是，是孩子。”

“是孩子。”安德鲁附和着。

“其实我今天晚上一点也不饿。”她说。

“你想让我去乔治家吗？”他问。乔治是安德鲁的哥哥，也是个屋顶工，整天乐呵呵的。乔治有两个女儿。

“你愿意去吗？”阿曼达问。她强做笑脸，感觉自己笑得很假。

“只是……我只是太累了。”

“当然愿意。”他说着拉起她的手。她把手指挨个从掌心松开，好让他握着她的手，而不是拳头。这天晚上，她扶着腰蹲坐在地窖里，晚饭吃了没有洗的胡萝卜，既品味到蔬菜的清甜，也尝到了泥巴的金属味儿。

夜里很晚，她听到隔壁人家传来啜泣声。从声音听出来是南希·约瑟夫，南希前不久来了月经，面临着果实之夏。阿曼达叹着气，烦躁地翻了个身，那声音抵挡不住，让她很沮丧。她终于朦朦胧胧睡着了，可是轻柔的哭泣在她脑海中徘徊不去，随她进入梦中。她梦到一个皮包骨头的孩子拱着背在绝望地嚎哭，她自己愣在一边，什么也说不出，什么也做不了，不能给予安慰。

第 6 章

瓦妮莎

妈妈常对瓦妮莎说，也会轮到她的，但她还是觉得分娩很恶心。她见过很多次分娩，见过动物，也见过人，分娩本身不再让她困扰。只是她自己也要分娩的念头让她觉得讨厌。她不希望憋着气使劲啦、血水黏液啦、味道啦，跟自己扯上关系。妈妈说，等她长大就不会这样想了，莉诺·吉迪恩告诉瓦妮莎，反正她也别无选择。瓦妮莎疑心她们说的是一回事。

珍妮特·巴尔萨泽在用力呼吸，每次吸气时，她的肚子硬得就像石头。妈妈蘸着油按摩珍妮特的肚子，基利安·亚当把一把点着的药草放在她的鼻孔处，帮助她缓减疼痛。燃烧药草的甜丝丝的霉味刺破了血汗交加的浊重气息。分娩时总有至少一位游侠妻子在场，妈妈不顾瓦妮莎的抗议，每年都拖着她来观看若干次。这间狭小的分娩木屋——可同时容纳三名产妇，以备不时之需——挤满了女孩，妈妈们带她们来领悟今后要受的磨难。她们年纪不等，希尔达·亚伦刚刚会爬，此时在草堆上安然入睡，屁股蛋儿露在外面，谢尔比·约瑟夫今年即将经历果实之夏，她脸上露出惊骇的表情。分娩是过了果实期、无亲缘关系的妇女在男人缺席的情况下聚在一处的唯一时机，瓦妮莎见过好多次，一群女人把孩子们赶走，只顾叽叽喳喳地说话，对产妇置若罔闻。不过妈妈从不对忍受疼痛的女人视而不见，其他人也受到了她的影响。她屡次向谢尔比点头示意，低声发出指令，给出解释。珍妮特尖叫起来，喉咙上青筋暴起。

瓦妮莎跟几个小女孩簇拥在一起，一伙人稀稀拉拉坐在稻草上，她们想离珍妮特·巴尔萨泽再远一点，无奈已经贴到了墙上。“最好这次不是个缺陷儿。”尼娜·约瑟夫对瓦妮莎说，这明摆着是一句废话。尼娜只有七岁，瓦妮莎没有呵斥她。

“我想肯定没问题。”瓦妮莎说。

“你怎么知道？”尼娜问。瓦妮莎意识到她其实不知道，她只是在学妈妈说话。

“嗯，要是有问题，那……”

“我妈妈在生我和布拉德利以前，生过一个缺陷儿。”尼娜说。

“我想我妈妈没有生过缺陷儿。”瓦妮莎说，但她也说不准。

两个女孩的位置刚好能看到珍妮特的两腿之间。放在水碗中的几支蜡烛忽明忽暗，摇曳不定，在珍妮特裸露的皮肤上画出波浪形的图案。一股血水涌出来，伴着一股浓烈的味道。她们不约而同站起来，挪到边上，在那里只能看见使劲用力抖动的大腿。分娩结束、棚屋人去楼空时，女孩们要负责把弄脏的稻草清理掉，换上新鲜的稻草铺好，准备迎接下一次血水喷涌。瓦妮莎没有期待。她想起那一次，大概一年前，她在厨房发现了一堆血水浸透的破布，紫褐色，硬邦邦的，发出铜臭味。妈妈躺在床上调养头疼的毛病。瓦妮莎问妈妈是不是做起了屠夫，她本意是想开个玩笑。妈妈却沉下脸来。“一定程度上是的。”她说。瓦妮莎害怕极了，就没有继续追问。接下来的几天，妈妈在家里拖着身子走动，急躁易怒，身体虚弱，爸爸坐在一边凝视着火堆，目光灼灼。瓦妮莎一反常态地心烦意乱，没有打探发生了什么事。

英加·巴尔萨泽蹦蹦跳跳地走过来。她是个胖嘟嘟的十岁女孩，长着一头发亮的褐色卷发，看起来总是沾沾自喜，心满意足，好像刚吃了一整块蛋糕似的。“妈妈说胎儿是活的，她能感觉到它在踢脚，”她宣告说，“不知道他们要给它取个什么名字？吉尔·索尔刚死，可以给它取名叫吉尔。”

“既然它在踢脚，说明它不是缺陷儿？”尼娜问瓦妮莎。

“不是。有时候生下来是活的。”瓦妮莎沉思着说。她听说去年威尔玛·吉迪恩生了个婴儿，看着像一条被剖开肚子的鱼。

“我们家三代人都没有缺陷儿。”英加骄傲地说，显然在转述她听别人说过的话。“我们的血统没有污点。”

“不，不是这样。你弟弟就又丑又笨。”尼娜回答说。英加握起了小拳头，就在这时，珍妮特号哭起来，她们都扭头去看。

“爸爸说，他们可以从荒野带东西回来，让人疼得不那么厉害，”英加说，“但那样是违反自然的。”

“他们想办法缓解的是别的伤痛，”瓦妮莎指出，“那东西也不是来自荒野，就种植在这里。还记得吗，渔夫索尔先生断了胳膊，胳膊向后弯？”她没有亲眼见过，但她心里有一部分希望自己看见过。

英加点了点头，看起来很狐疑。“我不明白有什么不一样。也许，要是不受点疼痛，婴儿就活不了。”

“这没道理。”尼娜说。

“我想知道，在荒野上分娩，”瓦妮莎说，“是什么情形？”尼娜和英加都转身瞪着她，皱起眉头。

“我想那边没什么人了吧？”尼娜说。

“不。那边有人，但只剩几个畸形人，”英加纠正她，“我的意思是，多半是畸形人。”

“那么，怎么就不一样？”尼娜问。

瓦妮莎说：“我想一切都不一样。”

“一切都更糟，”英加大胆猜测说，“我敢打赌，分娩时你身边没有朋友，也没有草药，要是时间太长，有人就把你的肚子割开，取出婴儿，任你死去。”

“为什么有人要把婴儿取走？”尼娜皱着脑门问。

“爸爸说孩子在荒野上很珍贵，”英加回答，“没有缺陷的孩子。孩子比黄金还值钱。孩子没那么多。”

“为什么没那么多？”

“因为战争，疾病，还有杀戮，”英加轻快地掰着手指头数着，“他说，我在荒野只能活两分钟，然后就会有人把我杀了。”

“既然你那么珍贵，为什么要杀你？”瓦妮莎提出异议。

珍妮特又尖叫起来，这一次叫得更响。血水又一次涌出，带着黑丝。她身下的稻草变黑发蔫，就像她额角的细软头发。她浑身汗涔涔的，每块肌肉都在皮肤下抽动，嘴唇张开露出牙齿。这间小屋修补及时，冬天不让一丝冷空气透过木板吹进来。在它封闭温暖的空气中，瓦妮莎闻到了珍妮特的气息：酸苦，充满了疼痛和慌张。

“她们怎么不给她点喝安睡奶？”瓦妮莎嘟囔着。

“妈妈昨天晚上给我喝了点。我一夜没有醒，”尼娜恋恋地说，“爸爸说我不该喝。”

“为什么？”

“我不知道。”

珍妮特的叫声很响亮，尖利刺耳，像掉进陷阱的绵羊。她们都扭过头去。

“头出来了！”莎伦·约瑟夫叫道，她跪在珍妮特两腿之间，“使劲！”珍妮特气喘吁吁，呻吟着。

一个东西滑到莎伦怀里。她把它交给谢尔比，让谢尔比把黏液从它的喉咙里吮吸出来。谢尔比做了个鬼脸，莎伦扇了她一耳光。谢尔比探过身子，给了婴儿一个夸张的吻，把混着血水的白色秽物吐在稻草上，干呕不已。

“是活的，”英加吃惊地说，“真没想到。”

“是你跟我们说，它是活的。”尼娜回答。

“是的，但我没想到它还活着。”

“是个女孩。”莎伦说着扫了一眼妈妈和珍妮特，三个女人立刻哭起来。

为男婴欢笑，为女婴哭泣。如果是个女婴，分娩屋里的每个人都要哭泣，所以此刻大家都尽责地哭起来。莎伦有规律地耸动着肩膀。瓦妮莎惊讶地发觉自己热泪盈眶，泪水顺着她的脸颊滑落。她瞅了尼娜一眼，尼娜用双手捂着脸蛋。眼泪从瓦妮莎的脸上滚落，在她的上嘴唇和下巴上聚集，滴落在已经又湿又咸的稻草上，尼娜在她眼里一片模糊，接着变得清晰，随即又模糊了。房间里嘈杂一片，她估计即使自己皱着脸蛋，扯着嗓门叫嚷，大家也听不见。于是她握紧拳头，舔去嘴唇上咸咸的泪珠，弯腰拱背，像遭到杀戮一样嚎叫起来。

瓦妮莎问过妈妈，为什么大家要为女婴哭泣。用庆祝迎接男婴，可是女婴顺着咸咸的血河呱呱坠地，大家却要哭鼻子，这似乎很不公平。妈妈告诉她，等她长大就会明白了。

第 7 章

凯特琳

今天晚上，凯特琳闭上眼睛，看到的不是吹胡子瞪眼的先人，也不是狰狞的魔鬼，而是珍妮·所罗门。珍妮歪着嘴巴瞧着凯特琳，凯特琳意识到珍妮没有生气，也不是对她不以为然，只是在沉思而已。凯特琳把脸埋在枕头里偷偷笑了。

过了几个小时，凯特琳打着盹，将睡未睡，听到窗玻璃上传来轻轻的叮铃声，说明罗茜还没有睡。吱的一声，凯特琳小心地打开窗户，尽量不发出响动。凯特琳悄悄溜出去，爬上屋顶。屋顶大声吱嘎，但托住了她的重量。凯特琳一想到有一天她长得太大，也许会把屋顶压塌掉下去，心里就很难过——其实屋顶明天就可能坍塌。她也不敢让罗茜·吉迪恩不要再向她的窗户扔石子，窗玻璃几乎比岛上的一切都贵重，要是玻璃碎了，爸爸会对她火冒三丈。而且，要是她不让罗茜敲窗户，罗茜也许会跳上屋顶，大声敲打她家的墙壁——或者更糟糕，干脆不再理睬凯特琳。

罗茜比凯特琳苗条，体重也轻，她正坐在自家屋顶的边沿，满怀期待地等着凯特琳。凯特琳猜想，吉迪恩一家一定后悔自家的房子离她家太近，但她很喜欢罗茜住在近处。她蹲下身子，一步一挪，蹭到薄木板铺就的屋顶上，两个人隔开几英尺面对面蹲着，活像两个怪兽形状的滴水嘴。罗茜夜里把辫子散开了，头发垂在肩膀上，像细碎的褐色波浪。

“我听到了一滴雨。”罗茜悄悄说。

凯特琳抬头仰望天空，天空清澈，漆黑，缀满繁星。“我想没有下雨。”

“我真的听到了！”罗茜九岁，很倔强。凯特琳常常想，要是她们同岁，罗茜很可能会揍她，而不是跟她说话。但是年长四岁为凯特琳赢得了勉强的敬意。“我想，夏天来了。”

“我认为还没有来。”凯特琳说。话说出口，她觉得嘴里很苦。她咽了口唾沫，想把苦味去掉，但它却像电影一样萦回不绝。“快了，可是还没来。”

“我不想再等了，”罗茜发着牢骚，“我的鞋太紧了。妈妈打了我屁股，我很疼。我掐了杰拉尔德一把，他活该。”

凯特琳满怀同情，我很疼这几个字颤抖着，贯穿了她的骨骼。

“会来的，”凯特琳悄声说，“我向你保证。也许只要再过几天？”

“听着，”罗茜恳求道，“你听到下雨就告诉我。”

两个女孩默默地呼吸着夜晚闷热的空气和彼此的气息。凯特琳听到了蟋蟀声，狗叫声，枝条断裂声。罗茜怀着期待的轻声呼吸。她听到自己的心脏跳兢兢业业地叩击着胸膛。

“我没有听到下雨声，”凯特琳终于说，“我倒希望自己听到了。”

“我讨厌我们家，”罗茜喃喃地说，“每次婶婶过来，她和妈妈都要打架，摔东西。吵死了。”

她们又蹲了一会儿，罗茜耳语道：“昨天晚上，我向先人祈祷爸爸死掉。”

一阵惊恐闪电般从凯特琳的大腿根传到了心口，让她恍如身不由己从屋顶掉了下去。“你不能向先人祈祷这种事。他们会伤害你的。你必须遵守戒律。我就不向先人祈祷，还有……”凯特琳话没说完，但是两个人都知道她在想什么：我爸爸比你爸爸坏十倍。

“为什么不能？”罗茜似乎生气了，好像凯特琳刚跟她讲了一件秽亵的事。

“我不能祈祷这种事。我不会祈祷这种事。事情就是这样，本来就该这样。女儿服从父亲的意志。这是《经书》里写的。这是先人的意愿。”

罗茜眯起眼睛，好像要争辩，又愧疚地地耸了耸肩膀。她的肩膀在睡袍里棱角分明，把锁骨淹没在影子里。“我知道。我的祈祷也不灵。”

“当然不灵。你最好打住，不然你会堕入下方的黑暗。也许还会遭到流放，”凯特琳尽量想摆出一副严峻的面容，觉得应该让这个小女孩牢牢记住，她的越轨行为很严重。

“他们不能为了我心里的想法流放我。他们不知道我在想什么。”

“所思成所言，”凯特琳引用《经书》里的句子，“所言成所为，所为成所习。审思以免争于非笃信之事。”

“你是怎么背下来的？”罗茜问。

凯特琳耸了耸肩膀。“我就是背下来了。我有时候记性好。”

“却记不住真正要紧的事。”罗茜说，指的是凯特琳不记得荒野。

“记不住真正要紧的事。”凯特琳叹气道。

过了一会儿，罗茜静静地说：“先人反正从不应允我的祈祷。”

凯特琳瞥了罗茜一眼，看到罗茜快要掉眼泪了："嗯，有一天他们会的，也许。"她安慰说。

"是的，要是我祈祷的是他们想让我祈祷的事情。"

"唔……那不是你应该祈祷的事情吗？"

"这不公平。就好比……好比有人对我说，我想吃什么都可以，却只让我从三样我已经吃过一百顿的寡淡饭菜中做选择。"

凯特琳皱起眉头，努力消化这个比喻。"先人爱你。"她最后心虚地说。

"不，他们不爱我。他们爱我爸爸。所以他还活着。"

"他们爱大家。"

"别傻了。大家都知道他们更爱男人。"

"那为什么选择女人当容纳婴儿的神圣容器呢？"凯特琳说，她照搬了索尔牧师的逻辑。

"你见过女人生孩子吗？"罗茜不客气地说，"你说那叫神圣？"

凯特琳抱着膝盖不说话了。蟋蟀的叫声时高时低，时远时近，像闪亮的海浪携着潮水涌来。众所周知，罗茜很爱生气，凯特琳却从未这么清楚地看到她内心的苦楚。"你还祈祷了什么？"她柔声问道。

罗茜把脑袋靠向凯特琳。“我希望一直都是夏天，”她悄声说，“我希望爸爸死掉，他们都死掉。我希望我可以自己生活，除了几只狗、猫和山羊，身边不要有别人。我希望变成男人。”

凯特琳也把脑袋凑过去，她们的额头几乎碰到了一起。她感到罗茜长在太阳穴上的柔滑短发搔弄她的皮肤。久久地，她们聆听着夜晚的细微响动，深深吸气，再叹息着呼出来，叹息中她们的渴望清晰可感，在喉咙里呼之欲出。

罗茜终于站了起来。“我该回到床上了，”她又蹲下来，“你爸爸让你喝安睡奶吗？”

凯特琳摇摇头。“不。我的意思是，他那么……呃，他可能没注意妈妈给我喝过了。要是被他发现，他会很生气。”

罗茜眯起眼睛。“我爸爸也不让我喝。我不知道为什么。我不知道有什么伤害。”

凯特琳耸了耸肩膀。“我认识的大多数女孩都不喝。”

罗茜叹了口气，她们又沉默了一会儿。她说：“我希望爸爸不要来找我。”

凯特琳点点头。这时，爸爸也许会来找她自己的念头洪水般漫过她的大脑，她爬过吱嘎作响的屋顶，屏着呼吸钻进了屋里。她钻到被窝里才想起来，爸爸从来不曾这么晚来找过她。但她还是心神不宁，好几个小时望着窗外，听着心脏在胸膛里跳动，仿佛为她的行为不当在捶打她。第二天她在课堂上睡着了，手心挨了板子。

夏　天

第 8 章

凯特琳

一千只手齐声拍打，一只靴子在空雨桶上踩踏——这声音悄然淹没了凯特琳，她猛地醒过来，在床上坐起身。她无法呼吸。渐渐地，她意识到自己独自一人，很安全，呼吸变得顺畅。一根手指敲打着屋顶，叠加成好几根手指，教堂里百无聊赖的男孩，左顾右盼的女生。很快，鼓点变得有力、密集，斩钉截铁。她喉咙里想要发笑，像含着汩汩的水泡，她使劲一咬，水泡破裂，笑声释放。下雨了。夏天来了。

她待了一会儿没有动，担心吵醒爸爸妈妈，他们会拦着她。但她知道他们不会拦她——不能拦——专门有一条戒律。每个孩子都有夏天，除了埃拉·摩西，几个月前她从屋顶上摔下去，两条腿不能动弹了，还有年纪太小、还在吃奶或者刚出生的孩子。但她无端地害怕巨大的重量降临到她身上，把她覆盖，把她困在床上，慢慢把她肺里的气息挤出，把她压扁，像脚下的草叶。凯特琳凝视细听，听到爸爸在打呼噜。他还没有醒。她慢慢地从床上爬起，打开窗户。

黑暗和雨水交织起来，凝成一种稠密的、旋转的物质。她听到一声尖叫，又听到一声尖叫，继而听到远处很多声尖叫，逃离的声音。她把细胳膊伸出窗外，感到雨水滂沱，就像把手浸在水里似的。她站着努力思索，想做点准备，但是没什么好准备的。她可以拔腿就走。

凯特琳抓起被子，把它裹在肩膀上。被子很漂亮，是粉色的，不到天亮就会给糟蹋了。她悄无声息地走出房间，看见一个黑影赫然耸立在她面前。一个恶魔。她用手捂着嘴巴才没有惊叫出声。“我希望你小心点。”这只怪兽说，是爸爸的声音。

她点点头，其实他站在黑暗中，什么也看不见。要是他站着不动，她也许只好轻手轻脚地折回去，假装什么也没有听到，甚至假装她不再活着。可是这时，他退后消失了，说：“你知道，你可以留下来，只要你愿意……”作为答复，她只是把垂在地上的被角收起来，撒腿就跑，差点摔倒。

雨水像铁铲拍打着她。凯特琳一动不动地站着，感觉水帘兜头倒下来，浸透了她的骨骼。被子马上湿透，沉甸甸地压在她肩头。她刚走一步，两只脚就陷入了刚刚形成的泥泞中。记忆复苏，或者某种原始的冲动，她快步飞跑到黑暗中，全然不知要去往何方。

“哎呦！”凯特琳撞到一个软绵绵的东西，摔倒在地。是一个人，像她一样身材矮小，浑身湿透。一只手伸过来够她的脸，摸她的脸蛋。

“谁呀？”一个女孩的声音问。

“凯特琳·雅各。你是谁？”

“艾丽斯。艾丽斯·约瑟夫。”

她们停顿片刻，好像在盛宴之前做祷告似的，然后两个人同时欢呼着手拉手跑起来。被子从凯特琳的一侧肩膀上垂下来，在地上一弹一跳，跟她们一样兴高采烈。凯特琳和艾丽斯撞到房屋的墙上，撞到树木和篱笆上，最后大笑着摔倒在地。凯特琳抬头仰望天空，感到雨水轻柔地拍打着她怯生生的脸庞，她知道自己始终带着怯生生的表情。

“感觉就像世界要结束了！”艾丽斯说，她跟着凯特琳，也抬头望向雨水和欢乐的源头。

“也许是的，”凯特琳说，“这座岛是跟地底的东西相连，还是漂在水上？”

“我想是漂在水上。”艾丽斯回答说，接着笑起来，因为她嘴里灌满了雨水。

“我们再跑一会儿！”凯特琳喊道。她们爬起来，跑过一处像果园的地方，摔倒的次数多得她数不过来。她知道自己明天会遍体鳞伤，但是泥水会把淤青遮盖。被子粘在树干和石头上，仿佛它跑不动了，恳求休息似的，但凯特琳拖着它往前，传来湿布撕裂的声音。终于，艾丽斯径直跑进一栋房子里，说：“我想这是个谷仓！”

“你怎么知道？”

“你闻！”凯特琳闻了闻，但她只能闻到雨的味道，“我们要进去吗？”

凯特琳幻想温暖的干草床，也幻想继续兴奋地往前跑，在两者之间摇摆不定。她没来得及说话，就听到别的方向传来叫喊声，有人向她们飞奔过来。

她们玩起了捉迷藏游戏，与对面的人群互相热情地喊话，朝着声音跑去，发觉跑过了，再返回来。最后，凯特琳撞到一个人身上，两人双双摔倒，胳膊腿儿纠缠在一起。

“我抓到你了！”她听出是理查德·亚伯拉罕的声音，他得意地叫道。

“不，是我抓到了你！”她纠正他，在黑暗中摸索着想把他按倒。他扭来扭去不让她抓住，像一条惶恐的鱼。“来追我啊！”他的叫声飘回到凯特琳躺着的地方。她打了个滚，滑了一跤，向他的方向跑去，他叫着“来追我啊！来追我啊！”终于，她猛冲过去，他啪的一声摔倒在她面前，声音很响亮，湿漉漉的。

“不公平！”理查德开心地叫着，想把她的被子揪走。凯特琳又把它揪回来，他们在雨中拔着河。凯特琳赢了，她向后一滑，摔了个屁股蹲儿。理查德在她身边滑了一跤，他湿冷的肌肤在她身上擦了一下，转身消失了。

“这是我的！”她高兴地大吼。她又跑了起来，没有明确的目的地，她在黑暗中胡乱甩着胳膊，笑声比她在家里放胆喊叫的声音还要响亮。现在是夏天，被子是她的，瓢泼大雨是她的，快乐满盈的夜晚是她的。还有那么多日日夜夜即将到来。

第 9 章

珍妮

珍妮感到，她的血肉包裹在熟睡的身体曲线内，在缓慢地吞吐气息。她像一块由骨骼和肌肤编织的毯子包裹着妹妹玛丽。她睁开眼睛，看见大海一片碧绿，雨水淋漓，味道清香，海面上现出斑斑点点的黑色水洼。她眨了眨眼，低头看着玛丽的身体。玛丽的睡袍扯去了半边，好像她让魔鬼撕咬过似的，两条腿上满是难看的泥巴、淤青和草渍。珍妮迎着日出伸出双手，看见手上留下的一道道血痕变成了褐色。她的衣服已经脱光，长有雀斑的美腿和胳膊沾满厚厚的泥块，还有正在凝固的创痂。她重又闭上眼睛，打着呵欠，像一只心满意足的狗准备好好打个盹。珍妮睡觉时显得气定神闲。她的眼皮把那双躁动的眸子蒙住，她看起来就像她本来的样子：

一个十七岁的少女，太瘦，既发育不足，又过度生长，一头橘色头发如火焰燃烧。她睁开眼睛，就完全变了样。她的双眸闪烁着火光，温暖、诱人，却只是在等待射出一道道火苗，穿透木地板，把你家的房子烧掉。

“早上好，瞌睡虫。”她听到一声耳语，睁开眼睛，只见玛丽可爱的绿眼睛喜滋滋地凝视着她。她微笑着两手托腮，端详着玛丽的脸蛋。玛丽十三岁，还是个孩子，但是做孩子的时间不多了。她的颧骨和饱满的嘴唇预示着成年，她的身体柔软窈窕，正在变得浑圆。珍妮尽量不让玛丽吃饭，想拖住她，不让她堕入成年的深渊，可是玛丽不像珍妮，对付不了饥饿。珍妮把饥饿自行吸收，驾驭着体内苦苦哀求进食的热潮，直至它渐渐退去，化为一抹使她的血液温暖流淌的微光。玛丽感到饥饿，就背着珍妮吃苹果。

珍妮不太肯定自己能坚持多久不进入果实期，她希望能坚持到永远。她无法想象自己嫁个丈夫，做饭，仰视男人的脸庞，张开双腿躺在地上，声嘶力竭地把一个新生命带到这个世界。光是想想这件事，世界瞬间就暗了下来。绝不。宁死也不。她端详着玛丽。玛丽又睡着了，深深地呼吸叹气，眼珠在眼皮后面乱转。

她把目光转向湿漉漉的黄色田野，无数双小脚丫在田里留下坑洼。第一场雨后的早上总是平静得出奇，孩子们都睡着了，岛屿在雨水中游动。晨雾弥漫，奶油般凝滞，像一块凉爽的被子盖在树梢上。偶尔几只碧蓝、金黄和橘红的蝴蝶飞过，急促地拍打着翅膀，乘着看不见的阵风翩翩飞翔。鸟儿试探地唧唧啾啾，好像在发问，不知道回答它们的会不会是又一场倾盆大雨。

晚些时候，珍妮和玛丽会再找几个孩子组成队伍，分清敌友，但夏天的第一个晚上她们总是一起共度。珍妮喜欢奔跑，她们一直跑到海边，跳进水里扑腾。“我要走了！”她大声叫喊，“我要游走了！”玛丽只肯走到齐腰深的地方，海水凉爽宜人，仿佛在轻轻地吮吸她，要把她拉进去。大家都知道深水中潜藏着魔鬼，渴求女孩的肉体。

昨晚，玛丽半截身子泡在水里，半截身子任由雨水冲涮。珍妮终于从水里露出脑袋，她喘着气，身体因为受冷而泛红，噗的一声倒在湿润的沙子上。“总有一天我要离开。”她吸一口气，把倾泻而下的雨水吸了进去。

“你游着泳离开。”玛丽笑着说。

“我要带着刀子去找摆渡人，”珍妮说，“他要是不把我们都送过去，我就杀了他。”

珍妮和玛丽都去码头附近的草丛里侦查过摆渡人，观察过游侠登船。他长着一张石头般的脸，裂痕清晰，棱角分明，坑坑洼洼，一头白发像奇怪的苔藓滋生出来。一顶古怪的帽子压得很低，把他的眼睛藏在暗影中，但他的双手健壮紧绷，灰色的血管根根突起。孩子们大多不认为他像别人一样是个活人。珍妮通常能够让人们听她吩咐，却不知道怎么迫使他听她吩咐。

夏天的第一个夜晚，她把这个严肃的念头赶走，张开嘴巴喝了一口雨水，呛咳几声，呸的一声吐掉，然后吞一口唾沫，兴致勃勃说，她要找一座自己的岛屿去生活。“我会游泳去，找一座更好的岛屿，”她说，“只有你和我。”

“我们吃什么呢？”玛丽眉开眼笑地问，她喜爱这个游戏。

“我们吃鸡肉和苹果。”珍妮大喇喇地说。

“要是没有鸡肉和苹果呢？”

“那就吃……山羊和菠菜。”

“呃。要是没有山羊和菠菜呢？”

“那就吃鱼和土豆。”

“要是没有鱼和土豆呢？”

“那我们就吃……”她顿了顿，“狗和玉米。”

玛丽格格地笑起来。“我不想吃狗肉！”

“那就吃鸡蛋和玉米。”

“要是没有鸡蛋和玉米呢？”

“那么我们就吃土和石头。”

玛丽笑得更响了，怀着期待：“要是没有土和石头呢？”

“那我就吃……”珍妮拖长声调，“你！”玛丽一听这话跳了起来，边跑边叫，珍妮追着她跑到了水里。

珍妮咧嘴大笑，不忘溅着水花打闹，玛丽哼哼唧唧地抗议。她突然回过身，再次用后背撞了珍妮一下。“你看我这么多淤青。”玛丽伸直腿脚对珍妮说。

“我比你多。”珍妮打着呵欠回答，像山羊甩掉苍蝇似的抽动皮肤。

“没有！”

“就是！”

她们站定不动，仔细检查各自的双腿，指出很容易被误认为是泥巴的淤青。玛丽伸手擦掉珍妮腿上的泥巴，证明自己说对了，珍妮也伸手擦掉玛丽身上的泥巴。她们笑起来，两个人手上都沾满了泥。珍妮听到玛丽的肚子咕咕地叫。

“我们去看看他们剩了什么，”玛丽说，“我想吃点早饭。”

珍妮心里叹了口气，可是不想破坏这个安宁的早晨。“好的。”她硬邦邦地说，尽量不去数落妹妹。她伸手从近旁一棵树上掰下一块树皮，准备用指甲把它撕碎。树皮应声掉落，就像晒伤的皮肤可以轻易剥离一样。最近的人家是索尔家，房子藏在一块巨石后面，隐在几棵高大的黑白树影里。她们走了过去，索尔家的狗高蒂跑过来，用爪子攀在玛丽胸前，舔她的脸蛋。珍妮开心地拍了拍它的肚子，高蒂又乐颠颠地扑到珍妮身上。她用手指摩挲着它的耳后，细心地从它脖子上剔出一只跳蚤碾死。

“很快外面就没有狗了。”玛丽说。

“是的，”珍妮说，她挠着它的屁股，它舒服地前后扭动，耳朵竖起，舌头下垂。“趁着还有，我们该好好珍惜。”她吻了吻高蒂的脖子，它喷了一下鼻子，用舌头舔她的脸蛋。

索尔家的门口没有收获，高蒂或其他饥肠辘辘的动物已经掀翻菜罩，把摆在门口的东西都吃光了。她们走过田野，走到亚伯拉罕家，他家留了个盘子，用一只黏土深碗倒扣着。盘子里放着几个煮熟的土豆，又小又冷。玛丽用泥手抓着吃了两个。珍妮揉搓高蒂的耳朵，喂它吃了个土豆，自己勉强吞下半个，对愈发强烈的饥饿感做出让步。珍妮虽然食量很小，却喜欢大人夏天给她们奉上食物。这让她感觉到一种力量，仿佛自己是必须受到安抚的先人或收受贡品的游侠。

“你得多吃点，珍妮。”玛丽说。

“我没事，”珍妮心不在焉地回答，又剔出一个跳蚤，“我吃了一口。”

“才一口。”玛丽回嘴道。

“我要吃高蒂身上的跳蚤。”珍妮笑着回答，她信步走到亚伯拉罕家的雨桶边，用小桶舀起来喝了几口。玛丽翻翻眼睛，接过小桶，咕咚咕咚吞了几口新鲜的雨水。“走吧，我们到前面去。”

她们手拉手走过几块雨后倒伏的田地，庄稼向后倾倒，像信徒观看天上显现神迹似的。人畜粪肥酸臭污浊的味道早已化为馨香的土腥气。尽责的农夫已经把一栏山羊用网围起来。她们经过几户关门闭户的人家，门前台阶上的盘子空空如也。珍妮看见有个人影在动，指给玛丽看着，她们跑了过去。原来只是梅兰妮和约翰·约瑟夫，但她们还是快步追了上去。

这是阿曼达成为女人之后的第二个夏天，珍妮依然能够感到少了阿曼达的奇特空虚。她为阿曼达抛下自己而气愤难当，虽然她心里有一部分知道，自己没有道理这样想。她恳求阿曼达不要吃饭，把童年延长，继续跟她在一起，可是阿曼达耸耸肩膀说：“我还有什么别的办法离开自己的家呢？”

自阿曼达的果实之夏后，珍妮就再没跟她讲过话。她从阿曼达身边经过时，兀地把头扭到一边，动作很猛烈。玛丽加快了脚步，珍妮尽量不去想阿曼达，一门心思追赶朋友们。她们脏兮兮的，吃得很饱，准备开跑。

第 10 章

阿曼达

夏天来了，阿曼达留在家里，她讨厌自己跟其他人一样为了酷热和蚊虫抽抽搭搭。

一年多以前，阿曼达也像南希一样，在果实之夏即将到来时，躺在床上哭泣。靠着一丝运气，她在夏末来了初潮。黑血渗出来，顺着大腿流过乌黑的泥巴，男孩吓坏了，女孩受到吸引，全世界的蚊子闻风而来，她把自己洗干净，在身上多抹了好些泥巴。

由于时机侥幸，她又多了一年为走向成熟做准备，比贾尼丝这些女孩的时间充裕得多，她们在五月份出现初潮，动身去参加果实之夏时，还矮小得像个孩子。这也意味着她这一年可以安稳地睡在床上，爸爸不能再碰她了。但她还是很害怕，因为她的身体即将落入男人、母职和血污的天地。她不敢跟朋友们谈论她的恐惧，担心自己显得软弱，也不想看到她的相识为这件事情莫名地兴奋。她昂着头，假装漠不关心，夜里却无法入睡，绞着手，用牙齿咬掉嘴唇上单薄得像洋葱片的小块皮肤。

传统做法是妈妈陪着女儿——或者拖着女儿到那栋房子，发起果实之夏。妈妈或许讨厌阿曼达，却也主张维持颜面。那天早上，阿曼达洗漱时抖抖索索，她把头发梳得发亮，用盐擦洗牙齿，每隔五分钟就去排空一次膀胱。爸爸在卧室里呜咽。她讨厌他发出的声响，幼稚，露骨，惹人厌烦，只好咬着舌头，免得忍不住喝令他闭嘴。

她穿着上教堂的裙子走出来，妈妈抱着胳膊望着窗外。伊莱亚斯不知到哪里去了。阿曼达想知道爸爸会不会擦干眼泪，走过来最后抱她一下，但卧室的呜咽还在继续。妈妈转身仔细打量阿曼达，用凛冽的眼神从光洁的辫子打量到干净的皮革木屐，然后鼻子里哼了一声："嗯，"她说，"我们走吧。"

阿曼达默默地跟在妈妈身后走了几步，她第一百次盼望自己有个正常的妈妈，可以悄声说几句至理名言或者鼓励自己的话。阿曼达知道，要不是怕别人看见，妈妈会像夏天的孩子一样高兴地跳起来，她终于摆脱了女儿——可是话说回来，妈妈也许不会那样。阿曼达的果实之夏是妈妈走向死亡的第一步。等阿曼达生了孩子，只要游侠认为爸爸不再中用，她的父母就会喝下绝命汁，埋在田里。他们通常活不了多久，特别是靠体力谋生的人。爸爸从不诉苦，但她有时看见他走路一瘸一拐，也知道他哪边肩膀使坏了。有时老人害怕离世，哪怕疼得哭天抢地也要继续劳作，直到游侠到来，劝说他们默默赴死。

阿曼达看见孩子们满身泥水，像鱼儿跳跃一般从天边飞奔而来，跑到近处，两个孩子从她身边经过时停下了脚步。停得太突然，一个人撞到了另一个人身上。“是阿曼达，”其中一个悄声说道。她慢吞吞地走过去，她们拉起手打量着她，好像她是个怪兽或异界生灵。她们可能觉得谢天谢地，她们不是她。她要是她们，也会觉得谢天谢地。

走近亚伦家时，走着走着，妈妈紧张地挽住了她的胳膊。阿曼达暗暗期待妈妈扭过头随便说点什么，假装对她给予原本无意给予的支持。阿曼达很不习惯触碰妈妈的肌肤，为它的松弛干瘪感到吃惊，拼命克制才没把自己的胳膊抽走。她们在门口不远处停下脚步。

“妈？”阿曼达说，妈妈转身对着她。阿曼达竭力不让自己露出害怕的神情，感到一滴眼泪从脸颊滚落。她绝望地说：

“您有什么话跟我说吗？”

妈妈抿着嘴巴，“我有什么好跟你说的？”她问，眼睛轻蔑地眯起来。

阿曼达甩开妈妈的胳膊，像甩掉蜇人的蚊虫一样。她深吸一口气，抬起下巴，把如释重负的妈妈留在身后。

她慢慢打开门，希望自己不要哭，不要叫，不要让自己难堪，其他人喝着茶，惊愕地盯着她看了一眼。她深吸一口气，走进十五个左右的同龄女孩中间。她们有的蜷在地板上，有的勇敢地互相拥抱，还有一个在角落里呕吐。

回头想想，阿曼达很佩服雷娜塔·亚伦当时对待她们的方法。她把她们收拾干净，让她们平静下来，坐在地上喝牛奶，吃蛋糕。

“我希望大家知道，没人会逼迫你们做什么事情，”亚伦夫人说。几个女孩释然地舒了口气，但阿曼达不太相信她的话。“我还想让你们知道，在第一个月，身体接触一概不要有。我是认真的。你们要只跟这些棒小伙子聊天，了解他们。”

“一个月以后呢？”厄休拉·所罗门问，她嘴上沾了一圈蛋糕屑。

“我们会再次集合，决定下一步。”亚伦夫人愉快地说。

在她们的年纪，十二、十三和十四岁，一个月还像一辈子。

女孩们一阵躁动，你看我，我看你，寻找放松姿势和松开牙关的许可。

“喂，记住，你们不能嫁给和自己相同姓氏的人，”亚伦太太说，“所以你们也许不愿意浪费时间跟他们说话，不过待人友好总是不错的。绝对不能是同族亲戚的爸爸、儿子、叔叔或者兄弟。这是规矩。就算你爱他，想嫁给他也不行。所以，不要爱上那些人。”

“要是情不自禁呢？”詹妮弗·亚伯拉罕说，有人吃吃地笑起来。

“嗯，”亚伦太太亲切地说，“我建议你不要理睬他们。给必须扑灭的火扇风，没什么意义。”

一阵静默。她接着说：“我想让你们知道，准备结婚的适龄青年都很善良，很温柔。你们不必担心有谁会伤害你们，残忍地对待你们。”大家都避免去看葆拉·摩西，她手腕上新添了几道掌痕：“很善良，很温柔。”亚伦太太加重语气又说了一遍。

要是他们都很善良，很温柔，葆拉·摩西的爸爸怎么也结了婚？阿曼达心里想，亚伦太太瞪着她一眼，好像她把心里的想法大声说了出来。

“你们知道，”亚伦太太说，“你们每天晚上要在不同的人家过夜，白天从一家换到下一家。你们去了，大家都会觉得兴奋。许多女人会帮忙引导你们，我只是第一个。”

“你们要始终集体行动，相互作伴，男人傍晚收工后加入你们。你们要共度一整夜。我希望你们尊重其他人家，不要弄坏东西，也不要伤害别人。”阿曼达想知道，以前有谁弄坏过东西或者伤害过别人。

“哎，还有问题吗？”亚伦太太问。

女孩们交换着眼神。面对如此严峻而庞大的未知，举手提问的念头很可笑。从哪里问起呢？这时厄休拉大声问道：“要是我哪个男人也不喜欢怎么办？”

“唔，”亚伦太太说，“我觉得这不太可能。每个经历过果实之夏的女孩都会找到丈夫。”

可是未必喜欢，阿曼达心里想。

在过往的夏天，女孩们都曾踮着脚尖趴在窗户上观看过果实之夏。就在夏天的第一个月，她们就目睹过与亚伦太太的说法完全不符的事情。但她们绝望地想要相信她的话。她们有一个月的时间，在这一个月里，一切都可能发生。她们可能逃跑、改变、死去。所以她们容许自己受到安慰，接过第二块蛋糕，把脑袋凑近窃窃私语。

第一天一大早就把男人带来了，他们进门时，大家仿佛集体倒抽了一口气。几个女孩紧紧挤在一起，好像准备自卫似的，可是男人们又礼貌又安静，连最胆怯的女孩也很快放松了。安德鲁后来告诉阿曼达，亚伦太太事先给他们讲过话，把女孩比作受了惊吓的老鼠。“你们要安抚和迁就受了惊吓的老鼠，”她对他们说，“怎么做呢？通通走进去，一把抓住想要的姑娘？她们会立刻把门闩上。还可能咬你们！你们要轻手轻脚地走进去，看也不看她们。给她们奉上食物和饮料，就像供奉出现在家门口的先人那样。在地板上躺下，露出肚子，让她们认识到，你们不会吃了她们。”

头一晚全是温柔的谈话，男人们郑重而温顺地给女孩奉上更多蜂蜜蛋糕或牛奶。更让人惊讶的是，他们似乎发自内心地对女孩琐碎的日常生活感兴趣。男人最小也有十七岁；身为大人，对自己孩子气的聒噪入迷，那感觉就像第一次醉酒。男人全都那么英俊、挺拔，眼睛明亮，胡须浓密。很快，几个勇敢的女孩就嬉笑玩闹起来。

这天晚上，男人们走后，女孩们簇拥在一起，悄悄议论自己喜欢谁，不喜欢谁，他们聊了什么，谁能做个好丈夫。第二天，她们全体出动，去卡伦·摩西家，看见下雨和黑乎乎的孩子们，她们大声尖叫，前面有甜点等着，又转而欢喜起来。蜂蜜在岛上很珍贵，她们从未尽情享受过这样的甜蜜。

贾妮丝哭得止不住，呕吐过后蜷缩在角落里，摩西太太给她喝了点特殊的饮料，“帮她放松”。饮料让她平静而愉快，走路东倒西歪。药效消退后，她又啜泣起来。又给她喝了点饮料。她是第一个躺在男人身下的，她呵呵笑着，打着嗝，眼睛幽黑闪亮。上她的是托马斯·约瑟夫，他爱抚她，仿佛她是一样珍贵而崭新的东西。她呢，在甜如糖浆的恍惚中盯着天花板。正在跟其他男人聊天的女孩觉得难为情，无法正面直视他们。她们对这对发情的男女投以快速而着迷的一瞥，男人们则躁动不安，目光灼灼，上前一步更加迫近自己面前的女孩。

到第一周结束时，阿曼达坐在戴尔·约瑟夫怀里吻他。第二周结束时，她在拜伦·雅各家的房间里奔跑，没穿衣服，对四个追赶她的男人大笑，答应谁抓住她，她就属于谁。女孩们发现了自己拥有的力量，让男人匍匐乞求的力量。她们可以说是，可以说不，男人会听；她们可以像戏弄宠物或玩偶一样摆布他们。男人想取悦未来的妻子，让她渴望自己奇怪的男性身体，它肌肉隆起，还长着又黑又沉、样子可笑的生殖器。女孩像好奇的动物爬到男人身上，做实验，仔细检查，用鼻子闻，用嘴巴咬。有几个女孩觉得爱的行为令人反感，但认命屈从了，脸色僵硬得像背负重担的老妇。让阿曼达意外的是，有几个男人偏偏喜欢这种闷闷不乐的屈从。

阿曼达发觉，与男人发生性行为令她迷醉，在果实之夏前，性只让人疲倦。不过，有些方面她不能忍受。她讨厌男人全身的重量压在她身上，不喜欢男人碰她的咽喉。最糟糕的是在睡梦中被一只充满情欲的手惊醒。她狠狠地咬了加勒特·雅各，夜晚他想用手抚摸她的乳房。她醒来后发现他护着流血的手掌对她怒目而视。她既难为情，又感到内疚，就向他道了歉，后来满足了他的全部愿望——她断定先人肯定不赞成那些行为。

一天晚上，她听到抽泣声，醒了过来。开头几天这声音司空见惯，但多数女孩都已克服，不再为童年逝去落泪。落泪的也很安静，只是睡觉时侧着身子缩成一团，几滴眼泪缓缓地从眼皮滴到地板上。阿曼达光着身子爬过去，找到了声音的来源：贾妮丝缩在房间一角，像惯常那样浑身发抖。

“贾妮丝，”她悄声问，“你怎么啦？”

贾妮丝想说话，却说不出来。一个犯困的男人嘟囔着对响动发出抗议，贾妮丝用颤抖的手掌捂着自己的嘴巴和鼻子，仿佛想让自己窒息。阿曼达蹑手蹑脚地爬到贾妮丝身边，把她搂住。女孩而不是男人的肌肤给她的感觉很奇怪，柔软，光滑，舒服。贾妮丝把头靠在阿曼达的锁骨上，滚烫的眼泪在锁骨窝积聚。“我做不到。”她说。

“什么意思？”阿曼达说，“你做得很好。你是第一个，你不记得了？男人全都爱你。”

“其实，我不记得了，”贾妮丝说，“我喝了她们给我的东西，一切似乎都没问题，可是等药效褪去，我又恢复了原样。我做不到，我真的做不到。”

“可是，贾妮丝，”阿曼达说，“我的意思是，你先前……是怎么做到的？我是说，你先前做了。”她在黑暗中红了脸。

“我从来没做过，”贾妮丝说，“我是说，不是像这样。”

“哦，”阿曼达吃惊极了，没有继续探问。“唔。”

“我只是，”贾妮丝提高了嗓门说，“我要走。我得离开。”她把双手放在阿曼达身上。“你跟我一起走吗？我们能逃走吗？”

这个动人的承诺明媚而虚妄，阿曼达喉咙里涌起一股冲动，又哽住了。“可是，贾妮丝，我们到哪儿去呢？”

一阵长久的沉默。然后，贾妮丝说：“我还得喝点饮料。现在就得喝。”阿曼达能感觉到，贾妮丝的心跳像蜂鸟扑闪着翅膀。

“等一下。”阿曼达说，虽然她深知自己不该这么做，却还是叫醒了她们目前的女主人所罗门太太。

“怎么啦？”所罗门太太含糊地问，“有人受伤了吗？”

“是贾妮丝，”阿曼达说，“她……不舒服。”

“哦，喝过药的那个，”所罗门太太说，“现在她该好些了吧？”

“没有，”阿曼达说，又接了一句，“她不舒服。”

所罗门太太不高兴地咕哝着爬起来，随阿曼达走到贾妮丝所在的角落。她用能干的双手握着贾妮丝攥紧的拳头。

“贾妮丝，”所罗门太太静静地说，“你现在是个女人了。这是女人要做的事。你要这样结婚，生子。”

“我不——，”贾妮丝打着嗝说，“认为我想做女人。”

“天哪，亲爱的，”所罗门太太说，“说得好像你有选择似的。”

贾妮丝再次眼泪汪汪，阿曼达看见所罗门太太脸上显出愠怒的表情，但也伴着伤心和担忧。“亲爱的，你受伤了吗？哪个男人伤到你了吗？是的话你要跟我说。”

贾妮丝飞快地摇头。“我大部分事情都不记得了。”

“那你哭什么呢？”

“我只是……我只是……”她试着解释她的痛苦，声音越来越轻。“我只想让一切回到从前。我想过个正常的夏天。”

“你很快就会生孩子，孩子会有你曾经有过的夏天。”所罗门太太说。

“您怀念它吗，所罗门太太？”阿曼达突然问。“怀念夏天？”

所罗门太太因为风吹日晒而布满皱纹的脸上闪过一丝痛苦。“我们都怀念夏天，亲爱的，”她叹着气说，“可是人不能永远是个孩子。在这儿等着，姑娘们，我这就回来。你很幸运，我有配方；有些男人都不喜欢在家里备着它。”贾妮丝又安静地靠在阿曼达身上，肌肉抽搐着。所罗门太太很快回来了，她默默地递给贾妮丝一个杯子，里面盛满了味道冲鼻的液体。

贾妮丝注视着它，稚气的脸蛋突然显得又瘦又老。她双手捧起杯子，把里面的东西一饮而尽。她深吸一口气，闭上眼睛，等着药效发作。阿曼达伸手取过杯子，闻了闻，舔去苦涩的残渣。

夏天结束时，她们都厌倦了。厌倦了在各家转移，厌倦了团在别的女孩身边睡觉，厌倦了天马行空和玩耍嬉戏。她们跟男人共度的夜晚从手忙脚乱的性行为，发展到和风细雨的交谈，甚至一起打盹。男人们白天必须回归规律的生活，种田、铸锅，干着各自祖传的营生，他们睡眠不足，脸色憔悴苍白。就在这个困倦时期，阿曼达和安德鲁开始交谈。她觉得他腼腆、风趣，喜欢他已经长出来的鱼尾纹和黑发中令人诧异的缕缕白发。

她记得并排躺在安德鲁身边——她不记得他们住在谁

家——吸入彼此的气息，再呼出来，让它回归本源。他生着老茧的手慢慢抚摸着她，摸过她臀部的弧线和腰间的低谷，细细研读她的肋骨，一根一根直到汗湿的腋窝，然后又开始返回的路程。他的手指所过之处给皮肤留下愉悦的刺痒感觉，她的神经惬意而平静。对于阿曼达，这是这个夏天到目前为止最愉悦的举动。

他的气息陌生，野蛮，令人迷醉；泥土、铜、韭葱的味道，还有牲口鞍套上聚集的细小灰尘。她举起一根手指划过他的脸颊。他笑了，吻了吻她的指尖，闭上眼睛。

阿曼达仔细端详他的脸庞，试着想象他是她的丈夫。夏天一直闹哄哄、乱糟糟的，她很少想到一切结束时，她要嫁为人妻。她想象自己处在自由落体状态，处在令人眩晕的性与甜蜜的缠绕中，这种状态将永远持续。

霜冻很快将要降临，一身泥水、红着眼睛的孩子们会陆续回家。她要盘起头发——她会盘发，女孩们整个夏天没完没了地练习过——走出去，作为成年人回归世界。她的脱胎换骨完成了；她已经感到踩在地上更加稳重、沉着和坚定。

身为女人她要做什么？生孩子，当然。照料家人。躺在丈夫身下。谈论没有什么意义的无聊琐事。突然间，虽然她多年来拼命想从爸爸身边逃离，此刻却强烈地思念起他来。

只有他真正跟她说过话。只有他曾经了解过她。

安德鲁感到她的肌肉变得紧张，睁开了眼睛。“你怎么了？”

“我不想结婚。”她坦露心迹，悄声说了实话。

他皱起眉头，在眉心画了个钩。“唔，我们不是非得结婚。”他慢条斯理地回答。

“不，不，我的意思是压根儿不想。我压根儿不想结婚。”

他用一只胳膊把自己支起来，她翻身仰躺着。“那么你想做什么呢？”他把一只手放在她的乳房中间，好像在触摸她的心跳，确保她身体很棒。

她想了想。沉默爬上她的脚踝，拍打着她的膝盖，包裹着她的腰身，又死死蒙在她脸上，像一块令人窒息的布。他的问题没有合情合理的回答。她只是凝视着他。

“你知道我为什么盼着结婚吗？”他问。

她无声地摇了摇头。

“为了早上醒来，”他说，“妻子在我身边。”他把手放在她的脸颊上，她感到自己在战栗。

她心里想，*我想嫁给他吗？我没有不想嫁给他。*与其嫁给别人，不如嫁给他。

她试探着想发出声音，轻柔地吸了口气。“我父母不睡在一张床上。”

“嗯，那是后来，我想，”他耸了耸肩，“要干的活儿太多。孩子也让人分心。”

她眨了眨眼。

他伸出空着的胳膊把她搂在怀里。她感到他结实多毛的身体贴着她裸露的肌肤。

“想象一下，我们每天早上都可以这样醒来。”他喃喃地说。虽然她知道到时候绝对不一样，他们会缺少夏日时节的柔和温热，同眠伙伴轻微的声息，满口的甜蜜，轻重不等的体重和销魂的不眠之夜，但她还是赞同地向他依偎过去。

他们不是第一对同意结婚的，也不是最后一对。有个游侠的女儿叫弗洛拉·索尔，在这一年的交混中，她几乎马上被英俊机智的瑞安·约瑟夫收揽。两个乳房鼓胀、早上恶心的女孩也早早有人追求。已经证实的生育能力是一笔宝贵的财产，即使一辈子搞不清你的头生子的父亲是谁，也是划算的。几个女孩早在上教堂或者邻居筵请时就被男人相中，并执着地追求直至俘获到手。剩下的男人只好在没人要的女孩中间做出取舍。最后，三个没有订婚的男人看着喝过药的贾妮丝、长得丑的威尔玛，还有姐姐生了三个缺陷儿的贝思，各自做了决定。每个女孩都有了男人。尽管男人对别人挑剩的女孩不太稀罕，但总比没有妻子要好。

阿曼达终于跟其他女孩道了别，她跟她们拌过嘴，拥抱过，大笑过，说过悄悄话。她觉得自己很幸运。她没有被迫跟一个自己不喜欢的人安顿下来；安德鲁身体强壮，能干，情意绵绵。最要紧的是，她终于能逃离自己家了。婚礼将在第一片叶子变黄时举行，她等着婚礼的日子，假装自己不在家里。妈妈大声嚷嚷，她听不到，她满脑子想着今后跟安德鲁共度时光的情形。爸爸想把她揽在怀里，只是轻轻抱一下，她也几乎没有反应。

安德鲁抱着她跨入自家的门阶时，她笑着吻他的脑门。焦急地过了好几个月才怀孕，怀孕后，他快乐，她就快乐。

而今，记忆中他的快乐蒙上了一层污垢，她怎么也擦不掉那一层暗色。但是当时，她呕吐，疲倦，充满新的生机，以为自己拥有了曾经梦想过的一切。

她错了。她觉得恐惧把她耗尽了，她不确定自己还剩下什么。她躺着一动不动，像湿麦秆一样有气无力。在她体内，女儿在翻滚，开心地在咸咸的血水中游泳。女儿混沌无知，除了湿度、黑暗和低沉的声息。女儿让她睡不着觉。夏天来了，她困在床上，受困于胎儿的重量。阿曼达想到了珍妮，珍妮比她大三岁，挺拔的身体无可指责，抹着泥巴。她感到一阵嫉妒的刺痛，尖锐得让她缩成一团，竭力不让自己喊叫起来。

第 11 章

瓦妮莎

夏天的第五天，蚊子像雨一样骤然来临，只不过不是从天空降落，而是从地上升起。它们像层层叠叠的黄纱嗡嗡作响，横扫大地，噬咬着一切血管里流淌着血液的活物。未雨绸缪的农夫已经给山羊和绵羊的羊圈罩了网罩；懒惰的农夫边跑边骂，一手拍打自己，一手张挂网罩。狗哼哼唧唧地哀叫着跑进屋，把一簇簇蚊虫从眼睛和鼻子上抖落。猫消失到密闭的神秘猫窝和管洞里，有些猫对人的忍耐力较强，就懒洋洋地躺在室内，以一副听天由命和理所当然的神态接受几块黄油和几块鸡肉。孩子们纵身跳入泥塘，打滚，尖叫，把泥涂在脸蛋和头发上。他们最终披上了泥土的盔甲，还在不停地重新把泥抹在胳膊、膝盖和屁股的缝隙处。

他们一边笑话自己，一边像蠕虫一样在泥水中摸爬打滚，露出洁白的牙齿与乌黑的脸蛋相映成趣。蚊子向他们俯冲过去，徒劳地刺探，附着在脏兮兮的皮肤上，像色彩斑斓的细小羽毛。瓦妮莎常常纳闷蚊子靠什么为生，既然人、狗和牲畜要么在室内，要么受到保护，人们飞跑出去把泔水倒入厕所时除外。也许吃兔子和老鼠。她问过亚伯拉罕先生，他也没有头绪。爸爸会知道的。但现在是夏天，这几个月她不用想他。

夏天之前，爸爸总是一种安守本分的快乐神气。"当年我像疯子一样奔跑，你不妨也那样。"他说。那时他们都是孩子，他打趣妈妈把几个女孩的鼻子打出了血，妈妈摇了摇头。他换了说教的口吻，嗓门高了点，声音更加刺耳。"夏天是我们这个社会的奠基石，"他俨然说道，"夏天让家庭正常运转。要是你没有尝过自由的滋味，会在一年当中崩溃。"

"詹姆斯。"妈妈皱着眉头说，眼睛看着地板。

"不要吃腐烂的食物，"在雨季来临前，爸爸提醒瓦妮莎，"不要只喝雨水。不要打架太多，你会受伤的。不要把泥水弄到肚子内。生病了就回家来。"

瓦妮莎听话地点了点头。没有人生了病回家去。去年，艾丽西亚·所罗门开始咳嗽，转为发烧，后来开始吐出带血的痰。好几天她躺着瑟瑟发抖，翻来覆去，大声叫唤，出了很多汗，身上的泥块流成了小溪。她哥哥只好给她扇蚊子，不停地再把泥巴涂在她身上。艾丽西亚的一只眼睛变得通红。她看起来很吓人，小孩子们看到她的目光就尖叫着跑开了。可是她没有回家，也没人劝她回家。后来她摇摇晃晃地站起来，头很疼，红眼睛褪成淡粉色，又褪成白色。

狗、人和牲口都挤在栅栏后面，外面的世界显得更加辽阔。房屋缩成了小盒子，田野大大地伸着懒腰，打着呵欠，树木向天空伸展。不知怎的，连地平线也显得更加漫长，海面和海滨更加博大。只有孩子们可以自由走动，他们也在长大，高高地耸立在各自的地盘上。

在岛上，希尔达·摩西的蛋糕做得最好，她每天早上把一块蛋糕放在门外，蛋糕上涂着黄油蜂蜜和苹果酒糖霜。她说蛋糕是专门给孩子们做的，但瓦妮莎相信，她这么做，是因为她喜欢看他们打架。许多孩子盘腿坐在看得见她家门口的地方睡觉，为了一大早就能警醒。等她的裙子沙沙地回到室内，他们等一下就跑过去争抢。二十多个孩子瞄准一块蛋糕，很快就演变成一场争斗。有几个早上，瓦妮莎参与了打架，不仅因为她爱吃甜食，还因为她喜欢肉搏，喜欢狠揍别人滑溜溜的脸蛋，扑到别人身上胡乱抓几块糖霜。她吃到嘴里的土比蛋糕多，但是蛋糕屑甜蜜满盈，有时候还尝到嘴唇破裂的咸咸血味。瓦妮莎知道自己该像珍妮一样开始绝食，可是一想到吃不上泥、血和蜂蜜的混合物，她就受不了。

孩子们散了，瓦妮莎跑到岛上最高的那棵树，一棵美国梧桐，爬了上去。她喜欢它的三裂叶和外观好似出了皮疹的斑驳树皮。她希望有一天它能长得足够高，让她看见荒野。爸爸说，它的树根一定有几英里深，否则它会在暴风雨中倒下。照现在这样，刮风时它轻轻摇摆，像鹰驭风飞翔，发出像远方河流的沙沙声。

瓦妮莎喜欢爬树。她喜欢装猴子，她从没见过真正的猴子，不过爸爸有一本书里画着猴子。她想象它们动作像她，把胳膊和双腿四仰八叉地张开，在树枝上攀爬。猴子是除马以外她最喜欢的动物，它长着令人发笑的长脸，优雅的脖子像拱起的彩虹。

爸爸让她发誓绝不把从书中读到的内容告诉别人，但瓦妮莎觉得只跟他一个人谈论犯禁的知识很是无趣。有时她试着在土上画一头鹿，告诉别的孩子，它跑得多快，怎样扬起尾巴，可是她回到家，看见真实的图片，就意识到他们即使见到一头鹿也不会认识。他们会这样想象，鹿长着摇摇晃晃的腿，两只眼睛生在脑袋的同一侧，臃肿得无法承受自己的重量，立刻瘫倒在地。

她在树梢上站直身体，伸长脖子，却只看见海水和一道云堤。等这棵树长高的问题在于她也在长，体重增加，骨骼增强。很快她就会长成女人，到那时她就不能再爬树了。她从没见过大人爬树。也许大人会把枝条压断，掉到地上，摔得很不雅观。

瓦妮莎看着浓雾流动、舞蹈、弥散，缓慢而凝重，像水中的血。她听到自己的心跳和呼吸，发觉在这么高的地方，蚊子不再嘶鸣夏日之歌。她扯着嗓门模仿起了蚊子的嗡嗡声，接着又唱了一首教堂赞美诗，歌词改作无厘头的呓语，因为她不愿想起索尔牧师。“噢，为了雾——”她叫道，“狗，还有木头上的蚊子。总有一天要下雪，现在还不到时候，噢，不到时候！蛋糕和土豆，土豆和蛋糕，不给缺陷儿，做得那么好！一个人，远离家，唱着歌，希望我能久待，唱着夏天的歌。”她不唱了，听着孩子们玩耍的渺茫回音。她鼓起勇气，兴高采烈地抬高嗓门，吆喝起了爸爸爱说的骂人话，要是让大人听到她说这些话，她会挨耳光的。“操！操！操你妈的！爸爸妈妈，操你妈的。弟弟，其他人，操你妈的；渡轮和雾，操你妈的。学校，操你妈的；教堂，操你妈的；先人，操你妈的；果实期，操你妈的。操你妈的。这座岛，也操你妈的。”她顿了一下，等着大发雷霆的先人像愤怒的蜜蜂蜂拥前来，等着树木栽倒，大地陷落，把她抛入下方的黑暗。却只有一只鸟叽喳啼叫。她受到鼓舞，又骂又唱，把嗓子都喊哑了。然后，她小心翼翼地挪到一根小枝条上，蹲下来，吧嗒吧嗒地把尿撒在下面的枝条上，一边希望下面没人，一边又希望有人。她小心地爬回去，把屁股安顿在树枝弯折处，凝望着开阔的天空。在她需要吃东西以前，她不用离开，那还要过很久。

第 12 章

阿曼达

阿曼达从没刻意留心过妈妈在家干哪些活。自从嫁给安德鲁，她发现自己在家里——她的家里——应该扫地，她却没用过笤帚，应该做饭，她却不会生火。别的女孩学会走路不久后就学会了这些家务活，妈妈却不屑教她，宁愿自己料理家务，听任阿曼达到处瞎晃。

她婚后所做的一切，连日常生活的某些时刻都显得奇怪。她得穿遮住小腿肚的裙子，只能走，不能跑，她得把头发梳拢在头顶盘起来——不是练习，而是真的盘起来——得面带笑容跟大人打招呼，不能旁若无人地从他们身边走过。她看见同龄的老朋友，她们尚未经历果实之夏，也得对她们微笑，像大人对孩子微笑一样。她讨厌这么做，看得出来他们也讨厌她。

她并不想回归妈妈的厌恶、伊莱亚斯呆滞的凝视和爸爸沉重的拥抱。她爱安德鲁，愿意做他的妻子。只是她也想跑，想叫，想跟朋友们勾肩搭背，想睡在海岸边。

夜晚古怪而忙乱。安德鲁的触摸既熟悉，又怪异而陌生，令人迷惑。他入睡后，她常常一阵阵发抖，潮水般的打颤像大风把她掀翻在地。他们在果实之夏曾大量发生性行为，而今到了婚床上，感觉却很不对劲。有时她走出门外，光脚走在冰冷的泥地上，仰望透过雾气照射过来的白月亮。头几个月，只有她觉得安德鲁早上起了床，走进厨房后她才睡觉。这时，一个耳光把她扇到黑暗的睡眠中，就像有人把她推倒到泥地里，她睡到午后才起床。

她迟疑地用笤帚在地板上扫一扫，把灰尘从一个角落扫到另一个角落。然后她试着缝补或者做饭，安德鲁回到家，发现她埋在一堆布料或蔬菜下面找不着了。她爱他总是笑着拉她站起来，爱他穿着针脚拙劣的衣服，吃难以下咽的饭菜。她爱他，直到他们把灯吹熄。这时她就想悄悄溜走，用肚子爬，像没有骨头的原始物种。

她嫁给安德鲁三个月后，爸爸来了。他一直避不上门，让阿曼达很是意外，她本来期待跟他多走动呢。（她对妈妈和伊莱亚斯毫无期待，他们在教堂都不跟她点头致意。）

这时候，就在天气冷得降霜的时候，爸爸笑眯眯地出现在门口，拎着一只死兔子。阿曼达以前没有剥过兔子皮。爸爸坐在桌前看着她，她又锯又绞，撕扯着珠母般的膜状物，膜状物绷紧断裂，变成泛白的软骨，冷却的紫褐色血液黏糊糊地顺着桌边流到地板上。

“我想你，阿曼达，”爸爸说。他取过一块布，跪下来擦干净溅落的鲜血。“我再没人可以说话了。”

“你可以上我家来，”她回答说，手指滑过一根根发黏的血管和充血鼓胀的滑腻肉块，“你先前没来，我还觉得奇怪呢。”

“你妈妈不喜欢。”

“这不奇怪。”

“她说，现在你不是家里人了。我待你应该像对待外人一样。”

阿曼达皱起眉头。“人们还是会探望孩子，人家第一次生孩子都有妈妈帮忙，”她停住不说了。“不过，我倒宁愿听到山羊的忠告。”

“你怀孕了吗？”他的声音有点颤抖。

“我想没有。”每到月缺，她就规律地来了月经，三个月后她和安德鲁担心起来。

一阵长久的沉默。阿曼达把兔子后背和肚子上的皮剥开，可是剥到关节和爪子处遇到了麻烦。它湿漉漉地在她手里滑动。她不知道是不是该把头切掉，爸爸没有主动搭把手，让她心里一阵烦躁。

“想到你要生孩子，觉得太怪了。”他说。他望着堆在桌上的兔肉，双手在膝盖上绞着。

“是很奇怪，”她表示同意，跟他一起在桌边坐下。她的裙子腰部沾上了血红的污渍，她的胳膊包在血渍已经凝固的袖子里。“我得用肥皂使劲搓洗这条裙子。希望污渍不要渗到地板里。”她说，口气尽量显得轻松。

爸爸点点头，把目光转向别处，在椅子里动了动。“安德鲁不能教你杀兔子吗？”

难道你不能吗？她想反唇相讥，嘴里却说：“我不知道，要是不能，太太们会教我的。”

“我想也是，”他拿起她擦过手的抹布，摆弄着边角，把自己的指尖染红了。这一幕让她反胃。“你离家前你妈妈没有多教教你，真是可惜。”

“她讨厌我，”阿曼达说，“你也知道。我现在离开家了，不用再在乎她了。”

“我希望你没有。”

“没有什么？”

"离开家。"

"离开家我很高兴。"

他像挨了她一耳光似的皱了一下眉。他额头的皱纹加深了，他凝视着她。"你很高兴？"他说，"你幸福吗？绝对幸福？"

阿曼达的心思飘回了夜间，她偷偷走出房门去看月亮，站得两脚发麻才回屋。"谈不上绝对幸福，不过我爱安德鲁，我一定会把该做的事情做好。"

"你把头发盘起来显得老气。"

"我也觉得很怪。就像一件衣服穿了好几年，有人把它拿走了。"

他点点头。"你走了，我也是这种感觉。"

"伊莱亚斯怎么样？"她问道，突然想改变话题。

"他开始跟着您干活了吗？"

"稍微干点儿。我不认为他喜欢干活。他跟我说，他想当个渔夫。"

"哦，渔夫也有儿子。"她干脆地说。她得履行身为女人的命运，伊莱亚斯就得履行身为爸爸的儿子的命运。

"他脑子好使。他本来可以当个游侠，要是生在游侠家庭。"爸爸的口吻既佩服又疏远，好像在谈论别人家的孩子。"不等我知道，他就会准备离家了。他不想离开你妈，当然。"

“当然。”

“我不知道他走了，她会做出什么事。不过既然我失去你能活下去，她失去他也能活下去。她会感到孤独。我现在就感到孤独。”

阿曼达点点头，拿不准该说些什么。

“我本来不想来看你。我想等你安顿下来，但我也知道，那样我会很痛苦。”

阿曼达耸了耸肩膀。“我很难过。我不知道我能做什么。孩子总要长大，离开家。”

“这就是生活。这就是生活。我见过别人失去女儿，为他们感到难过。现在他们该为我感到难过了。”

“别太难过，”她半笑着说，“我一直在岛上到处跑，在沙滩上睡觉，也许他们认为你摆脱了我，日子好过了呢。”

“我每天早上醒来，你不在家，都很伤心。”

“我那时候——”，阿曼达竭力回想自己当初是什么样，“年纪小，一肚子火。”

“你现在不是了。”

“一肚子火吗？我想没有了。我只是……累了，”她叹了口气，“也许我现在已经够老了。我不知道。见到你很高兴。”这话只有一半是假；他熟悉的脸庞让她有什么地方觉得温暖。

“你想过吗，要是我们可以永远生活在一起，会怎么样？”

阿曼达蓦地抬起头：“没有。当然没有。”

“我想过。只是生活在一起，每天晚上我回到家，你迎接我，每天早上跟我道别。你打理花园、雨桶、小鸡。我们永远待在一起。”

“不，不可能。没人那样生活，”她的嗓门不由自主地迅速抬高，音量随着脉搏加强。她不自觉地站了起来，高高地矗立在坐着的爸爸面前。“你不能那么做，那是违反戒律的。”

“我没说我们应该那样。我知道你得结婚，生孩子。安德鲁是个好人。你选对了人。”

“是的，”她的声音在厨房里回响，她意识到自己刚才差点叫嚷起来。她难为情地赶快坐下，看着地板上的血迹。“我不知道你来这里说这些话，是想得到什么，”她静静地说。

“只是些愿望，阿曼达。愚蠢的愿望。我现在老了。活不了多久了。活到伊莱亚斯有孩子，我希望；可是等你有了孩子……嗯，我觉得就像我走上末路的起点。”

“也许我生不了，”——她打了个磕巴——“伊莱亚斯的妻子会生缺陷儿，你能活很久很久。”

“你知道，我不希望那样。”他们都不说话了，一只鸟不时用越来越响亮的欢叫打破沉默。

阿曼达觉得自己很傻，很笨，她没来由地意识到自己的乳房在家居裙里松垂着。滚圆、可笑、让人羞惭。她站起身来，双臂抱着胸前，爸爸也站了起来。

“过来，”他张开胳膊，她凭着记忆机械地走了过去，对自己的举动浑然不觉，直到他把头俯在她肩上。她的鼻子充盈着他的头发味道，她不由地颤抖了。爸爸似乎没有察觉。“我的女儿。”他喃喃地说，轻轻晃着她。

后来阿曼达抽身后退，连忙小心地从他怀里挣脱。爸爸的胳膊依然张开，悬在空中，好像用绳子吊了起来，他脸上现出希望与绝望交织的窘迫神色。

“我该走了，”他静静地说，依旧伸着胳膊，“我是个傻老头。”

她清了清喉咙，“我再也不让你害我分神了！我得想想怎么炖这只兔子，”她尽量快活地说，好像他们刚才吃着蛋糕喝着茶，愉快地聊过天，“早点过来吃晚饭，您就能见到安德鲁了。”

“好的。”爸爸说着奇怪地微微鞠了个躬，她从没见他这样过。他走出屋子，手里还拿着那块沾血的抹布。阿曼达在椅子上坐下，感觉就像骨头化成了水。她把头抵在膝盖上，望着地板上的红色污渍，它们似乎别有深意，仿佛是用一种她似懂非懂的文字书写的。她把胳膊伸到脑后松开头发，眼泪吧嗒吧嗒地溅落到地上的血污中，呈粉红色，一滴又一滴。

第 13 章

阿曼达

阿曼达在黑暗中醒来，脚跟着地，蹲在地上，一轮乳白色的冷月在天上照着她。她吃惊得说不出话，颤抖着轻叫一声，伸出双手摸摸自己的脸蛋、肚子和双腿，确认自己安然无恙。她的女儿躁动不安，在她的子宫里打闹，仿佛要把她从神游中唤醒。

阿曼达把手向下伸去，感到两只手陷入了凉爽滑腻的泥水中，恍然意识到自己正在屋外。远处矗立着一些庞大的暗影，她的眼睛渐渐适应后，它们变成了黑黢黢的房屋和枝干弯曲的树木。

突然，她意识到蚊子在卖力地吸她的血，它们线状的锋利吸管在她的皮肤下钻来钻去。她听从来自童年夏天的本能，从坐着的体位腾地后仰，平躺在泥水中。她屏着呼吸，像窒息的鱼一样扑腾，把四肢和躯干都粘上凉爽的淤泥，然后，她翻身跪坐起来，捧起两把淤泥抹在脸上，把冰凉的泥水在眼皮上抹开，向下抹在脸颊和脖子上，让它流到她隆起的乳房之间。

她把手伸到睡袍下面，把泥自下而上从大腿抹到腹股沟，抹在满月般滚圆的孕肚上。胎儿在欢快地翻滚。阿曼达筋疲力尽，再次仰面倒下。泥巴不仅挡开了多数嗡嗡尖叫的吸血蚊虫，还抚慰了她裸露的粗糙皮肤。她裸露肌肤，魂不守舍地坐了多久，像个乞丐匍匐在夜空中这个亮晶晶的圆洞前。突然，阿曼达抽抽搭搭地哭起来，咸咸的眼泪冲走了她眼皮上的泥巴。她翻身侧卧，缩成一团，把嘶哑短促的哭泣抛向黑暗。过去几个星期，她已经掩面哭泣过许多次，眼泪顺着太阳穴滚落下来，积聚在耳朵里，她微微发抖，努力保持均匀的呼吸，免得打扰安德鲁。安德鲁在无忧无虑的安睡中温和地打着呼噜，梦中没有要挣扎的理由。此时，嚎哭让她觉得好像把什么东西撕开了，伤口上的疮痂，伤口得到解脱，血顿时流了出来，流啊流啊。

女儿在她的水笼里旋转，越转越快。她使劲锤打阿曼达的膀胱，阿曼达满不在乎地把滚烫的尿液撒在湿漉漉皱巴巴的裙子和脚下的泥水中，依旧跪着没有动。

她喉咙生疼，肺脏变得虚弱，她仍然缩成一团，用大腿抵着硬邦邦的肚子。我不能这么对你，她默默地对女儿说。她的女儿停住不动了，抽搐几下，开始换个方向旋转游动。阿曼达把右手放在耻骨上，摸着胎儿在小而圆的子宫里转悠翻腾的动静，子宫已经不再属于她自己。她的眼泪已经干了，蚊子盘旋着准备叮咬，她像发痒的狗把脸在泥水中蹭了蹭。对不起，她心里想。她用手撑地站起来，胆怯地凝望着冷月。阿曼达向一座沉睡中的房子走去，想回到自己的家。

她把几桶清冷的雨水浇在皮肤上，光着身子站在月光下发抖时，安德鲁会醒来吗？她爬回床上，他会不会感觉到，他臂弯里的头发是湿的？她的呜咽是不是只会点缀他的梦境，像冬日的海洋平静而有节奏的摇晃？

远处传来轻捷的脚步声：那是夏天的孩子们在四处游荡，寻找刺激或者可以舒服地睡觉的地方。

第 14 章

珍妮

珍妮一马当先，径直冲过去厮打起来，玛丽像个小小的黑影紧随其后。珍妮不太清楚自己在跟哪群孩子打架，她认出了布莱恩·索尔那沾满泥水的卷发，还有丽萨·亚伦乌黑蓬乱的发辫。

孩子们在为了争夺海滨上一处最佳位置打架，大海在这里呈拱状，好像用鼻子在晶莹的浅滩上拱了一下。在珍妮看来，大家很像拼接而成的异形魔鬼，生活在黑暗的下方——只有小盘子大小，动作慢得像蜗牛，还算伶俐可爱。

玛丽有点笨拙，眼神也不好，打架从来打不过别人，但她跟在珍妮后面，自顾自地向一切晃动的身体抽打过去。很难又准又狠地打伤什么人，因为大家顷刻间就变得浑身湿滑。

攥紧的拳头滑到一边，不能结结实实地打在皮肉上。指甲从盖满泥水的肢体上滑过，不能把皮肤撕成几片。连牙齿也在泥水淋漓的皮肉上打滑，随着通电似的一声咔哒，难受地咬空。不管打架是怎么开始的，结局都大同小异：脏兮兮的孩子们滚来滚去，龇牙咧嘴，躯干和肢体纠缠不清，好像他们熔铸在一起，变成了某种长着很多条腿、脏兮兮的可憎怪物。

打架让珍妮感到生机勃勃，其他事情都没这种效果，比如：独自在暗夜里徘徊，只有翩翩思绪作伴；奔跑得气喘吁吁，肺部泛白，发热难受；一边把玛丽搂在怀里轻轻摇晃，一边望着繁星满天的夜空，知道自己会看着它们沿着轨迹缓慢运行直至天亮。打架让珍妮热血沸腾。不是想伤害别人，她很少真正打算伤害别人，也不是想报复敌人，珍妮几乎没有当真为敌的对手。而是为了肌肉收缩释放热量，为了身手敏捷和大脑飞速旋转运筹帷幄，为了身体亲密接触的冲击；除了小孩和玛丽，她不让人碰她。她内心深处有一种不肯面对的领悟：在她的生命中，这是把思想的暴力转化为身体搏击的唯一时机。她大声尖叫，连连出击，左奔右突，她的大脑却纹丝不动；她的拳头、牙齿和指甲交织混同，昭示着内心的喧嚣。

她知道有些传言说她喜欢用石头狠狠地把别人的骨头打

断，这些传言都是无稽之谈。不过，她是个打架的好手，也许在全岛首屈一指，她从来、从来不累。她或许有点眩晕，眼角的视线有点恍惚，像有一群归巢的黑鸟向她包抄过来，但她对疲倦、放弃深恶痛绝。

即将败退的孩子们愤怒而痛苦地咆哮着，七零八落地撤退，在远处的海滩边蹲下来怒目而视。丽萨的妹妹帕蒂·亚伦一步步向丢掉的地盘蹭过来，珍妮嘶嘶怒叱，像发怒的狗一样呲着牙齿，帕蒂又逃开了。珍妮挺拔而笔直地站在那里，昂然眺望着远处的水面。她放松下来，脸上露出笑容；玛丽涉水下海，开心地瞧着一只海蟑螂，她又摸到一个光滑冰凉的贝壳，抖了一下。四岁的格蕾塔·巴尔萨泽站在旁边，她斜睨了一眼海蟑螂，神色疑惑。它不耐烦地动了动，她叫起来，微笑着露出尖利的小牙齿。她的哥哥盖伦把泥巴重新涂到她皮肤上泥块脱落的地方。“来洗头发，格蕾塔！”他乐呵呵地说，把两团棕色泥块丢在她的脑袋上，抹平，泥水稀稀拉拉地顺着她细小的后脖颈流淌下来。

珍妮感到后背一阵凉意，发觉玛丽在做同样的事情。海边的泥块带着咸味，闻着跟流经松土的红泥有些不同。这块泥的味道很像海水和刚杀的鲜鱼。她伸手向下移动，把淤泥在皮肤上抹开，吧唧吧唧在指缝间挤压。她也帮玛丽在光滑的后背和双腿上重新抹了些泥巴，又小心地在玛丽的绿眼睛周围拍打几下，免得泥皮掉落。到夏天结束时，大家的眼睛都会因为受到刺激而变得通红。

后来，对方那帮孩子，赢家和输家两伙人都渐渐散去。珍妮走到海岸边那排灌木丛附近，开始建一座城堡。她从矮树丛里折了几根小树枝和可以弯折的长枝条，把它们插在沙子里构成框架。然后她和玛丽用树枝编织墙壁，和着宜人的节拍上下左右来回穿插，渐渐进入忘我状态。天越来越黑了，玛丽打着呵欠，摇晃几下睡着了，珍妮还在忙活。她太快乐，精力太充沛，无法入睡。时间悄悄溜走，群星从天空划过，留下轨迹，太阳又升起来了。当玛丽天亮醒来时，城堡几乎盖好了，墙壁上涂着泥块，又厚实又平整。

珍妮咧嘴一笑。她看见玛丽醒来，脸上的泥块裂开了缝隙，像一枚硕大丑陋的蛋，露出下面生着雀斑的柔软肌肤。

“你忘记睡觉了吗？”玛丽问。

“漂不漂亮？”

很漂亮。珍妮向来擅长做手工。玛丽建造的几小块墙壁粗糙不平，木头从斑驳的泥块中戳出来。珍妮建造的墙壁完美无瑕，紧致均一。

玛丽翻身趴在肚子上，打着哈欠。“现在干什么？”

“我们永远住在这里。”

“我想吃早饭。”

珍妮翻了翻眼睛。“海蟑螂也许能吃。”

“呃。”

“喔，好啦，”珍妮说，“我们可以永远留在这里。我们永远不出去。”她想不出更加美好的未来。她，玛丽，海滩，她们自己造的一所房子。

“那样很无聊。”

“那样再好不过，”珍妮仰面躺在沙滩上，望着她们头顶透水透光的屋顶，一道道乳白色的阳光漏进来。“我们整天互相讲故事，晚上就看星星。我们要靠吃鱼和喝水活着，”她打着呵欠，“我们永远不长大。”

第 15 章

阿曼达

阿曼达现在很讨厌夏天。她明白了为什么大人允许孩子们疯跑；他们太累了，做不了别的事。气温骤然升高时，阳光欺负花草树木，直至它们萎蔫，只有下午温暖的雨水让它们重现生机。阿曼达不受太阳炙烤，但她也萎蔫了。她不能打开窗户和门，除非她想邀请乌云般的、饥肠辘辘的蚊子进家来。网罩太珍贵了，不能浪费在家里使用；它留给男人们在外面干活时使用，罩在牲口棚上，遮盖夏天倒塌的墙壁或屋顶。她家的墙壁和窗台上有几道小裂缝，持续地漏进一小股金黄色的吸血蚊虫。她不停地拍打自己的胳膊和双腿，留下血渍和泛红的手掌印，她起身搜寻嗡嗡叫的饥饿的声音源头，没走两步就放弃了。汗水从她膝盖后面的腘窝和乳沟流下来。她不介意把食物送给外面满身泥水的孩子们；天气这么热，吃饭本身似乎也成了让人讨厌的事情。安德鲁提醒她胎儿需要吃饭，她就吞几口冰粥。她在暑热中打盹，在汗水中慢慢翻滚，像一块被煎烤的肉。

有时下起倾盆大雨，阿曼达失去自我控制，跑出去站在雨中，让温暖的雨水冲刷全身。蚊子满怀希望地飞过去，还没吸到血，雨水就把大部分蚊子从她身上赶跑了。孩子们不习惯在夏天看见大人一动不动站在雨中，对她避而远之。她很乐意把衣服扯掉，在身上涂满泥巴，向最近的那棵树飞跑过去。可是，她奔跑时肌肉轻轻摇晃，一团团泥水从她的乳房和肚子上流下去，糊在她两腿之间的毛发上，滴滴答答掉在地上。她让所有人侧目。

安德鲁回到家，发现她伸开胳膊，仰着脑袋，享受着雨水不断地浸透她的衣服和肌肤。他用力把她拖回屋内。“你不能这样，阿曼达，”他皱起眉头说，“大家都能看见。”

的确，她毫不怀疑消息会在几天内传遍小岛。阿曼达·巴尔萨泽疯了。女人们除了说闲话，夏天几乎没有消遣。

“可是天太热了。”她哀叹道，很讨厌自己。

“天热也不能这样做，”他回答说，把手臂温柔地放在她浸湿的肚子上。她不耐烦地注意到，他没有给出应该怎么做的建议。“我知道你一定很不舒服，才表现得这么……古怪，因为你怀孕了。明年夏天就好了。”她什么话也没说，听任他把她的举动归罪于怀孕。

安德鲁把阿曼达领到厨房，从她的柜子里取出一条干裙子递给她，但她摇了摇头。她坐在桌前，水珠滴落在有污渍的地板上；他给她切了一片干苹果，倒了点温水。阿曼达不觉得饿，也不觉得渴，但她为了取悦他，还是小口咬着苹果。他的面容放松了。“想想到时候把这件事讲给我们的孩子听，”他笑着说，“那天，妈妈疯了，站在雨中。”

苹果含在她舌头上有一股甜腻的皮革味，难以下咽。“要是我说我想走，你怎么看？”她突然说，嗓门过于响亮。

“出门去吗？现在？你会被活吃了。”

“不是，是去荒野。”

他笑了，然后皱起眉头，阿曼达的表情没有变。“你是说真的？”

“是的。要是我想离开这座岛呢？”

“唔，你走不了。我是说，你怎么走呢？”

“我不知道。假设我有办法离开。”

“什么样的办法？”

“我不知道。只是假设。你会跟我一起走吗？”她探过身子，双手握住他的手。

“离开这座岛？”

“是的。”

“阿曼达，”他说着把手放在她湿漉漉的肩膀上，“我为什么要离开这里？”

“去看看外面什么样。”

“我为什么要看外面什么样？”

“我们自己亲眼看一看。我们自己生活。那边肯定有粮食，要不然那些送东西给游侠的人吃什么呢？游侠带回了稻米，不是吗？我们不种稻子。种植稻米的是什么人？网罩。还有人造纸，他们的纸比我们的纸好多了。”

“游侠拿走的是死者留下的东西。”安德鲁耸耸肩膀说。

“人没有死光。我是说，我听说有些畸形人和怪人在荒野上走动。有时候也有人家从荒野来到我们这里，说明至少有些人不是畸形人或者怪人，对吧？至少有少数人不是。凯特琳·雅各就不是畸形人。”

“好吧，你说得对。可是你为什么想在那边养育我们的孩子？”

她顿了一下：“我只是……我得走。”

安德鲁迷惑地直视着她的双眼，仿佛竭力想从中瞥到一丝理智的光芒。他轻轻拉住她的胳膊：“阿曼达，我们不能走。

我不想走。我们这里有房子，有粮食，有家庭，有整个社会。这种生活是先人的恩典——你为什么想把一切抛弃？”他对她皱起眉头。

“你只是在引用教堂里的话。我觉得……那边的情形也许不一样。”

“当然不一样。”

“我想也许这一切是不对的。”

“什么不对？”

“这座岛。我们生活的方式。我真的、真的得离开。”她甩开他的触碰，抓起他的手腕紧紧握着，希望他能感受到她血管里流淌的绝望。她向他贴过去，不知道怎么说服他。她该吻他吗？她该温柔地哭泣吗？她该跪下来乞求吗？

他用一只手掌抚着阿曼达的脸颊，她感觉到老茧蹭着她的皮肤。“是孩子的缘故吗？怀孕让你觉得害怕吗？我记得妈妈说过，她怀我时也有过类似的感觉。必须逃脱的感觉。”

“我只是觉得，要是我们生活在别处，我们的孩子会过得更好。”

“我们没有别的地方可以生活，”他把阿曼达拉过来搂在怀里，温和有力的胳膊压得她喘不过气来，“我知道有时候让人沮丧，同样的杂沓，同样的人，同样的食物。很单调。春天太短，夏天太热，过后几乎马上就到了冬天。我不怪你有时候想逃离。可是我们在这里很安全，我们在这里有生活。我们可以在这个安全和受到保护的地方生儿育女。”

“我得离开这里。”

“有时候我也有同感，”他笑了，用手拢了拢出了汗的头发，头发像沙堆一样耸起来。“尤其是孩子们疯了似的到处跑，你要么在酷热中跑着寻找阴凉，要么在雨里跑着，想停下脚步，把自己淋湿凉快一下。就像你刚才那样。但我从来不想去荒野。我也不相信你想去那里，真的想去。”

阿曼达叹了口气，她眼睛发热，泪水几乎要夺眶而出：“太热了，我要去地窖。”

“你想让我也去吗？”

“不，我一个人去。”

她能想象自己转身离开时安德鲁受到伤害的表情。她知道他会叹着气，揉一揉眼角细碎的皱纹，用手拢一拢头发，不知道该拿她怎么办。他什么也不会对哥哥说。他会笑着把孕期小小的疼痛和忧愁描述一番，像所有丈夫一样。他会担心她，会想方设法让她开心，可是他的关心只会让她心里更加难受。

在地窖的潮湿黑暗中，阿曼达啃起了胡萝卜。之后，她把指甲插到泥地上，抠出一把泥，塞到嘴里。

第16章

阿曼达

暮色在岛上铺展，滚动，像一滴蓝墨水在水中化开。阿曼达站在厨房里望着窗外，啃着一只手的泥指甲，另一只手绞着汗渍斑斑的裙子。最后她直起身来，把裙子抖开，走过去取安德鲁头天晚上送给她的网罩。

这件礼物相当奢侈，极有可能来之不易。别的男人会为了这件事无情地奚落他。女人夏天很少收到网罩，因为她们足不出户——唯一的例外是拜访邻居或参加聚会，男人们认为这些事情无关紧要。妻子可以向丈夫乞求使用，但多数女人只能靠撒腿快跑。网罩是只在荒野才有的贵重物品，它用金属编织的复杂柔软的线条让人眼花缭乱，让嗜血的蚊子无可奈何。

安德鲁把它送给她时温柔地吻着她。“我不是说，我想让你站在雨中，”他假装严厉地说，两个人都呵呵笑了。“不过要是你觉得，怎么说呢，不知怎么很是憋屈，我知道你有过那种感觉，也许你可以偶尔出去一下。到没人能看见你的地方。我知道它不完美，但它是我能送给你的最好的东西了。”阿曼达感动地把头放在他胸前靠了一会儿，听着他平稳的心跳。

她还不太会把自己严严实实地裹起来。她在网罩里扑腾，抬起胳膊把顶端折起来，遮住脑袋。她必须把网罩在脚踝处缠紧，结果只能拖着脚以可笑的步态踉踉跄跄地走路，总是一不留神就会跌一跤。但它还是给了她更大的自由，这种自由是岛上多数女人做梦也想不到的：夏天从房子里走出去，悠闲地走到目的地。她料定游侠不会赞成。“去他妈的游侠。”她咕哝道，这亵渎让双唇快意地颤抖。

阿曼达跌跌撞撞地迈着小碎步，笨拙地跨出门。她穿着鞋，走了三步，把鞋踢掉了。鞋子不仅让她的脚浸泡在汗液中，木头鞋底还意味着她根本感觉不到地面。她的视线被灰色的网格罩住，模糊不清，她极有可能绊倒摔在地上——也许不能自己站起来，除非有人发现她包裹得像一块早上新鲜出炉的面包。她哼了几声，想象夏天的孩子们发现她怀着身孕，筋疲力尽地半泡在泥水中。她一边保持平衡，一边吃力地走着，脚步更慢了。

蚊子受到她散发出来的热量的吸引，烟尘一般落在网罩上。网罩把它们挡在外面，但它们嗡嗡的哀鸣声越来越响，阿曼达只听到沸反盈天的尖细声音，无休止地在她的发际嘶叫，在她的指尖像针尖似地盘桓。她迈着脏兮兮的双脚打着滑向海滩走去，向每年夏天珍妮喜欢跟玛丽共同建造城堡的地方走去。

珍妮夏天很少睡觉；阿曼达记得自己在月光照耀下兴高采烈而浑身疲乏，她恳求珍妮别说话了，别再建造城堡了，她想好好休息一下。有时候，她干脆撇下说了半句话的珍妮，走到沙滩上一处安静的地方团起来。渐渐地，她的脚趾间从淤泥变成了杂草、卵石、砂砾，她眯起眼睛，想看清楚远处那两个女孩和那个初具雏形的棚屋是真实存在，还是仅仅出自美妙的记忆。

她拖着脚向前方的景象走了过去，高个女孩转过身，蹲下来，“谁在那里？”女孩叫道。阿曼达看见玛丽矮小丰肥的身影站起来，从旁边向珍妮靠过去。阿曼达越走越近，珍妮弓起后背，好像随时准备一跃而起。“是谁？”她厉声问，“来这儿干什么？”

“是我，”她边走边柔声说，“是我，阿曼达。”

“阿曼达？”珍妮直愣愣地瞪着她，站着没动，她目光如炬，一反常态地不知所措，“阿曼达？是你吗？”

“是我。”阿曼达说。距离已经足够近，可以看到月亮勾勒出珍妮瘦削的颧骨和明亮的头发。

珍妮愣住了，随即爆发一阵大笑，她开心地笑弯了腰。“阿曼达。”她高声叫着。

“怎么啦？”阿曼达有点生气地说。

“你整个裹在网罩里，女人从不……我还以为你是个又矮又胖的男人呢。”

顿了一下，阿曼达和玛丽也突然大笑起来，她们的轰笑声飘向渐渐暗下来的天际。阿曼达忽然浑身乏力，她弯下腰，一屁股坐在潮湿的沙滩上。网罩走样松开，向上拱起，她感到蚊子急切地在她的脚背上刺咬。她们的笑声交织成喧闹的混成曲，舒缓地散去了。

“珍妮，我得跟你说说话，”阿曼达说，“我，我真的——”

珍妮蓦地止住笑声，她抱着胳膊，咄咄逼人地凝视着阿曼达，仿佛刚刚记起自己的满腔怒气似的，“你根本不该跟我说话。”珍妮严厉地说。

“我成了女人不是我的错，”阿曼达反驳说，“我没有选择。”

“这事大可争论，”珍妮不客气地说，接着又说，“说吧。有什么话就说吧。”过去几个夏天，珍妮有时会扇她一耳光或者打她一拳来表明自己的看法。阿曼达不知道自己是不是又要挨揍了。

阿曼达的脚踝火辣辣地痛痒，她几乎感到无穷小的金黄色蚊子正在手舞足蹈：“我不能。这里不行。咱们可以去我家吗？安德鲁不在。织工亚伦先生的屋顶彻底塌了，他今天晚上要跟巴尔萨泽先生和约瑟夫先生一起修理。我真的不能。我给咬得几乎动不了，看不见——这么多蚊子，我不能思考！”她绝望地提高了嗓门。

“好，好，”珍妮举起双手说，“好。我们走吧，玛丽。”

“我——我必须只跟你谈。”阿曼达畏缩地说，玛丽吃惊地退后了。亲爱的玛丽。阿曼达记得她小脸蛋的光芒，过去她们三人常常一起到处奔跑，玛丽的甜美纯真和怀着希望的高亢声音与珍妮的愤怒和咆哮相互平衡。她们三人像一窝小狗似的团在一起睡觉，阿曼达醒来时，经常发现玛丽黑头发的脑袋枕着自己一起一伏的平胸，阿曼达竭力放慢呼吸留住那一刻。为了让玛丽睡得安宁。直到阳光穿透她们的眼帘。

“对不起，玛丽，”她喃喃地说，“实在——”她想找几句话说，“我要跟珍妮谈的事情是——”我想保护你，她心里想，却不忍心把这句话大声说出来，害怕自己听起来又像一个居高临下的女人自作主张地决定怎样对孩子最好。

“没关系，”玛丽假装满不在乎地说，“我可以在这里等着。”阿曼达为她受到伤害的话音而痛苦。她瞥了一眼珍妮，珍妮顿了一下，点了点头。

她们默默地在月光下走着，一步步丈量着从沙滩到阿曼达家不算远的距离。阿曼达走得吃力，原本大步流星的珍妮只好放慢脚步跟她同步，沉默在两人之间拉得很长，很尴尬。她们走近阿曼达的家门时，阿曼达想跑几步，却一头栽倒在淤泥里。珍妮一言不发走过去，用胳膊揽着她的肚子，扶她站起来。

她们气喘吁吁地进了屋，阿曼达立刻脱掉网罩，点燃蜡烛。珍妮不自在地四下看了看，在厨房的椅子上坐下，膝盖抵着前胸。

阿曼达端详着她，摇了摇头。“我真不敢相信你在这里。”

“是你叫我来的，不是吗？”

“我以为你不会来。”

珍妮耸耸肩。干了的碎泥巴像弄脏的雪片抖落在地。

“你又瘦了。”阿曼达谨慎地说。珍妮身上用疙疙瘩瘩的泥巴作伪装，很难看出哪里是棱角分明的骨骼，哪里是长着肌肉的曲线。可是此时的珍妮与两年前那个夏天的珍妮判然有别。珍妮长高了，显得更加瘦削，细长的四肢似乎永远耷拉着。

“是的，”珍妮回答说，“我必须变瘦。”

“为什么？”

“那股力量更强了。我的身体希望发生变化。要来月经，变得像你的身体一样。”

“一定很难。”

“是的。特别是一个人坚持。”珍妮露出谴责的眼神。

阿曼达感到刺痛。“玛丽怎么样？”

“她没有意志力，做不到。”

“嗯，我想我也没有意志力。”

“你本来可以做到。你做了决定。不过我不怪你。你爸爸很讨厌，你妈妈……”她们都不由自主地露出苦脸，“不管怎样，我不会做那样的决定，不过……我可以理解。”

阿曼达点点头，羞赧地在珍妮对面的椅子上坐下。她沾满泥水的湿裙子紧贴在滚圆的肚子上，珍妮嫌恶地瞧了它一眼。

“六个月了，”阿曼达挑衅地说，“是个女孩。”

珍妮又耸了耸肩。

“你恨我。”阿曼达说。

“我要是恨你，就不会来了，”珍妮回答说，“我会用石头砸你的脑袋。”阿曼达琢磨着这句话，看见珍妮撇了撇嘴角，干泥巴下面藏着酒窝。她们吃吃地笑起来。

“哎，你为什么想跟我说话？”珍妮问。

阿曼达深吸一口气：“一言难尽。”

“是安德鲁吗，他不好吗？结了婚很难熬？”

“我爱安德鲁，”她缓缓地说，“我爱他超过了我当初以为可能的程度。”珍妮皱起眉头，斜着眼睛瞟了阿曼达一眼。“很难解释，”阿曼达又讪讪地说了一遍，“我爱他仅次于爱她。”她指了指自己的肚子。

珍妮好像不知道该怎么回复这句真心话，就把两只手放在膝头。沉默使她们之间的空气变得凝重，阿曼达竭力想找些话说。

“刚开始，我没怀孕时很害怕，”她终于说，“我结婚了，接下来就该怀孕，你知道吧？那是我该做的事。我不想让人失望。我根本没想过生孩子。我是说，我知道怀了孕就会生孩子，但是不知怎的，我忘了这回事。”

珍妮点点头。阿曼达受到鼓励接着说下去。

“然后，我怀孕了，我觉得很难受。我非常疲乏，吃不下东西。不像要生孩子，倒更像害了一种病。我嫉妒别的孩子。

她们可以跑来跑去，身体清清爽爽，没有这一切……”她指了指自己的上半身。“这些累赘。小时候我从没想过这些，但我从不孤单。哪怕童年那么多倒霉事，那么多我绝不要从头经历的事，我想让我的身体像个孩子。我想像孩子一样奔跑，我想拥有孩子的夏天。”

“不过你离开了父母，”珍妮说，“你一直都想离开他们。”

“然后，这个孩子就开始动了，我意识到我身体里有个孩子，它要来了。我多么希望是个儿子，可是我去做了仪式，我会生个女儿，她是我的，我不能——我不能对她做这件事。”

“做什么事？”

“我不能让她经受我经受过的一切。”

“你的意思是，当女儿？不过你经受的事情并不稀奇，”珍妮说，“我是说，你妈妈很差劲。可事情就是这样，我们——”

“不。我，我们，得逃走，”阿曼达声音沙哑地说，她的口吻凄厉绝望，穿透了昏暗的房间。

“去哪里呢？”珍妮天真地问。

“离开这座岛。”

珍妮皱起眉头。“什么，你想游走吗？”她鼻子里哼了一声。

“珍妮，听我说！”珍妮抿紧嘴唇，低头看着肚子。

“你不明白吗？我不能留在这里！”

“为什么不能？”珍妮说，“别人都留在这里。”

阿曼达轻声哭起来，她的嘴巴喘着气，扭曲起来，眉头皱成一团，她讨厌自己显得软弱愚蠢。“珍妮，我不能再来一遍。我不能眼看着她经受我曾经经受过的一切。结婚时，我想，好吧，一切都结束了。我自由了。可是我没有得到自由。她正在把我拉回去。眼看着这一切发生在她身上，比我自己经受要糟糕十倍。你知道我自己差点没有熬过去。”

“大家都熬过去了。”珍妮柔声说。

“我讨厌这一切，”阿曼达发狠地说，揪着裙布握紧了拳头，“有时候我甚至不忍心看到小女孩，我明知道她们要遭遇什么。我多么厌倦他们对我们做的事情。”

“你这是什么意思？”珍妮小心地问。

“你知道我的意思！因为我是个女孩。那种爱，那种爱让人感觉……不对劲。让我作呕。妈妈恨我，怪我，好像是我的错！第一次做的时候，我疼得厉害，以为自己要死了。我想，他会要了我的命，我一定是做了可怕的事情，正在受到惩罚。可我不知道自己做了什么事。然后做完了，我意识到我还活着，我想，至少我再也不用做那件事了。可是，每天晚上，几乎每天晚上都要做。有些晚上不做那件事，我就想自己是不是死了，是不是终于可以死了。没人来帮忙，没人能救我。它成了常态，就像穿鞋或者洗脸一样。可是我每次躺下来，都会想起第一次。我就僵住了，浑身发抖，盯着天花板哭，他甚至注意不到。后来我意识到，别人也做那件事——那是该做的事，不是对什么行为的惩罚，只不过是事情本来的样子。别人好像没有人介意，女孩们，她们似乎不介意。于是我开始跑掉，没有变成她们那样。我没有变得麻木，因为那件事让人感觉……不对劲。”

阿曼达用手背抹去眼泪，大胆地扫了一眼珍妮。珍妮的目光犀利而清澈，但她脏兮兮的脸蛋布满皱纹，神色凝重，像个老太太。

“她们介意的。”珍妮耳语道。

“我见过在果实之夏情况多么不同。我想，好了，现在我自由了。一切都结束了。那件事再也不要做了。后来我做了仪式，发现怀的是个女孩。我必须看见，必须知道。也许我可以悄悄给她喝点安睡奶，或者转移一下安德鲁的注意力，但不是每时每刻都管用。我爱他。”阿曼达哽咽得厉害，几乎说不出话来，“我爱他，却要变成恨他，或者更糟，我要爱他，恨她，这个男人，这个好人要当……当爸爸了……”她声音拖长，变成了歇斯底里的嚎哭。她深吸一口气，想止住抽泣。“我爱她——我已经在爱她了。我甚至不想爱她，可是我真的爱她，我忍不住。”

“所以你想离开？”珍妮目不转睛地盯着她问。

“也许到荒野去。我知道他们那边很可怕，燃烧啦，还有索尔牧师讲的一切。但他们那边肯定比这里好。”

“可是怎么去呢？”

“我不知道，”她说着又哭了起来，“要是我有个游侠爸爸，要是我认识什么人，某个人。我知道有一艘渡船，它一定有什么用途。也许我们可以游泳。谁知道呢？没有人试过。不过有一点很肯定，我要离开。我想让你跟我一起走。”

“阿曼达，我不能丢下玛丽。”

“那就带她跟我们一块儿走。”

“我知道你想离开，可是——”

“我要离开。我不在乎要怎么做。要是必须杀人，我会杀人。我会杀了那个摆渡人。要是我找不到出路，就杀了她。还有我自己。我不在乎。”

“阿曼达，”珍妮说，她突然严肃起来，好像她是个大人，阿曼达反倒是个任性的孩子。“你不会杀了自己或者你的孩子。”阿曼达固执地看着她。

“不会，”阿曼达悄声说，“我太怕堕入下方的黑暗了。”

她忧愁地笑了：“反正我说的这番话也会让我堕下去。但我还是怕。是不是很傻？”

珍妮叹了口气：“我不知道该跟你说些什么。”

“你会帮我找一找吗？找一条出路？我不在乎要怎么做。我会威胁游侠，跟他们的妻子谈话。肯定有人知道些什么。你会帮我吗？”

珍妮顿了一下，点了点头。

阿曼达探过身子吻了吻珍妮，仿佛把一道烙印印在珍妮脏兮兮的嘴唇上；一道封印，一句誓言。珍妮坐直身体，她的眼睛变成暗灰色，在烛光下闪烁。突然，她猛地一惊，瞳孔扩大，双眸变成两个黑点。屋子里有人。

阿曼达听到了脚步声。一声咳嗽，窸窸窣窣的走路声，把什么东西丢在地上的扑通声。她吓了一跳，从桌边一跃而起，跑进正房。地板上放着一堆木头——是给安德鲁送来的。她能闻到陌生男子的汗液、锯末、皮靴的味道。她跑到门口，只见一个男人包在网罩里，从房子里跑远了。

“珍妮？”她突然惊骇地叫道，“珍妮，不是安德鲁。有人来过。有人……”她的声音越来越小，只听到一片寂静。

她呼吸急促，跑进厨房，珍妮已经不在了。透过窗户，她看见一个高挑瘦削的身影融入夜色，渐行渐远。

第 17 章

阿曼达

夏天快要结束了。一天，阿曼达站在厨房里，听到有人气喘吁吁地跑来，把什么东西拍到门上。她把前门开了一道缝，四五只蚊子嗡嗡叫着，她抓起那张纸片，啪地把门关上。便条写在他们今年生产的单薄易碎的劣质纸上。从它支离破碎的样子来看，她知道它已经转了好几道手。她走到窗前，眯着眼睛读着炭笔写的已经变得模糊的字迹。

朋友们，让我们在孤独赴死之前聚一聚。带点吃的。星期三下午五点。到贝蒂·巴尔萨泽太太家。由巴尔萨泽先生陪护。传给你的近邻。

此时是星期三下午四点钟。这个邀请必然用了几天工夫才传到阿曼达这里。她不能太耿耿于怀，此刻走出门外要鼓起很大的勇气。安德鲁从早到晚多半都在忙碌，因为屋顶上微小的裂缝也意味着成群结队的蚊子。阿曼达去找珍妮时，觉得那张网罩几乎无法忍受，可是一想到又要独自苦熬一整天，脑子里乱作一团，她恨不得尖叫。

有时在和煦的春日或者凉爽的秋日，女人们会组织聚会，从一家转移到另一家，从不违反禁令，即在男人缺席的情况下房间里最多不得超过三个女人。聚会是轻松、惬意、醉意微醺的场合，是愉快闲聊的节日。夏天，蚊子使这些不定地点的聚会失去可能。所以到现在为止，阿曼达对她收到的几次邀请都置若罔闻，因为没有人出门，她不必向人家解释自己为什么缺席。见过珍妮三个星期以来，阿曼达大部分时间都在独自冥思苦想。她们后来没再说过话，阿曼达不知道自己该不该冒险出门，再去找找珍妮。

此刻，独自留在家里让她的思维变得迟钝，即使想到一群女人叽叽喳喳地摸她的肚子，东拉西扯地说些闲言碎语，也不能让她打退堂鼓。也许她什么也不说，她们就能懂得她的感受。

走路去巴尔萨泽太太家不算太近，于是，阿曼达又一次闷闷不乐地用一层层网罩把自己裹起来，跌跌撞撞地出了门。她两只脚一前一后踩在泥泞中，找到了相当安然的节奏，热乎乎的淤泥在她的脚趾间聚集，她每走一步就磕掉一些。阿曼达闯进了巴尔萨泽太太的家，她护着肚子，费力地喘着气。把绕在身上的网罩解开，抖一抖裙子，转身时舞动手脚免得蚊子跟进来。阿曼达深深叹了口气，抬头看到巴尔萨泽太太正对着自己微笑。

巴尔萨泽太太相当年迈——将近四十岁——她的孙女只比阿曼达小一点。因为丈夫是仍然中用的雕刻匠，她获准陪伴他继续活着。岛上多数老人似乎都终年郁愤——为自己衰弱的身体，为即将到来的死亡——但巴尔萨泽太太笑得很安详，好像从来不知愤怒为何物。

“非常感谢您邀请大家，巴尔萨泽太太。”阿曼达说。巴尔萨泽太太握住了她的手。

“请叫我贝蒂，”巴尔萨泽太太说着，眼圈显出皱纹。贝蒂扫一眼阿曼达的肩膀，伸手摸了摸她的肚子。“愿你生个儿子。”她好心地嘟囔说。

这地方人满为患，七嘴八舌的女人们站成圆圈，挤在家具上，坐在地板上。阿曼达环顾四周寻找陪护人，只见巴尔萨泽先生坐在一张精雕细琢的桌子前，因为被迫充当必备的陪护人而神色厌烦。陪护人通常以两种方式履行职责。第一种像海鸥盘旋，随时转到爆发笑声或者热情四溢的地方，希望抓住不合体统或者亵渎神灵的言行。第二种受不了被一群女人团团围住，常常出于自卫打着瞌睡。巴尔萨泽先生已经在沉重地眨着眼皮。

几个孩子四处乱爬，他们年纪太小，还不能在外面度过夏天。他们胡乱抱着大人的腿，扯着裙子，让自己站稳或者自娱自乐。听到响亮的啼哭，妈妈们就伸出胳膊抱着孩子摇一摇，亲吻或者喂奶，让他们安静下来。

阿曼达看见了帕梅拉·索尔，自从仪式之后就没遇到过她。阿曼达望着她，想隔着房间跟她目光交流，可是索尔太太的眼睛却坚决地盯着手中的茶杯。她看起来很难过，皱纹深深地刻在脸上；阿曼达想走过去，可是想起自己曾经赤身裸体，浑身血淋淋地在这个老太太的臂弯里哭泣，就又畏缩了。

阿曼达兴味索然，瞥到丹妮斯·所罗门正坐在椅子上给儿子喂奶。阿曼达和丹妮斯共同度过了果实之夏，这件事总会缔结纽带，消除一切因男人而起的口角。她们那年夏天没说过几句话；丹妮斯几乎马上怀了孕，疲乏无力，不停地呕吐。孩子在隆冬季节降生，是个缺陷儿。阿曼达记不太清是哪里出了问题，好像是没有脑袋或者脸蛋。第二个孩子身体健康，此刻正忙着吮吸妈妈的乳房，但是丹妮斯并不看他——她望着墙壁。

阿曼达记得听安德鲁说过，丹妮斯的弟弟斯蒂文在夏天即将来临前死了，是病死的——安德鲁不太确定是什么病。丹妮斯的爸爸也病倒了，斯蒂文去世时他也卧床不起，但活了下来。因为蚊子可能造成传染，斯蒂文的尸体在田里悄悄掩埋，没有举行葬礼。

阿曼达一时冲动，跪在丹妮斯旁边，握住她腾出来的那只手。丹妮斯在座位上跳起来，然后虚弱地露出笑脸。“你好，阿曼达。”

“你好，丹妮斯。”

丹妮斯摸了摸阿曼达的肚子，嘀咕了句什么，听不清楚。丹妮斯两只眼睛靠得很近，阿曼达看到她眼睛下方皮肤发暗，干得像纸，好像几个月没合眼了。

“我为斯蒂文感到难过，”阿曼达说，“我记得他。”

丹妮斯点点头，但是阿曼达不确定她到底听没听到自己说话。然后丹尼斯问：“阿曼达，你离家以后，伊莱亚斯有没有向你诉过苦？”

“诉什么苦？”伊莱亚斯效仿妈妈，总是极其轻蔑地看待她，她不能想象他选中她倾诉心声。

丹妮斯摇了摇头。“没什么。就当我没说好了。”

“为什么？”

“爸爸让我发过誓。”

“现在，你该听约翰的。”阿曼达提醒她。

“约翰要是知道也会同意的。”她的嗓音在颤抖。

“知道什么？”

丹妮斯耸了耸肩膀。她把儿子换到另一个乳房，把空闲的左乳露在外面，它像一枚滚圆的白色水果挂在那里。房间对面，巴尔萨泽先生看样子好像醒了过来，他盯着丹妮斯的乳房，直到她用衣服把它遮住。

“出了件事。阿曼达，又是蚊子，又是这个小东西，我睡不着，也没办法清醒地思考。操。我只是……请你别问我回答不了的问题。”

“对不起，”她们默默地坐着，很郁闷，“你怎么问起了伊莱亚斯？”

“我只是问问罢了。”

“斯蒂文诉了什么苦？”

“一些不可能的事。完全没道理。我不明白怎么会……”孩子睡着了。她把另一个乳房塞到裙子里，把他托在肩上，拍打着他的后背。“他死得很突然，说没就没了。也没生病，前一刻还活着，后一刻就死了。我始终没见到他的尸体。女儿们离开时，儿子们会发生什么事？”

阿曼达挤出一丝笑容：“这是个谜题吗？”

“谜题？我想也许是的。我不想再聊这件事了。”丹妮斯轻轻发出愁苦的笑声，把孩子换到另一侧肩膀。“跟我说说你怎么样？”

“我？我……怀孕了。”两个人都叹了口气，开始谈论怀孕后的各种小烦恼。阿曼达不禁担心自己会生个缺陷儿，但是她不会对丹妮斯说。

终于，另外两个女人加入她们，交流起了家庭疗法和孩子生病时该怎么办，阿曼达抽身离开，走向食物台。贝蒂做了著名的蜂蜜蛋糕，上面打成泡沫的奶油很快融化成黏糊糊的一滩。阿曼达切了一大块，端在手里吃得满脸都是。甜腻的感觉是沉重而醉人的，让她浑身舒泰。

“阿曼达，”贝蒂走过来，把一只手搁在她肩上，“看到你好好的，很快就要生育，我太高兴了。还记得去年夏天你让那些孩子多么害怕吗？你简直跟珍妮·所罗门一样坏。你打断了玛格丽特的鼻骨。还记得吗？”

阿曼达眨着眼睛：“不记得了。”

“嗯，做女人的第一个夏天，感觉怎么样？很痛苦，是不是？”

“是的，”阿曼达释然地说，“我不知道该怎么做。我们为什么不能把泥涂在身上到处跑？”

贝蒂笑起来。“肚子这么大，不能跑了。不过我理解。我们被困在家里，孩子们自由自在地到处跑。不过我想，我们也有过快乐时光。”

“我想是的。”

“至少我们知道秋天要来了。”曾经让阿曼达最难熬的季节摇身一变而为令人宽心的许诺。

“还有冬天，春天，然后又一年夏天。”

“不可能是别的样子。”贝蒂说着又笑了。

几个女人在吃蜂蜜蛋糕，嘴里鼓鼓囊囊地说着话，向她们走来。

“丹妮斯，阿曼达，”艾丽西亚·索尔说，“你们长大后的第一个夏天。”

“太难熬了，不是吗？”伊莎贝尔·约瑟夫说，两个人都轻声笑了。

“你的弗丽达怎么样？”贝蒂柔声问伊莎贝尔。伊莎贝尔叹了口气。

“夏天到来前，她还很麻烦。一直哭，不吃饭。夏天按时来了，我见她在花园里蹑手蹑脚，就放了一盘面包和奶酪出去，她把整整一盘全吃了。”

“那样到处跑肯定会饿的。”艾丽西亚说。

“他错在等待，”伊莎贝尔说，“他等了很长时间，我们只好把她从学校叫回来。还记得吧，她很不高兴？最好在他们还没长大，不通人事的时候就开始。那样的话一切都自然而然。”

“哦，我完全同意。”

“我不能相信，丽塔这时候居然不在经历果实之夏，”安妮·亚伯拉罕信步走过来说，“她又是肚子疼，又是情绪低落，什么都对，就是没来月经。”

“那么，明年夏天她就是几个大孩子当中的一个。”

“喔，是的，那样总要好些，她又多了一年做个孩子。只要月经来了，嗯……戒律可不是闹着玩的。”

“嗯，当然不是闹着玩！”

“我记得妈妈过去常说，小鸡能闻到血味，下的蛋也会大一点。”

“真的吗？”

“妈妈跟我说，我会让黄油变质。有一次我偷偷搅了搅，用手指蘸了点黄油。什么事也没有。”

“说到黄油，你尝过这块黄油面包了吗？”

“没有，是埃达·雅各家的吗？我发誓她丈夫交了好运。她妈妈说，她以前讨厌做饭，有一次把面包烤成了硬石头。她显然长进了。”

“嗯，我以前讨厌小孩子，我现在肯定不讨厌自己的孩子。”

“孩子不一样。”

“黄油面包也不一样！”

她们的笑声像一群麻雀翩翩高飞。阿曼达望着丹妮斯，看见丹妮斯在出神，心思在别处。贝蒂以前责备阿曼达，说她女性朋友太少，但是这次聚会提醒了阿曼达，为什么她不想交女性朋友。谈论身体机能、甜食，有孩子的女人沾沾自喜，这一切很快就让她感到厌烦。当然，除了安德鲁和爸爸，不允许跟男人说话，以前跟她一起疯跑的女孩又都对她视而不见。

窗外有几个满身泥水、认不出是谁的孩子飞跑过去。阿曼达很想拳头把玻璃砸碎，但是把这种冲动压了下去。

蛋糕吃在胃里让阿曼达觉得鼓胀，她的牙齿也因为吃了甜食有点疼痛。她转了一圈，看着快乐的女人们和打着瞌睡的陪护人，忽然很想独自待在家里，蹲在凉爽安静的地窖。

简·雅各走过来站在她身边，“你感觉怎么样，阿曼达？”

阿曼达结结巴巴地说，“我——我很好。只是，嗯，觉得有点不舒服。”

简心不在焉地拉起阿曼达的手，她的手掌让阿曼达畏怯。它又软又湿又黏，就像那块蛋糕。阿曼达笑着含糊地找了个借口，取过珍贵的网罩缠在自己身上。她一边像陀螺一样旋转，一边滔滔不绝地说着废话：她感到疲乏，今天过得很开心，蛋糕真美味，见到大家太好啦，诸如此类。她瞥到巴尔萨泽先生目不转睛地盯着自己，好像她是个疯女人。她冲出房门，如释重负走进夏天潮湿的空气中，女人们身上黄油和面包的味道粘在她的肌肤上。她深吸了几口气，马上感觉好点了，开始拖着脚向家走去。安德鲁被人叫走，又要整晚修理屋顶，阿曼达会坐在厨房里，把脑袋搁在膝盖上，张开双腿给隆起的肚子留出空间，两眼呆呆地瞪着地板。

通往阿曼达家的道路近旁，还有一条小径穿过草地通向海滨。阿曼达闷闷不乐地想着家里等着自己的空旷，简直听得到回音。她犹豫着改变方向，踉跄地走上砂砾越来越多的小路，直到她依稀看见前方海风吹拂的海滨。初升的月亮沉重地挂在天上，低垂，膨胀，呈黄油般的金色。

“阿曼达。”

她回过身，透过眼前的灰色网格眯眼看去。一个男人站在她前面，跟她一样裹着网罩，离她很近，她得伸长脖子才看得见他。他的脸庞是一片闪烁的亮点，月光把金属丝变成了亮点。她使劲扭头，却怎么也看不见他的五官。

“阿曼达。”

他声音低沉，叫她的名字时一字一顿，好像在念咒语。她嘴唇发抖。他向她逼近，步伐缓慢，势不可挡，她趔趄地向后退去。海浪沙沙地拍打着海岸，像发烧时低微的呼吸。他又叫了一遍她的名字，她想回答，嘴唇却害怕得发麻，笨拙，只能喃喃地发出不成调的声音。她的脚后跟退到了越来越潮湿的沙子上，她感到咸水舔舐她的脚踝。

“过来。”他说，但她继续向冰冷的海水中退去，一步一步，盯着他莹莹发光的脸，它半悬在黑暗中向她逼近。

第 18 章

瓦妮莎

瓦妮莎不太明白今年夏天她是怎么回事。好像她从聪明伶俐、人缘很好的游侠之女变成了独行客，与其说她的社会地位有所降低，不如说她处在一个截然不同的结构中。

爸爸常说："每个孩子都有自己的夏天，但每个夏天都让一个孩子变得不同。"爸爸总说些听起来富于诗意的话，希望别人传颂——说句公道话，人们也确实经常传颂。他经常说起夏天，说得次数太多，让瓦妮莎相信，他内心深处为自己不再能享受夏天而大为光火。

这个夏天，瓦妮莎独处时最开心。她心满意足地在树上荡来荡去，两只脚踩着泥泞的浅滩走到海边，在网罩里打滚，蹲在羊群里品味它们的动物气息，舒服地享受它们粗糙皮毛的摩擦。她经常见到别的孩子，有时也加入他们抢劫食物供应，在屋顶或水塘里一群一伙地做游戏。但是游戏结束后，她不依恋人群，而是退回独处状态。她想，不知道弟弟本再长大些，会不会也发生变化。也许不会。

这也许是她最后一个纵情享受自由的夏天。她已经十三岁了。她没有像其他女孩一样显出即将成熟的迹象：腰身变得丰腴，胸脯像喂得过饱的幼童，胳膊下和两腿间长出细碎纠结的毛发。她依然清爽，笔直，光洁，她想保持这个样子。夜里，她竟然为此向先人祈祷，虽然她明知道他们对她继续做孩子丝毫不会有兴趣。但她还是坚持祈祷，她不知道自己还能怎么做。

一天晚上，她跟着一群人偷看了果实之夏。她看见自己以前的朋友汉娜·约瑟夫被艾莉森·索尔的哥哥从后面骑在身上。从汉娜发出的声音看，瓦妮莎看不出她是很享受还是在受煎熬。看起来好像很疼。母山羊和母绵羊必须承受体重和插入，蹄子乱踢，瓦妮莎总是为它们感到难过。瓦妮莎望着汉娜，想象自己处在她的位置，马上就觉得恶心。她清理干净窗户，又急切地看了一眼，竭力不让自己干呕。晚上，她坐在齐腰深的水里，半心半意地盼望海怪把黏糊糊的触须缠绕在她腿上，把她拖到水下，拖向毁灭。她想象自己突然窒息，肺部变成黑洞洞的真空，随着水流填满体内的缝隙，胡乱扑腾的身体慢慢不再动弹。

她看不出周而复始的一切有什么意义，人们活着，造出更多人，等到没用了就死去，给更多新人腾出地方。她不确定他们为什么要一再造出新人取代自己，除了——当然——这是祖先的旨意。再过一年左右，某个男人会爬在她身上，娶她，她要生两个孩子，假如她能生育，并且生的不是缺陷儿。她要把他们培养得像她一样——听话，也许比多数人聪明——最后她喝下绝命汁死去。她看见自己的一生在眼前展开，像一条昏黑的路，转了一圈回到原点。

她发觉自己嫉妒那些在泥水中奔跑、尖叫和嬉戏的孩子们，他们打架、吃饭，毫不关心秋天到来大地冻结时会发生什么，连明天会怎样也不管。她望着珍妮的妹妹玛丽，她们说她忤逆先人、游侠甚至自己的爸爸。她寻找玛丽身上与众不同的地方，玛丽跟瓦妮莎等人相区别的地方，玛丽逃开爸爸的拥抱后感到后悔或者快乐的迹象。她怀着仇恨望向玛丽，想知道整晚安睡是什么感觉，身体即使在睡眠中也不必为了一只手从被单下伸过来就变得紧张。但瓦妮莎也同情玛丽。毕竟，玛丽在她爸爸眼中从来不像瓦妮莎在自己的爸爸眼中那么特别。没有人比爸爸更爱瓦妮莎。《经书》写道，父女纽带是神圣的。这是不是意味着玛丽和珍妮亵渎了神灵？看看玛丽笑呵呵的脸庞满怀信任地望着珍妮，她优雅的下巴和棱角分明的颧骨是她们之间仅有的相像之处。瓦妮莎心想，她看起来很快乐。不过现在是夏天，谁不快乐呢？

瓦妮莎在树上做梦。她梦到一个世界，她像男人一样有事可做。她梦见自己是名游侠，高视阔步行走在荒野，搜寻人、货品和秘密。她梦见自己生活在荒野，站在罪恶的火焰中，猎杀活物作早餐，穿着燃烧的衣服奔跑。她梦见自己是个泥淖魔鬼，滑溜地游过淤泥，偷窥小女孩的白脚掌，发现她身上的黏液，得意地挑中她作猎物。她梦见自己是珍妮·所罗门，不用吃饭也能活着，让所有人胆寒。然后她醒了过来，她还是瓦妮莎，渺小，无足轻重。

秋 天

第 19 章

凯特琳

夏天要结束了。

孩子们都感觉到了。泥水变凉，让他们早上起来瑟瑟发抖。下午的雨新添了一丝强劲的清冷。天光提早散尽，进入黄昏。孩子们知道夏日将尽，心里难过，恶意滋生。珍妮和玛丽整个夏天都在捍卫造在沙滩上的木头堡垒，她们集合几个表兄弟，率领着一支小小的军队在岛上纵横。他们所到之处，没有人逃跑，双方立即打起了群架。戴维·亚当的脑袋磕在石头上，昏睡了几个小时。特蕾莎·所罗门折断了手指，那根手指向右弯折，彼得·摩西的膝盖被小丽塔·摩西咬了一口，丽塔只有四岁，居然有本事让别人流血。珍妮大笑着把丽塔举到空中，一群人抬着她到处游行，本来得意扬扬的小姑娘很快就吓得直哭。

凯特琳远离夏天的暴力。如今她躲避着不可避免的回家。她走在海岸附近结了霜的泥地上，每走一步都把膝盖抬得老高，冻结的淤泥刺痛她的双脚，像火星灼烧。她的脚趾很快就会冻得发青，她真的不得不回家去了。他们都听说过孩子们冻掉脚趾或者脚丫子的故事，凯特琳想让自己的脚继续长在身上。但她也想留在外面，再多走一会儿。

第一次霜冻意味着夏天结束了。她不能否认霜冻是存在的；它有花边，亮晶晶的，它给田地、石头和树木一律蒙上令人透不过气来的面纱。但她还想再多走一会儿。

庄稼多半已经收割，堆在谷仓和地窖里。多余的小猫小狗在水桶里溺死，用作肥料。小羊羔很快就会长成绵羊和山羊，以备宰杀、剪毛和挤奶。小牧场纷纷撤掉网罩。一层娇嫩的、亮晶晶的死蚊子铺在地上，像金黄色的小花肆意蔓延。

在凯特琳家，妈妈会穿着不介意弄脏的旧裙子等着她。凯特琳先是站在房子前面，妈妈把手指伸到她覆满全身的泥巴缝隙中，把泥巴一块块抠掉，就像剥去甲虫的外壳。然后她拎几桶水对着凯特琳兜头浇下去，把凯特琳冻得通红，光着身子瑟瑟发抖。这时候妈妈才用毛巾把她擦干，丢一条裙子到她头上。给凯特琳梳理了无生气的褐色头发要花几个小时，两个人都龇牙咧嘴，表情痛苦。然后凯特琳再次变得赤裸光亮，就浴火重生。吃晚饭时，爸爸会喝醉，妈妈和凯特琳会小心陪着。晚上，她会躺在床上睡不着，在半梦半醒中梦到泥泞中的奔跑和沙滩上的光腿。爸爸走进来，把手放在她身上，她会爬起来，走到房间另一侧。她缩成一团，望着床上的女孩并为她难过。她总是喘不过气来，她多么容易留下淤青。他完事后，凯特琳会靠着墙入睡，早上醒来又回到了床上。她看见爸爸涂抹在另一具身体上的痕迹全都在她自己身上显现了。她去上学，竭力遮掩皮肤上的斑痕，却徒劳无益。她不在家，他已经过了一夏天。

其他孩子都放弃了，朝家的方向走去，接受清洗，穿好衣服，回归原位。妈妈一定想知道凯特琳在哪里。可是凯特琳行走在冰冷的大地上，不能停下脚步。避开家，行走在树林附近，行走在海边。

转过一道弯，凯特琳看见一群男人。她飞快躲在灌木丛后面，泥巴淋漓的枝条是很好的掩护。凯特琳蹲着不动，她身上更冷了，在冰凉的空气中呼出白气。透过枝条上沾着泥巴的树叶看过去，她看见了游侠，一群游侠，一律穿着黑衣服。两个在水里，正把什么东西拖到岸上。他们杀了一头海怪，凯特琳心想，现在他们要把尸体大卸八块。

游侠全体聚集，从海里站起来。他们像水淋淋的大乌鸦，大致围成一圈。微弱的男性嗓音，命令的嗓音从风中传来。不知怎的，在凯特琳一生的所见所闻中，眼前这一幕最让她惊骇。

她蹑手蹑脚地靠近，浑身发抖，眯起眼睛仔细瞅他们找到了什么。现在，他们把那东西拖到了岸上，向它围拢过去。

两个黑衣人分开了，透过树丛，凯特琳看见一只柔软无力的、发青的白胳膊。垂落的脏头发。发青的嘴唇和手指。一个男人用手一按，青紫的嘴唇分开，喷出一股脏水。两只眼睛瞪着，毫无生机，白得像鹅卵石。一个游侠——好像是约瑟夫先生？——跪下来，把头发推到后面，轻轻地用指尖合上那两只眼睛。另一个人踢了一脚沙子，猛地张开长胳膊，他连珠炮似的简短话语在风中化为杂乱的叽里咕噜。

他们又把脑袋凑到一起，胳膊搭在彼此的背上嘀咕着什么。然后两个人从她身边大步走开，另外两个人分别跪在尸体的脚踝和肩膀处。他们把它抬起来，费力地承受着它浸湿的重量，跟在先行离开的人身后。五名游侠站在海滩上，看看彼此，看看脚下，发表意见。一个人似乎在向其他人面授机宜。一个离群的游侠在后面与众人隔开距离，他抬起头来。

凯特琳确信，他一眼看到了她。

有人拎着凯特琳的脖子，及时把她拖到了后面。

他们拖着双脚，从白床单里拖出一具女尸，它露出软塌塌的、发青的双腿和肌肉。他们慢慢剥去她脱了色的衣服，一层又一层，把她剥得一丝不挂，一览无遗。一朵凋零的百合花，花蕊腐烂，毫无生气地瘫在雪白的花瓣上。她的两只脚离凯特琳的脸蛋很近，青紫的脚趾甲像片片陶瓷，脚后跟上层层娇嫩的死皮一圈圈剥落。凯特琳不该在这里，所以她一言不发，弓身靠近床边，假装自己是个隐形人。

她听到女人的啜泣，还有男人愤慨的话语。水滴滴答答淌到碗里。女人用两只手清洗尸体。负责清洗的女人动作温柔快捷，发出柔和的声音，每个动作都一阵急管繁弦，又戛然而止。凯特琳心里想，要是她靠近一只鸟，它扇动翅膀，一定会发出一模一样的声响。女人把衣服就着水碗拧干，水打着旋，现出深红和粉红色。声音再次响起。鸟儿一次次扇动翅膀，始终没有起飞。凯特琳一点点试探，把脑袋抬高到床上，看到女尸松弛的乳房垂在两侧，皮肤下面的淤青五颜六色，她的皮肤随着清洗按压的动作陷下去，像放了很久的肉。

两只手停留在凯特琳肩上，不怀好意的两只手。“这个鬼东西在这儿干什么？”有人难以置信地问。

“学习人生的教训。”一个女人尖刻地说。

“不行，过来。她不该看见这些，还不到时候。”另一个女人回答。凯特琳被拎起来，丢出房间，摔倒在积满灰尘的木地板上。

凯特琳哇地叫了一声，回过神来，她摇摇摆摆，手掌和膝盖着地，气喘吁吁。她用手摸了摸喉咙，连忙回头去看身后，什么人也没有。她转过身，一时愣在那里。游侠还在眼前。一名游侠抬起头，找寻身后奇怪声音的来源。一阵惊恐漫过她的下体，燥热得让人难受，又穿透浑身的骨骼，让她指尖发烫。她感到咸咸的尿液热乎乎地舔过大腿。凯特琳撒腿就跑，她料定要是他们看见她，会把她杀了。可是那个死去女孩的脸庞镌刻在她的记忆中，哪怕她竭力想把它抹掉。那双发青的手在招引她，头歪向一侧，双眼大睁。肚子隆起，湿衣服贴在身上。青紫的嘴巴像一道伤疤赫然浮现在凯特琳眼前。游侠们围在她身边，像一群饥肠辘辘的猛禽，女孩脸上淡淡的笑意仿佛在说，你们不能拿我怎么样。凯特琳内心深处居然感觉到一丝深深的嫉妒。

这时，她到了自家门口。她家的房子仍然破败，即将坍塌。她孑然站立，又瘦又小，满身泥水，望着噩梦般耸立在眼前的家。突然，她仿佛觉得阿曼达尸体的重量落在自己肩上，沉重，冰冷，湿淋淋的。她一个趔趄，扑通一声跪坐在地上。她低下头，好像在祈祷，等待有人注意到她。

第 20 章

珍妮

妈妈提着水桶在门前等着，珍妮却把玛丽从妈妈身边拉走。姐妹俩格格笑着跑到楼上的卧室，跳上刚铺好的床，打滚，把土蹭在白被单上，像兴奋过头的婴儿。珍妮两腿乱踢，把床单搅成一团，她披着床单把玛丽罩起来，顷刻间沉入深黑的睡眠。早上她喘着气醒来，起初，寂静的空气和透过窗户洒进来的阳光让她感到迷惑。玛丽的黑脑袋枕在她胸前。珍妮吸一口气，又呼出来，玛丽的脑袋随之上下起伏。玛丽动了动，咕哝着什么，伸出一只手放在珍妮胸前摸她的心跳。珍妮心跳很慢，缓慢有力，就像慢条斯理的脚步声。

从海边带回来的红泥在床单上干了，看起来好像她们在床上遇了害。这是珍贵的荒野床单，想必是妈妈为了表示欢迎特意铺的，不料失算了。珍妮想到了荒野，每张床上都铺着床单，床单里蜷缩着玩偶一样的骷髅，风干的血肉附着在上面。也许附着早已干涸的血迹，使床单发硬，成为紫褐色，就像沾了泥巴。

学校总是在夏天结束的第二天开学，除非当天是礼拜日。珍妮知道，目的是趁着孩子们惊魂未定，让他们尽快回归按部就班的生活，就好比给打架的狗身上泼冷水。不等妈妈动手，珍妮和玛丽早先已经自己清洗过了，故意洗得马马虎虎：她们把泥渍留在膝盖后面和指缝里，玛丽的头发纠结凌乱。然后她们偷偷潜入地窖。玛丽狼吞虎咽地吃了一整只冷鸡，吞下一颗生鸡蛋，珍妮小口吃了个土豆。

她们出来时，妈妈在毫无必要地做早饭，尽管玛丽也许再过几分钟又饿了。一夏天由珍妮照管，玛丽饿坏了。妈妈紧紧地拥抱玛丽，吻着她的额头，笨拙地拍拍珍妮的胳膊。珍妮不喜欢被大人碰触，妈妈经常在想要表达爱意和担心遭到排斥之间摇摆不定。

“你们俩看着像连体人，”妈妈说，“玛丽，是你吃了我留作晚饭的鸡肉吗？”

“没有全吃。”玛丽没说实话。

爸爸信步走进来，神情又惊又喜。“欢迎回家，女儿们。”

他说。妈妈跑去给他盛了些玉米浆果粥，玛丽和珍妮溜到楼上去穿衣服。

珍妮对父母常常怀着轻微的负罪感。她知道，要是有个正常的孩子，他们会是正常的父母。他们安静、被动，面对珍妮的执拗总是败下阵来，不知道怎么应对她。珍妮从小就对他们发号施令。她爱妈妈，却也可怜她优柔寡断的性格，把她软弱的指示和试探性的命令只当作可以任意无视的建议。至于爸爸，珍妮向来跟他保持距离，把玛丽安全地护在身后。她有时捕捉到他个性当中多思和力量的瞬间，但是岛上的父女法则让她坚决防备着他。不知怎的，爸爸似乎很理解，他远远地用爱意围绕着她和玛丽。珍妮只在生病时让他碰自己，那时她不能像平常一样发起防御。妈妈必须睡觉或者照看玛丽时，他拉着她的手，用冷水清洗她的额头，唱歌给她听，还给她讲会飞的女孩和会说话的动物的奇幻故事。病好以后，珍妮对待这些事情就像做了一场梦，害怕对爸爸变得热情，让她的防御土崩瓦解。

在两个女儿的卧室，珍妮的裙子裹在身上太紧了，她骂了一句，把它扔在地上。“我不该长大。”她咕哝说。

“我看不出你有什么变化。”玛丽安慰她说。

珍妮转过脸，用胳膊肘支在窗框上。她的脊柱拉伸膨胀，把后背的皮肤撑得紧绷，它向上盘旋，好像等待撑破皮肤，获得自由。她用手拢了拢湿漉漉的头发。“我不能永远这样下去。”她对着窗外说。

“没人能永远做任何事情，”玛丽说。

“你说得对，”珍妮说，“让我试试你的裙子。”

玛丽比珍妮矮，腰围却是珍妮的近乎两倍。珍妮在过于肥大的裙子里荡来荡去，摆出可笑的姿势，两个人都笑了。

珍妮终于找到自己的一条依然合身的裙子。她们穿上鞋，穿着鞋的感觉很奇怪，她们必须小心地慢慢迈步，免得摔倒。爸爸已经走了，去看他们的蔬菜在第一场霜冻后长势怎么样。世界显得崭新、清冷，闪亮，但她们知道，当太阳在天空挂得更高时，大地将融化成淤泥。

玛丽磨磨蹭蹭，她们走得太慢，无法按时到校。亚伯拉罕先生也许已经生了气，但玛丽不让珍妮拉着她的胳膊，她说，要是她们能在外面多待一会儿，她宁愿立即挨抽。好久没人抽打过珍妮了，也许因为他们害怕她会夺过棍子，反过来抽打自己。

在学校里，孩子们无一例外都很痛苦，他们拉扯身上的衣服，在座位上坐立不安，抠着指甲里的泥巴。他们眼睛通红，骨碌碌地转着，他们伸出赤裸的手抠掉创痂，撕扯伤口处的皮肤。他们避免互相打量，努力回想夏天时在一群一伙当中的自己，为现在的样子难为情：皮肤露出来，头发梳得很紧，衣服包裹得严严实实。在这些天里，一切都很别扭。

珍妮一向喜欢学校，连今天都显得欢天喜地。她学会了她这个年纪必须学会的一切，于是她轮流到不同的班级，以惊人的耐心履行助手职责。她用瘦削的手指抓住铅笔末端，手把手教小孩子用胖嘟嘟的小手一笔一划地写字。连迟钝的孩子、根本学不会读写的孩子也跃跃欲试，她用乐观和关注对待他们。

珍妮可以不厌其烦地指点一个专心致志、一心只想取悦她的孩子，却受不了无礼或懒惰。如果她负责指点的孩子没出息，脾气急躁，不识好歹，她就会发脾气，让雨点般的掌掴落在学生的脑袋或肩膀上。有一次，在一个男童班，她竟然抓起老师的软鞭子，抽打了冥顽不化的弗雷德里克·摩西，打得他嗷嗷直叫唤。

此刻时间还早，泥水还冻结在山顶、水涡和山谷里，像一团团打得起泡的脏奶油。空气静得出奇，蚊子的嘶鸣一夜之间消失得无影无踪。世界一片褐色，除了庄稼田和花园，农夫在田里肆意舒展腰身，动作迟缓，仅仅因为他们可以这么做。女人们坐在台阶上，用手抓着吃早饭。狗自入夏以来第一次被赶出门外，撒手不管，它们害怕地在门上抓刨，然后突然意识到，空气中干干净净。于是它们像敦实的小羊羔颠颠地走来走去，摇着尾巴，开心地吠叫。一条狗一跃而起，不小心撞到珍妮身上，她跪倒在地，呵呵直笑。

“我几乎不介意夏天结束回到家里，”她对玛丽说，“只要我能看见好多条狗，”她把脸贴在狗身上，向它的耳朵吹气。“我的自由结束，你们的自由开始了，对不对？”她问狗，“你愿意跟我交换吗，换到明年夏天？”狗冲她叫了几声。

第 21 章

瓦妮莎

晚上，瓦妮莎坐在厨房的餐桌旁，喝了一杯又一杯浓稠香甜的山羊奶，听妈妈给她讲这个夏天发生的事情。

格雷迪和卡伦·吉迪恩喝了绝命汁，格雷迪自从出了事故以后，就不能好好走路了。他们的儿子拜伦带着妻儿接管了房子。许多比瓦妮莎大一点的女孩要结婚了，这是自然的，有几个人怀了孕。很多女人生了孩子，很多生了缺陷儿。贾娜·索尔生了第三个缺陷儿，她的丈夫决定再娶个妻子，并顺理成章地选中了卡萝尔·约瑟夫，卡萝尔去年守了寡。现在，贾娜和卡萝尔像发怒的猫一样撕咬打架，如果贾娜继续企图把卡萝尔赶出门，她会遭受示众惩戒。阿曼达·巴尔萨泽生了个缺陷儿，大出血死了。她的丈夫安德鲁四处游走，像脑袋上挨了砖头似的。厄休拉·吉迪恩生了一对双胞胎，都很健康，这种情况很久没有出现过了，人们在门外排着队等候探视。斯特拉·亚伦被抓到单独跟男人说话，将会遭受示众惩戒，厄休拉·索尔也是，她对妹妹说了亵渎先人的话。

最惊人的人，岛上新来了一户人家——克莱德和莫琳·亚当夫妇。克莱德是名手艺高超的雕刻匠，莫琳怀了孕。爸爸明天晚上要请他们来吃晚饭，瓦妮莎必须举止得体。

亚当夫妇让瓦妮莎大为兴奋。上一户新来的人家雅各夫妇来岛上生活时，她还是个婴儿。她不记得荒野来的人家是什么样，总觉得像受了骗似的落在了最后。回家后按部就班的生活通常黯淡无光，这条消息是个亮点。爸爸还会继续拥抱和亲吻瓦妮莎，对她说他多么想她，这让她神经紧张。她的脸干净，裸露，感觉就像剥了层皮。

妈妈注意到瓦妮莎的不安，跟她一起唱了“夏日落雨”、“阿瑟·巴尔萨泽”和“一千颗流星之夜”。现在她回来了，唱唱教堂歌曲也觉得无妨。

晚饭要吃鸡肉，与新土豆和豆荚一起烘烤。空气清冷逼人，热乎乎的饭菜在瓦妮莎听来很是可口，虽然她宁愿立马用热饭换取在外面吃一顿脏面包。爸爸常说，“季节总要变换，不管你喜不喜欢”。晚上，他离开后，她沮丧地把无助的眼泪洒在枕头上，想着九个月后的下一个夏天——对她来说，也许再也不会有夏天了。早上，她一定要让自己的脸色镇定如常，尽管她眼皮肿了，皮肤上起了斑点。她不喜欢让爸爸看见她哭鼻子。

瓦妮莎拖着脚步走到学校，看见几条狗奔跑嬉戏，希望自己可以加入其中。她按时到了学校，格蕾丝·亚伦因为迟到挨了抽打。格蕾丝抑扬顿挫的哭泣声与亚伯拉罕先生抽打的力度不相称，她似乎哭出了全班学生凄惨难耐的心声。他们大声朗读一本书上的文字，文字讲述金属和地球的圈层，瓦妮莎打着呵欠左顾右盼。岛上仅有的金属是游侠带回来的，她唯一关心的地球圈层是外面的大地，慢慢融化成淤泥。

课间休息时大家簇拥在一起，因为天气还冷，也因为他们很惨。成群的小孩子懒洋洋地绕着学校转圈，动作迟缓地玩着笨拙的游戏，好像他们忘记了怎么玩耍。瓦妮莎看见珍妮·所罗门铜黄色的脑袋，就轻手轻脚走过去听她说话。一群女孩围着珍妮，玛丽像往常一样黏在她身边。

“一次生两个孩子太荒唐了，”珍妮说着把一缕鲜艳的头发从额头撩开，“我很惊讶她还活着；她本该被撕成了两半。”

“不过现在她可以打住了，”玛丽指出，“她已经生够了两个孩子。”

“也许，”菲奥娜·亚当插话说，“爸爸说，他们也许只把它们算作一个孩子，让她再生一个。”

“我在书上读过双胞胎的事情，生下来就连在一起，”瓦妮莎说。她自信的声音把大家都吸引住了，“两条腿，但是长着两个脑袋。他们也会长大，活到老年。”瓦妮莎的图书室非常宝贵；她几乎总是可以告诉大家一些他们不知道的事情。

大家都转身对着她。“不可能。”菲奥娜阴沉着脸说。

“我见过一幅图。”瓦妮莎挑衅地说。

“那只是另外一种缺陷儿，”珍妮说，瓦妮莎心里一跳，珍妮为她辩护，让她感到骄傲，“只不过他们活了下来。我以前不知道他们那边也有缺陷儿。”

不是所有缺陷儿都是早产儿，有的确实延续着呼吸。瓦妮莎曾经见过有人生下缺陷儿，悄悄地把它面朝下放在水碗里，产妇哭哭啼啼。它没有腿，一条尾巴逐渐变细。瓦妮莎觉得纳闷，要是它获准继续呼吸，它可怎么活。

“两个婴儿都是活的。不知道性别，也许是女孩，”瓦妮莎说，“至少活到很大，活成了小孩子。”

“要是娶她做妻子，算一个妻子还是两个？”莱蒂问，大家叽叽咕咕地笑起来。

“你在书里还看到了什么样的缺陷儿？”珍妮盘问道。

“没了，”瓦妮莎承认，“就这些。他们穿衣打扮很奇怪，脸上涂着东西。”

大家都明智地点点头，好像他们知道其中的含义似的。

“我认为这是杜撰，”菲奥娜说，“是编出来的故事。那东西怎么吃饭？用两张嘴还是一张嘴？要是揍它一拳，两个人都疼还是一个人疼？”

“有些缺陷儿大出血死掉。”卡拉·亚当指出。

“有时他们长着不止两条腿，不过我没听说过长两个脑袋。”

“我听说过一次，”莱蒂说，“一个女人生了个缺陷儿，是一条鱼。长着鳃、鳞片，什么都有。”

“哈！她晚上跟谁睡觉？”菲奥娜叫起来，大家想象一个女人躺在一条大鱼下面，都笑弯了腰。她们叽叽嘎嘎笑得喘不过气来，笑声在死气沉沉的田地里回响。

欢声笑语散去，一阵沉默后，戴安娜·索尔若有所思地说：“艾丽西亚怀孕了。”在艾丽西亚来月经并度过果实之夏以前，戴安娜曾经是艾丽西亚的闺蜜。现在艾丽西亚嫁给了哈罗德·巴尔萨泽，肚子大了起来。瓦妮莎觉得艾丽西亚的样子很怪，她们在教堂里擦肩而过，艾丽西亚瘦伶伶的双腿从女裙里露出来。

“明年夏天就该轮到你了。”莱蒂对戴安娜说，很难判断莱蒂是想安慰还是威胁戴安娜。戴安娜把手掌按在平板的胸前，好像检查有没有新变化，然后满足地把手摸向肋骨。没人看菲奥娜，菲奥娜错过了果实之夏大概两天左右。她的身体从各个方向把裙子撑开，努力要从直通通的衣服里鼓出来。

“阿曼达·巴尔萨泽失血过多，我听说，”莉莉·雅各说，“突然之间，她的血流光，她倒在地板上死了。”

大家全都看着珍妮，珍妮爱阿曼达。她把脸转向一群玩弄青蛙的男孩子。“她——”她说。她的声音沉重颤抖，她继续刻意避开她们的目光。玛丽试探地把一只手放在她胳膊上，珍妮猛地一甩，把它甩掉，自己又一动不动了。

“每个人都可能大出血，”戴安娜说，“有时是生了缺陷儿，有时只是运气不好。”

“我妈妈有一次差点大出血，”莱蒂说，“那时我还小。她的皮肤看起来像粉笔，她不得不在床上躺了好几个星期。”

“我听说，每个月的月经会告诉你，”戴安娜说，“要是月经流很多血，就不会大出血；要是月经流血不多，那么血就在子宫里积攒起来，然后胎儿混在血水里突然流出来。”

“我不认为她是大出血，”一个很轻很细的声音说，瓦妮莎不得不找寻说话者。她看见矮小邋遢的凯特琳·雅各尴尬地站在一群人边上。瓦妮莎觉得凯特琳惹人厌烦，她总是弯腰弓背，腼腆害羞，表现得像个受惊的老鼠。

“你是什么意思？”莱蒂询问道，“她当然是失血死的。”

凯特琳摇了摇头，却已经慢慢后退，在莱蒂的怒火面前甘拜下风。

“等一下。”珍妮说着转身伸出手。凯特琳站住了，看着她。珍妮长着雀斑的脸很苍白，眼睛像玻璃，耷拉着眼皮，“你是什么意思？”

凯特琳四下看了看，好像在等什么人，然后摇了摇头，她把肩膀上的辫子松开，遮住脖子上的淤青。“没什么。”

“过来。”珍妮用瓦妮莎以前从未听过的甜美口吻说。凯特琳迟疑了一下，钻到了她身边。

“说吧，”珍妮把一只手搭在她肩上，“你为什么说她不是失血死的？”瓦妮莎恍然看见珍妮和阿曼达两年前的夏天一起奔跑，她们浑身泥水和血斑，露齿大笑。

“我看见她了，”凯特琳静静地说，她们不得不凑过去才能听到她说话，“我看见她在水里。她淹死了。”

“在水里？”菲奥娜惊叫道，珍妮一挥手让她不要说话。

“你什么时候看见她的？”珍妮问。

“昨天，”凯特琳说。瓦妮莎突然注意到凯特琳看起来多么疲倦，她充血的眼睛下方挂着发青的半月形眼袋。手臂上露出小块淤青构成的图案。“我看见他们把阿曼达的尸体从水里拖出来。浑身发青。她的尸体。”

“谁把她的尸体拖出来？”

“游侠。他们穿着黑大衣站在那里。他们把她从水里拖了出来。”

“你能肯定吗？”珍妮问。

“就算是真的，你也不知道她是不是淹死的，”菲奥娜说。

“她可能先失血，然后……”菲奥娜的声音越来越小，她努力想给阿曼达的身体出现在海里找个理由。

“她嘴巴里有水流出来。”凯特琳说。

大家一时都不说话了，菲奥娜瞪着凯特琳。

“撒谎。”

凯特琳摇摇头，大家都看着她瘦弱而斑驳的身体。一阵难堪的冷场。

莱蒂轻蔑地叹了口气：“他们为什么要跟我们说，她是失血死的？”

珍妮脸色冷漠，她的手在抖。她搂着凯特琳的肩膀，目不转睛地望着她。让人吃惊的是，凯特琳也直视着她的目光，神色虽然疲倦却很坚定。珍妮吸了口气，松开她转身走了，离开了学校的操场。玛丽看看珍妮，又看看其他女孩，不知道该怎么做。这时候，教低年级班的约瑟夫先生走过来叫大家回去上课。他看到了珍妮离去的背影，却只是耸了耸一侧肩膀，转过脸去。

回到教室，亚伯拉罕先生开始讲授荒野的各种金属，玛丽抱着胳膊，把脑袋搁在上面。凯特琳两眼空洞地望着窗外。瓦妮莎环顾四周，想跟什么人目光对视，女孩们却都坚定地面朝前方。

第22章

瓦妮莎

游侠亚当一家正在等待与新来的亚当夫妻共进晚餐。瓦妮莎知道自己应该满心期待，却总是忍不住去想珍妮，她长着雀斑的炽热脸庞凝视着凯特琳疲乏的小脸蛋。正常情况下，她会讨厌凯特琳，讨厌她耳语般的声音夺走大家的注意力，不再听自己讲连体双胞胎的故事，可是，瓦妮莎又对那个耳语般的声音所说的一切充满疑问。

为什么有人要在阿曼达·巴尔萨泽失血死去后，把她的尸体丢在水里？死尸是深埋在农田下方的。她听人们说，尸体可以给庄稼施肥，还有人说，尸体在夏天以前都是完整的，到了夏天一切都化为淤泥，尸体也像石头一样下沉，穿透无穷无尽的地球圈层。阿曼达不可能在海里突然大出血，因为大人夏天都不出门。即使出门，也不去海里。唯一说得通的解释是：她的丈夫悲痛欲绝，想在海里洗去血迹。可是如果他想把她洗净，何苦大老远把她拖到海里？蚊子会把他吸干的。不管在脑子里琢磨多久，这一切在瓦妮莎看来都完全没有道理。最后，她认定凯特琳一定是个高明的撒谎精。可是要说凯特琳有什么高明之处，似乎也不像。

洗个凉爽的澡，换上新裙子，让妈妈重新编辫子，在此期间瓦妮莎始终在出神。她坐在桌前接着苦苦思索时，爸爸打开门，用低沉的嗓音迎接一个男人。瓦妮莎陡然一惊，打起精神走到门口，爸爸正跟一个巨人握手；来人不是臃肿，而是高大魁梧。不管荒野上是什么情况，瓦妮莎心里想，那边肯定有吃的。她四处找寻他的妻子，却不见新来女人的踪影。

"抱歉，"来人笑容可掬地说，"莫琳今天晚上不太舒服。"

"生育之痛，"爸爸也笑脸相迎，"我希望她大体上还好？"

"好，好。"来人嘻嘻哈哈地说。

"嗯，"爸爸说，"她来不了真可惜，不过我们很高兴你来了。"

来人从爸爸的肩上望过去，看见瓦妮莎躲在墙边。他可笑地微微弯腰鞠了一躬："这一定是你的女儿了。"

"是的，瓦妮莎。这是新来的亚当先生。"

瓦妮莎端详着亚当先生，想从他脸上看出荒野的真切印记。她不太确定自己在找什么；伤疤，也许，新奇陌生的五官分布。她在他眼里搜寻空旷，搜寻荒凉的况味。最后她放弃了；亚当先生拥有生硬的五官和友好的表情，岛上的男人们也有。他唯一不寻常的地方在于，他的眼睛呈暗褐色，她仔细端详他的眼睛时，它们也一眨不眨地凝视着她的脸蛋。

瓦妮莎走上前跟亚当先生握手，他的手又大又湿，过于使劲地握着她。“可爱的女孩，”亚当先生说着继续握着她的手。她很纳闷，他会不会整晚不撒手。“可爱极了。”

爸爸双手放在她肩上。“我同意，当然。”他轻轻把瓦妮莎拉到自己身后，让亚当先生松了手。“艾琳给我们准备了一顿丰盛的晚餐。”

爸爸坐在桌子上首，妈妈在他右边，瓦妮莎和本坐在两侧。亚当先生跟他正对。瓦妮莎赞赏地吸了一口热腾腾的饭菜香味。甜点和烤土豆已经端了出来，鸡肉跟洋葱一起炒。“我们还有胡萝卜和烤苹果，”妈妈说着闪进厨房。她警惕地打量着亚当先生，好像他是个陌生的新品牲畜，太过陌生，不能视为无害。

“好啦，克莱德，你们安顿得怎么样了？”爸爸问，他把一盘松饼递给亚当先生。

“嗯，很好，”亚当先生说，“这是个美丽的地方，很美。跟我待惯的地方大不一样，当然。”

瓦妮莎把耳朵竖起来，满怀希望地等着听他说下去，说他待惯的地方是什么样，可是他却给嘴巴里塞满了松饼。她瞥了爸爸一眼，爸爸双唇紧闭。她叹了口气，接过大平盘里橘色、紫色、黄油漫溢的烤胡萝卜，铲了一些到自己的盘子里。

“可惜你们来的时候是夏天，”妈妈说，“关在家里几乎什么也看不到。现在可以安全地在外面走一走了。”

“安全，是指不受蚊子还是脏孩子袭扰？”亚当先生呵呵笑起来，“别这么说，你们的夏日仪式很迷人。夏天让孩子在外面疯玩，其余时间乖乖听话。”

“要生第一个孩子了，你一定很激动吧，”爸爸说，“我希望莫琳不常生病？”

亚当先生耸了耸肩，嘴里咀嚼着：“她喜欢多休息。”

“睡觉是为了两个人，”妈妈僵硬地微笑着说，“她最好趁着能睡尽量多睡。”她倾身向前，用拇指抹去沾在本下巴上的黄油。

“这房子真不错，”亚当先生环顾四周，看着精心养护的墙壁，拱形的摇椅和柔软干净的小毯子。“在你们以前，谁住在这里？”

“我父母。我们家住了好几代了。我和艾琳结婚以后暂时住过另外一栋房子，那时我父母还活着。两位约瑟夫过世以后，房子空了下来。”

“他们是同时过世的吗？”

“当然是一同过世。”妈妈说。

亚当先生皱起眉头。“怎么，一个杀了另一个？”

“不是，”爸爸轻咳几声说，“记住，在这里，当一个人不再中用——不再做出贡献，他们的孩子生了孩子——他们就喝下绝命汁。这，呃，你来之前我相信他们一定给你讲过。”

“对，讲过，对。不好意思，”亚当先生说，“到他们不再有用，就把他们除掉。好主意。”

“什么，在荒野上人们一直活到死的那一天吗？”瓦妮莎脱口而出。

亚当先生似乎很意外，爸爸担心地瞧了她一眼：“瓦妮莎，不要插嘴。”

妈妈又笑了笑，瓦妮莎看到她的眼圈和嘴角绷得很紧。她似乎不大喜欢亚当先生，也许她只是怕他。

“岛上再多一名雕刻匠可以帮很大的忙，”爸爸说，“这是一项难得的技能。我们想尽量减少对金属的依赖。”

“你们这座岛上似乎有些木材很不错，”亚当先生说，“树木不错。我想我可以做些好用的工具。”

“太好了，”爸爸说，“我们也从荒野带木材回来。我们必须小心，保证让我们的树木保持数量上的优势。岛上有一整块地方，我们根本没有开垦。纯野生状态。孩子们夏天很喜欢去那里。”亚当先生点点头，大家坐着细嚼慢咽。瓦妮莎咬了一口松饼，呼出松饼散发出来的酵母味。

“你去看过教堂了吗？”妈妈客气地问亚当先生。

“看过了。教堂一直在沉没。我不能想象把那么多劳动浪费在一座下沉的建筑上。不过约翰说过，是先人的主张。你们想没想过，要是把它从泥沼中拔起来，它该有多高？它会高耸入云！”

“它会倒塌。”瓦妮莎指出。

亚当先生笑了，“是的。它会倒塌。不管怎样，它设计得相当漂亮，只是理念有点怪诞。教堂房间，通向下方的路，空荡荡，黑黢黢。很吓人，不是吗？”

“为什么？”瓦妮莎问。他对她眨了眨眼，没有回答。

“这是瓦妮莎最爱问的问题。”妈妈说。

“你很聪明，对不对？”亚当先生问。

“我相信她把我图书室里的书几乎读遍了，”爸爸说，“她对许多事情都很在行，不过多数在这里都派不上用场。”

“你让她读外面的书？”亚当先生说，神色很惊讶。

“只是其中一部分，”爸爸防御地说，“她很有头脑。”

“似乎很危险啊。”

“目前还没什么害处。”爸爸说。

“我看了学校，我得说，我看不出它有什么意义。”亚当先生说。

“你这是什么意思？”妈妈问。她慢慢切着食物，好像这差事要求一丝不苟的专注。“学校是给孩子们开设的。先祖修建了它。我是说，最早的学校不是他们现在使用的那栋房子。”

“女孩何必识文断字？见鬼，我敢打赌，只有四分之一的男孩需要读书。学校完全没有意义。”瓦妮莎不确定“见鬼”是什么意思，从亚当先生说话的样子来看，听起来很可笑。见鬼。

“识文断字是一种宝贵的技能，”爸爸说，“说明书、记录、流程……许多妻子帮丈夫一起干活。”

“多少男人需要读书？”亚当先生问。

“《经书》呢？”妈妈问，“大家都应该会读《经书》。”

“更别提学校里教的技能，”爸爸接着说，“他们教耕作，锻造……”

“我想那些还算有用，不过女孩何必一定要读《经书》？她们可以背诵段落——背下来就行了。”

“您认为女孩不该读书吗？”瓦妮莎用过于响亮的声音问道。

“没必要，宝贝儿，”亚当先生说。瓦妮莎在脑子里盘算着“宝贝儿”这个词。听起来他似乎要吃掉她的器官。“你会结婚，生子，必要的话，协助丈夫。何必浪费精力学习阅读，既然阅读没有用处？就像这些钟表。要钟表干什么呢？何必知道几点几分呢？为什么需要书籍呢？”

饭桌前一阵长久的沉默。然后，爸爸叹气说：“我相信知识本身自有它的价值。”

“唔，我认为在女孩本来可以帮妈妈干活的时候，教她们一些不必要的知识，是在浪费时间。”亚当先生说。

爸爸敷衍地点点头：“这观点并不新鲜。岛上许多人跟你意见一致。这件事游侠们已经讨论了很久。”

“很好！”亚当先生笑着说，“我希望他们也认为这不是个好主意。你们这里的学校比别处更传统。你们需要跟大陆——荒野隔断，彻底隔断。我不会把我的女儿送去上学。”

“也许您会生个儿子。”瓦妮莎烦躁地说，他们都扭头看着她。

亚当先生扬起眉毛，额头起了皱纹。“这张桌子上的规矩跟我习惯了的规矩不同，我明白了。”

瓦妮莎的烦躁与好奇相互交战，“您习惯了的规矩是什么样？”

爸爸似笑非笑，眼神很严厉：“你要比以前多加小心，克莱德。”

亚当先生做了个苦脸：“对不起，我知道了。”

“荒野上人们也在饭桌前吃饭吗？”瓦妮莎执着地问。她对荒野的想象可不包括饭桌：“有饭桌，有规矩，人们坐在桌前吃饭吗？他们吃什么？”

“我是打个比方，”亚当先生说，她不懂“打个比方”是什么意思。“在我原来的地方，打比方是人们说话的一种方式。没有特别的意味。”

“但您确实是从什么地方来的。”瓦妮莎说。

“瓦妮莎，”爸爸威严地说，这时候本把牛奶洒了满桌，他叫了起来。当桌子清理干净时，话题已经转向了农事和岛上的庄稼类型。瓦妮莎努力想把话题转回到荒野，但她的每次企图都被妈妈或者爸爸轻松地挫败了。

“本吃好了，”她最后放弃了，说，“我也吃好了。我们可以走了吗？”

“当然，”妈妈说着点点头，“到了收拾盘子的时候，我们会叫你。”

瓦妮莎跟本玩耍，本假装是一条狗，吠叫着，摇着小屁股。“多好的一条狗啊，”她轻声说着把他蓬乱的卷发抚平，“你这么乖，我该把剩饭剩菜喂给你吗？”本吠叫了几声。瓦妮莎心不在焉地看着他转圈。她一定要单独跟亚当先生谈一谈。

妈妈喊她了，瓦妮莎把本放回到椅子里，麻利地收好盘子和餐具，把它们放在厨房的洗涤桶中。她掬起一捧含着砂砾的、发黏的肥皂粉，掺了些水，不声不响地洗洗涮涮。亚当先生和她的父母在谈论水和降雨量。

她把脑袋探进去。“打扰一下，妈妈，”她说，“您带亚当先生参观过厨房了吗？他也许想像爸爸一样造一间厨房。”

她担心自己打断他们说话会遭到斥责，不料妈妈却笑逐颜开。“是，我来带你看看。詹姆斯给我造了这间厨房，心思实在是巧妙。很多人家都照他的样子砌了炉火周围的石头。”

爸爸妈妈和亚当先生走了进来，好奇的本跟在身后。爸爸解释他摆放石头的方法，金属是怎么用废料锻造的。本觉得无聊，调皮捣蛋起来。瓦妮莎俯身对着本耳语道：“对不起，对不起，我答应以后把小甜饼都给你吃。”然后，她闭上眼睛，皱着眉头，使劲掐了一下本的胳膊。

本的小脸蛋发出一声啼哭，嘴巴大张，叫得很响。大人们跳了起来。本伸出一根手指谴责地指着瓦妮莎，妈妈却没有留意。她连忙俯身把本抱起来，温言软语哄着他，抱歉地看了一眼爸爸和亚当先生。“对不起，我失陪一下。本该上床睡觉了，”她说着走了，本打了个嗝，“瓦妮莎掐了我！”瓦妮莎知道妈妈不会相信他，她对本从没做过残忍的事。可是她内心感到污秽不洁，不知道她是不是再也不会自认为是个好人了。

她深吸一口气让心情平静下来，继续干活。亚当先生和爸爸在谈论初为人母的考验和趣事。她徘徊在他们身边，被爸爸讲的伊丽莎白·索尔的故事吸引住了。伊丽莎白的儿子很难哄，有一次她试着把他泡在海里，看看海水能不能把他冻得安静下来。亚当先生说，他希望莫琳的婴儿会早早安睡到天亮，爸爸祝他好运。

“爸爸，”瓦妮莎趁着谈话和缓的间隙说，“我可以带亚当先生参观一下我们的图书室吗？”

“我不认为亚当先生对书有格外的兴趣。”爸爸回答，话音稍微带点讽刺。

“爸爸，求求您，我会觉得我多么——”她搜索着可能打动他的用词，“——多么有学问。”

“很好，詹姆斯，”亚当先生说。他的眼睛倏地一亮，眨得很快，“其实我很好奇你们有些什么书。”

“她不能给你看那些锁起来的书，”他说，“不过，也许你反正也不想看。”

“你是什么意思，锁起来？”

“那些书不是人人都能看，”他说，“其实是没去过荒野的人都不能看。”

亚当先生显得很震惊。“你为什么要保存它们？”他问，“风险太大了！我很惊讶他们居然允许你收藏书籍。”

“他们是谁，凭什么给我下禁令？”爸爸没好气地问。

“嗯，我是说其他游侠。藏书有什么意义呢？”

“去吧，瓦妮莎，”爸爸挥着胳膊说，“我要在这里清静一会儿。”他阴沉地看了亚当先生一眼。

瓦妮莎的心得意地砰砰直跳。她礼貌地说：“这边请，亚当先生。”带着他穿过走廊进到了图书室。

几近黄昏，爸爸安在天花板上的不规则窗户透进灰色的微光。瓦妮莎迈步走了进去，寂静而昏暗的空气和书架上一排排气派的书籍不由得让她屏息敛气。“这里就是，”她悄声说，“图书室。”

“呵，”亚当先生半心半意地环视一圈，然后打量着她，“这些书你都读过？”

“没有，”瓦妮莎说，“有些书太没意思。”亚当先生鼻子里哼了一声。

《立体主义者毕加索》吸引了她的视线，她小心地把它抽出来。“这是一本图画书，”她说，“我们的图画书很少。”

“哦。”亚当先生说。她把书翻开，给他看一位神色平静、看上去心满意足的女人，她的两只眼睛画在同一侧脸庞上。一只眼睛在鼻子上，另一只跨过了颧骨。

“这些画很奇怪，”她说，“可是看看这纸，多么光滑，”她用手指摸着，“我不知道他是怎么画成这样的。”

“这些是画作的图片，”亚当先生说，“不是画作真迹。”

“就像先人亚当先生的画像，”她说，“在纸上留住时间。”

亚当先生似乎给搞糊涂了。“不，只是一幅图片。”他说。

“您知道他吗？”瓦妮莎问，“立体主义者毕加索？”

“我想他已经死了。”亚当先生说。

“是他做了这本书吗？”

“我表示怀疑。我猜想他是一位著名艺术家，人们弄来他的画作，把它们收集在书里。”

瓦妮莎想着这件事。岛上有几位艺术家——酿酒师摩西先生雕刻的鸟儿和人物栩栩如生，鞋匠吉迪恩先生用木炭在纸上画画，他画的肖像几乎可以媲美神奇的照片。瓦妮莎想象用一个奇巧装置捕捉吉迪恩先生的画作，把它们做成一本书。这想法太荒唐了，她噗一声笑出声来。亚当先生也笑了，虽然他读不懂她的心思。

“我认为……我不认为他很出色。”亚当先生说。

“我也是，”瓦妮莎说，“没有人长成这样，不过倒是很有趣。”

“我想是的，”亚当先生说，“这里你最喜欢哪本书？”

“哦，”瓦妮莎说，这个问题很难，让她一时懵了，“哦，我不知道。我想……嗯，我喜欢《野性的呼唤》。”

“讲的是一条狗的故事，对吗？”

“一条狗，是的，在一个叫阿拉斯加的地方，他们用雪橇拉着人寻找黄金。有些人很坏。我只见过游侠所罗门先生家的盘子上的黄金，是他从荒野搜集来的。上面还有几朵花。”瓦妮莎拿不准人们为什么要为了那种黄色发亮的东西打架，杀人，挨冻，但是同时，它那么光彩夺目，那么美丽，她似乎又能理解。“我想象不出在一个地方，人们用那么贵重的盘子吃饭。”

“明白了吧，让大家读这种书是个错误，原因就在这里，”亚当先生说，“你不该知道阿拉斯加是什么，黄金是什么，还有诸如此类的东西。”

“我只是说盘子上有黄金，”瓦妮莎回答说，“我不知道阿拉斯加的情形，除了那里很冷，那里有黄金。有些大狗，高大健壮的狗，比这里的狗要健壮，人可以让它们干活。”

“岛上一定有大量的狗，”亚当先生慢条斯理地说，“还有猫，不过没有狗多。我想人们要用猫来抑制老鼠。狗可以做好伙伴。”

“您现在有狗吗？”瓦妮莎问。

“哦，还没有，不过终归会有的。我到处看见人们溺死小狗，我估计他们可以给我们留一条。”

“亚当太太会喜欢吗？”

“我想会的。她有过一条狗，当初——当初在荒野，一个吠叫的小东西。”

“嗯？”瓦妮莎小心地问。

“比一根面包大不了多少，看见什么都叫。”

“一条小狗？”

“不，不，是一条发育完全的狗。”

瓦妮莎从没见过面包大小的狗。岛上的狗差不多都一样大，“亚当太太养狗干什么？”她问。

“哦，只是去哪里都抱着它，”他说，“像个婴儿似的。现在她要生个真正的婴儿了。”

“是的，孩子什么时候出生？”

“嗯，用不了多久。最多再过两个月。她害怕生孩子，可怜的人。”

“害怕？”

“害怕出问题。”

“害怕大出血或者生下缺陷儿吗？”

“嗯，我想是的。不过不是缺陷儿，”他鼻子里哼了一声，“我的孩子不会是缺陷儿。我们不存在这个问题。”

“可是……荒野上没有缺陷儿吗？”

“呃，嗯，有，我想有的。”

“您想？”

“我是说，是的，有。不过不一样。”

“怎么不一样？”

“哦，不是……我的意思是，跟你们这里的规矩不太一样。”

“你们有什么样的规矩？”

“其实，没什么规矩。我是说，我不能四处杀人或者做类似的事情。”

“孩子们呢？”

“什么孩子们？”

“人们会杀他们吗？”

“杀他们？是——”他瞥了她一眼，“你知道我不该跟你谈论这些。”

她没有说话。

“你是个鬼心眼的小丫头，瓦妮莎，”他对她晃着一根手指说，“你知道我怎么对付鬼心眼的小丫头吗？”

她盯着他，“不知道。”她不知道人们居然还有做这种事情的流程。也许他们在荒野上要这样做。

他吸了口气要说些什么，又呼出来，笑嘻嘻地望着她，“你很机灵。太机灵了。你是个可爱的小姑娘，我想我会原谅你。”

她拿不准该说什么，就轻声说了句“谢谢”。

她突然意识到，从小到大，除了爸爸，她从没单独跟成年男人在一起过。她瞥了亚当先生一眼，不知怎的，他似乎比以前更加高大，更加黑暗，好像昏暗的光线抹掉了他的脸庞，他的双手变得硕大无朋。虽然他的腿脚纹丝不动，他却好像在向她靠近，好像他在变大，他的血肉之躯向她小小的身影逼过来。她把目光转向别处，呼吸加快。突然，她想到如果妈妈知道她单独跟亚当先生在一起，一定会大发雷霆。

“你也是个听话的女孩，对不对，瓦妮莎？”

“我想是的。”瓦妮莎谨慎地说。她几次眨眼，但他似乎依旧赫然耸立在她面前，包裹在影子里。他靠近了。

“你会做你该做的事情。”

“是的。”

他安静片刻，说：“我喜欢你们这座岛上的这一点。孩子们守规矩。”

她说：“他们不守规矩吗，在荒野？”

“跟这里不一样。”她知道自己会连着几天、几周、用她的余生苦苦思索这句话的意思。

“给我讲讲，”她绝望地说，“请您给我讲讲。”

“鬼心眼的小丫头。”他又说了一遍。她感到胸膛里涌起无力的愤怒。

“亚当先生，请给我讲点什么吧，”她说，“什么都行。”

他端详了她一会儿，揣度她，说：“在荒野……”他不说了，显然在绞尽脑汁地思考，“在荒野……孩子们可以……不。在荒野……”他停住了，“对不起，瓦妮莎。真是对不起。我发自内心地认为，还是什么也不知道，对你、对这里的所有人更好。”

“至少给我讲讲烈火吧。”

“什么烈火？”

“烈火，荒野的烈火。不是说烈火烧毁了一切吗？”

他的嘴巴张得老大，又闭了起来。他顿了一下，目光搜索着瓦妮莎恳求的双眸。“我倒想让你给我讲讲岛上的事情。”他最后说。

她心里有什么东西坠了下去，沉入谷底，她对知识的渴望稀里哗啦摔成了碎片。她对自己很生气，为她自作聪明谋划这件事生气，为亚当先生这么蠢生气，对爸爸妈妈、游侠、先人和她认识的所有人生气。她握起拳头，跺着脚，感到亚当先生的手突然放在她肩上，他的庞大身影向她眼前逼近。她深吸一口气，让自己不要揍他。

“瓦妮莎！”一个尖嗓门叫道，是妈妈。她站在图书室门口，看上去怒不可遏：“你在这里干什么？”

“爸爸说我可以带亚当先生参观一下图书室。”

“亚当先生，”妈妈说，语气客客气气，却含着一丝冷冰冰的震颤，“请跟我们来喝杯茶吧。”

“当然，”亚当先生说，“谢谢你带我参观，瓦妮莎。”

他们坐下来喝茶，爸爸和亚当先生谈论粪肥，各种相关事宜，收集粪肥，给农田施肥。妈妈向瓦妮莎翻了翻眼睛，瓦妮莎对着自己的茶杯窃笑。亚当先生一直盯着她看，好像他想再一次靠近她，让她恳求他回答问题。后来天全黑了。蜡烛点了起来。亚当先生站起来，笨拙地来回走动，准备告辞，可他来时并没有带需要带走的东西。瓦妮莎觉得头疼，希望他赶紧走。

“再见，瓦妮莎，”亚当先生跟爸爸妈妈道别后说。妈妈在桌边盘桓，假装重新整理桌布。他压低嗓门，“我没有回答你的问题，希望你不要生我的气。我只是也得像别人一样遵守规矩。我希望多和你见面。”

“再见。”她说。他们再次握手。他的手又一次久久握着她的手，让她很不自在。房间里一时安静得好笑。终于，她把手抽出来；他手上沾了一层汗液和黄油的混合物。

后来，瓦妮莎在本该已经入睡的时候，听到妈妈和爸爸在卧室里说话。她迟疑地、轻手轻脚地走过去，蹲在他们的房间门口侧耳细听。

“他不大敞亮，是不是？”妈妈说，“我是说，他……有点阴险，我想。偷偷摸摸的。”

“先人啊，我希望他不要又是个罗伯特·雅各。”爸爸说，“那就太晦气了。”

“我想他一定没那么坏，”妈妈回答说，“他只是——”

“你看见他看瓦妮莎的眼神了吗？从图书室出来以后？先人啊，我本来不该让她跟他一起进去，万一——我只是想摆脱他，自己清净一会儿。可是后来，他的眼神……之前也是那样，我想。只是我没留意，我只是觉得他很奇怪。”

“嗯，请新人来岛上，我是说，他们得……”

“他们得有点自制力。也许我们不该再让新的家庭进来，继续过我们自己的日子得了。”

“你知道我们不能那样。想一想今年那些缺陷儿吧。”

“我知道，我知道。像先人那样的男人到哪里去了？他们在哪儿呢？”

“也许再也没有先人那样的男人了，”妈妈说。

“也许，”爸爸说。他听起来闷闷不乐，焦躁不安，瓦妮莎熟悉这种腔调。她回到床上，躺着睡不着，等着他。他要得到拥抱抚慰。她终于睡着了，梦到阿曼达·巴尔萨泽从水里站起来，抱着个缺陷儿，它的身体半截是鱼，半截是婴儿。

第 23 章

珍妮

珍妮嘴唇上带着阿曼达的亲吻，它像甜美的蜜块，像无情的疾病。她听到阿曼达微弱的话音，她闻到空气中阿曼达肌肤的气息，猛地转身寻找，却空无一物。

珍妮自从得知阿曼达的尸体被人从海里拖出来，就没有合过眼。她的神经着了火，每根神经的两端都在熊熊燃烧。夜里，她踱着脚步，她所知晓的一切在脑海中盘旋，光怪陆离。教堂的木质长椅硬邦邦地硌着她瘦骨嶙峋的屁股。牧师喋喋不休地斥责忤逆。晨雾像一只大手把地平线捂得严严实实。游侠像高大阴森的食肉动物在岛上高视阔步。阿曼达的脸庞，她听到房间里有人时惊恐的表情。果实之夏的旋涡吸入女孩，吐出妻子。满身泥水的孩子们推推搡搡地争抢几口香甜的蛋糕屑。摆渡人来来去去，像潮起潮落。荒野的玻璃结实晶莹，装在日渐朽烂的房子里。教堂沉入下方的黑暗，由于自身的重量永远在沉陷，岛民却在争先恐后地兴建一系列黑咕隆咚的房间，房间里塞满死去的圣人陈腐堂皇的话语。

她一边踱步，一边抓取脑海中翩飞的思绪，努力搭建一个能够立得住的框架。游侠。水。阿曼达。荒野。玛丽。戒律。每次她想建造一个完整的模式，一幅清晰的画面，它就掉落破碎，化为烟尘。但她的意志始终流淌，不可扑灭。只要她足够用力地苦思冥想，就能解开这道谜题。她能解决一切问题。

刚开始，玛丽亲切地责备她："珍妮，没有你我睡不着！"她悄声说，"不要走来走去了！"

"你刚才就睡着了，"珍妮反驳说，"现在可以接着睡。"

于是玛丽又试着恳求她："珍妮，我冷。上床来吧。冻死了。"

珍妮轻手轻脚地走过去，灵巧地把她们的被子叠成厚厚的细长条，郑重其事地把玛丽从头到尾盖起来。她轻轻地拍打一下，又回去踱步了。

玛丽想跟她争辩。"珍妮，这太可笑了。你和阿曼达都算不上好朋友。"她知道这不是事实；阿曼达是珍妮唯一的知己。夏天，她们互相挽着胳膊，动作缓慢地摇摆跳舞，身体贴得很近，对着彼此的发际喃喃耳语。

珍妮被惹恼了。“我爱她。”她说，然后她完全忘掉玛丽，专心踱步。六步上，四步转，六步下，四步转。成了一首诗，成了她脑海中的韵律。珍妮每一刻都变得更加明亮，更加清醒，直到她体内有什么东西熠熠发光，尖锐而陌生。玛丽眯眼看着她身上流泻出来的光芒，虽然屋里很暗，珍妮也只是个朦胧的影子。

“女人大出血死去，一向都有，”珍妮在房间里踱着步，玛丽对她耳语道。事实不是这样，大出血死亡的频率似乎加快了。“阿曼达没什么特别。”

“既然她失血死去，怎么会在水里？”顿了一下，“你见过女人失血死去以后的样子吗？”

“没有，”玛丽说，“那又怎样？我也从没见过女人生孩子死去，但事情照样发生。”

“你还记得吉尔·亚伯拉罕吗？”

“差不多。她早些时候死了。”

“我听说她希望改变果实之夏。希望男女年纪相仿。”

“呃，那些男生！”

“不，她想等到女孩们年纪再大点。”

“可是……她们在等待的时候做什么呢？”

“我不知道。你知道她怎么死的吗？”

“不知道。”

“大出血死的。”

“哦。”

“我认为还有其他人。”

“哦。”

“我不知道。”珍妮又踱起步来，不时大声长吁短叹。玛丽打着哈欠，低声咕哝着又睡着了。月亮很圆，给房间涂了一层银边。珍妮坐在床上，察觉到自己浑身乏力，累到骨头里，连日不睡让她摇摇摆摆。她突然无声地抽泣起来，眼泪哗地铺满一脸，又滴滴答答地落在膝头。她眼前浮现出阿曼达的脸庞，在她们听到闯入者的那一刻，阿曼达脸色苍白，眼睛大睁，双手凝固在半空中。*我本来可以救她的*，珍妮心里想，*我不该走开*。她双唇一紧，露出牙齿，随即羞惭地用细长的手掌捂住了脸庞。

第24章

瓦妮莎

跟亚当先生吃过晚饭后，夜里，瓦妮莎信步走出户外。天气很暖和，她的鞋陷进泥水中，发出满意的吧唧声。她走路时粗糙的裙边擦在小腿上的感觉不再陌生，她用手指摆弄着红褐色的发梢。夏天那个爬在树上的女孩已经恍如隔世。

雅各家有只叫波的狗，自从入夏以后，它第一次过来迎接瓦妮莎。他们是老朋友，瓦妮莎见到它笑逐颜开。她挠着波的耳朵，这条正在变灰的猎狗满意地贴在她手心里，这时它瞧见一只老鼠，立刻扑过去。在秋天和春天，猫狗都不必喂养，它们吃老鼠就可以填饱肚子。瓦妮莎一直想要一只狗或猫，但猫狗会让妈妈发痒。

她在泥泞中一步一滑向新来的亚当家走去。近来这地方很热闹：瓦妮莎看见很多人慢慢溜达过去，有的肆无忌惮地透过窗户向里张望，刺探新来的亚当夫妇。天快黑了，此刻人们几乎都在家里，所以瓦妮莎才可以独自潜行。她绕回来，看见花园旁有个身影，身影很小，不可能是新来的亚当先生。

“您是亚当太太吗？”瓦妮莎走到近处轻声问道。女人没有应答，瓦妮莎疑心对方以为又来了个女人在附近探头探脑，希望瞥一眼新来者。“亚当太太？”她提高声音又问。

女人顿了一下，回过身来。“你好，对不起，”她说，“我还不习惯这个名字。”

她们四目相对，“您以前叫什么名字？”瓦妮莎问。

“哦，没关系，没什么，”她说，“来这里以后，要习惯的事情太多了。”亚当太太很瘦，仪态不美，两只长胳膊垂下来，交叉放在肚子上。瓦妮莎想起英加说过荒野上孕妇的遭遇，为亚当太太感到难过。瓦妮莎正要安慰她，这里没人会把孕妇剖开，亚当太太突然问道：“你叫什么名字？”

“瓦妮莎·亚当。您呢？”

“莫琳·亚当，当然。”她说，两个人都笑了。

“这里有什么不一样？”瓦妮莎问，“我是说，跟你们待惯的地方相比。你们必须适应的方面。想要适应的方面。”

“嗯，”亚当太太胡乱摆了摆手，“树。这么多树！人，习俗。”

“我不懂。”

“哦，你当然不懂。我听到吩咐，我不该说起——说起——那边的一切。我是说，游侠知道，当然。不过别人不知道。”

“为什么不让你说？”

“他们说，那样会毒害一切，”她说，“他们就是用了这个词。哎，游侠谈论老家的事情吗？我是说，那边的事情？”

“不谈。还有雅各家，他们的女儿什么也不记得。”

“我明白了。嗯，我们也不该记得。”

一阵静默。“您在种植什么？”瓦妮莎问。

“没什么，只是想照料一下已经种在这里的东西。我懂的不多。那么多女人主动教我。”

“您的孩子什么时候出生？”

“哦，再过几个月吧。”

在瓦妮莎看来，亚当太太七个月的身孕显得太大。也许她会生双胞胎。昏暗中很难看清楚她的长脸，但是对于初次怀孕的女人，她实在显得太老。

“我爸爸有些书，”瓦妮莎说，“荒野的书。他是个游侠。您要是愿意，他会借给您一些书。”

“哦，我阅读不太好，”亚当太太说，“园艺也不好，”她轻声笑了笑，“我不知道我什么做得好！”

“也许您会做个好妈妈。”

“我也希望，”她轻轻拍了拍肚子，“我听说我只能生两个孩子。”

“荒野上的人们生几个孩子？”

“荒野——哦，你知道，我什么也不能告诉你。”

“我可以保密。”

“对我的吩咐很严厉。”

“你们在那边吃什么？

“瓦妮莎。”

“对不起。荒野来人实在太稀罕了。我是说，虽然游侠常去，可是没有人在那边生活。”

“要不是你们的游侠，我们不会来这里。我得谢谢他们。”

“还有先人。”

亚当太太叹了口气：“是的，我想是的。现在他们也是我的先人，虽然没有血缘关系。”

“他们眷顾岛上的每个人。他们总是看着我们。”

“那岂不是有点可怕？”亚当太太扯了扯不合身的裙子，神经质地笑了，“告诉我，瓦妮莎，对刚搬来的人家，你有什么忠告？”

瓦妮莎注视着她，努力想象亚当太太可能并不知晓的事情。每个女人都知道，可是通常不说出来的事情。“生儿子？”

亚当太太点了点头，好像这个建议并不出乎意料。“正是，生女儿的话……”她顿了顿，“克莱德来到这里很兴奋。不是为了这个，为了……”她耸了耸肩膀，“你知道。新的开始。大自然。社会……”她顿了顿，沉思着，“你们在这里所做的一切让人印象深刻。游侠向我详细说明了这里整个社会怎么运转……我得了解情况，要不然就太晚了。他们不想让任何人离开。这是必要的。我是说，你知道男人就是那样。人口必须维持在低水平。我猜要是有人失去自我控制，你们可以配一种饮料，一种药，给他喝下去？克莱德迫切地想来这里，他是我丈夫。反正我靠自己在哪儿都活不下去，我不太独立。要是大家都这样，就不可能太差劲，对吧？”

她恳求地凝视着瓦妮莎，身体急切地向她探过去，好像要瓦妮莎宽恕一桩罪过似的。瓦妮莎对亚当太太啰里啰嗦说出来的一堆胡言乱语感到莫名其妙。她不知说什么好，只说了一句“对”。

“你在这里幸福吗，瓦妮莎？”

“是的。”瓦妮莎说，但她不太肯定。以前没人问过她这个问题。

亚当太太抱了她一下。“谢谢你，瓦妮莎。你让我放下心来。克莱德一直说，这只是个社会，人们有互动方式。我知道，我知道女人都想生儿子，谁不想呢？有些人家只有儿子。我不知道那些当爸爸的怎么办。我相信最后一定会搞清楚的。小时候都不好过。我想，这里的童年比过去——比那边要好。父母充满爱心。社会很强大。听到这些很好。听到这些太好了。”她向后退去，欣喜地盯着瓦妮莎的脸庞，目光热烈到几近疯狂的地步。

瓦妮莎在心里嘀咕起来，亚当太太有点疯狂。但她还是回报了一个拥抱：“对不起。”她对着亚当太太稀疏的鼠灰色脑袋说，拿不准自己有什么对不起的。

第 25 章

凯特琳

夜里，凯特琳找不到一个地方可以舒服地休息沉睡。夏天留下的淤青正在消退，但依然生疼，秋天新生的淤青——手指大小的掌印，明显的殴打痕迹——像腐烂的常春藤在她身上绽放。她知道爸爸其实没有打她，他只是在释放夏天积累起来的张力，但她希望他让自己多睡一会儿。每天晚饭时，妈妈端给他双份辛辣的麦芽酒，凯特琳知道，妈妈在努力让他整晚沉睡不醒。她心里的一小部分为这种爱意的展现感到热乎乎的。

傍晚过后，她浑身疲乏，正打着瞌睡，听到有人在拍打窗户。凯特琳猛地惊醒，定神想了一下，现在是春天吧，夏天快来了。罗茜在向她的窗户丢石子。她定睛一想，现在又到秋天了呀，外面怎么还有人找她，她完全没有头绪。可是一想到会吵醒爸爸，她大为恐慌。凯特琳跑到窗边，悄悄地把窗户打开。是罗茜，她坐在自家的屋顶上。

凯特琳穿过正在剥落的干燥屋顶板，向罗茜快步跑去。“罗茜。什么事？”

“我们都要去教堂集会。”

凯特琳盯着她，努力判断自己是不是在做梦。她抬头望着清澈寒冷的天空，天空布满雪花般的群星。

“嗯？”罗茜问，“你想一起去吗？”

“我们为什么要去教堂？”凯特琳谨慎地问，好像罗茜在说胡话。

罗茜耸了耸肩：“是琳达告诉我的。珍妮想让我们今晚午夜时分都去。”

“我们是谁？”

“女孩们。至少年龄大点儿的女孩。”

“为什么？”

“我又不是玛丽，我怎么知道珍妮要干什么。”

“哦。我房间里没有钟。唯一的钟在楼下。”

罗茜翻了翻眼睛：“那就下楼去看一下。我也会看钟。我会在午夜之前等你一会儿。”

“你知道现在几点了？”

“快十一点了。”

“好的，”凯特琳缓缓地说，“你不会捉弄我吧？”

罗茜脸色一黑：“这样捉弄你也太蠢了！”凯特琳分辨不出罗茜是因为凯特琳说她撒谎生气了，还是在玩一个拙劣的恶作剧。

“嗯，我试试到楼下去看。要是把妈妈或者爸爸吵醒，我就去不成了。”

“我害怕你爸爸跟你在一起。他太可怕了。很多女孩去不了。千万别让他到你房间，发现你不见了。”

“我该怎么做呢？”凯特琳问。

“我不知道。我也不是什么都知道。你为什么不坐在床上，一秒一秒数五十分钟。”

于是凯特琳回到卧室，跪坐在粗制滥造的床上，一秒一秒地数着时间。她数得太快了；她悄悄下楼去看钟，才刚刚十一点三十五分。她坐下来，紧张地盯着那只钟，看着秒针一点点向午夜蠕动，担心爸爸忘记上紧发条，她会错过集会。终于，她再也受不了，就跑了出去。罗茜等在冷风中，不停地在霜冻的地上跺着脚。满月高悬，透过罗茜被照亮的睡袍，凯特琳看得见她瘦削身体的轮廓。

“你来迟了，”罗茜说，“我们得快点。”她伸手拉住了凯特琳的手。罗茜的手有力地握着自己，凯特琳既惊讶又高兴，跟罗茜并肩跑了起来。她们呼出白气，凯特琳双脚踩在僵硬的泥地上，踩在湿漉漉、亮晶晶的草叶上，多冷啊，她咯咯地笑起来。罗茜没有忘记穿鞋，但是鞋子太大，她不断地把鞋子跑掉，又跑回去重新穿上。

听到其他人的脚步声，她们放慢了速度，看见三个女孩向她们跑来。

“你们知道是怎么回事吗？”纳塔莉·索尔低声问道，“我听说珍妮想让我们去教堂。”

“我不知道。”罗茜说，凯特琳耸耸肩膀表示附和。

“这都是恶作剧，”琳达·吉迪恩说。她们一起匆匆向前赶去，“去了一看，是一群男生，他们会笑话我们。”

“我不这样认为，”阿尔玛·约瑟夫说，“要是那样，让珍妮查清楚，会把他们狠狠揍一顿。”

她们到了教堂，已经有一小撮女孩聚在门口，后者如释重负地招呼新来者，徒然地打探更多内情。

“我不要走进黑漆漆的教堂。”莱蒂态度坚决地说。

“我也不进去，”罗茜说，“里面可能有什么东西。”

“要是有什么东西等着把我们吃掉怎么办？”乔安妮·巴

尔萨泽高声说道。她只有五岁。她姐姐把她带了过来。

“我们不去黑处，”罗茜果断地说，“我们可以在这里等一会儿，要是没什么事，就离开。”

“我的脚趾头好像要冻掉了。”维奥莉特·巴尔萨泽说。

“我们可以把它们丢下台阶，喂给魔鬼吃，”莱蒂叽叽咯咯地笑着说，其他人紧张地大笑起来。

“瞧。”奥费利娅·亚当说着用手一指，她们同时也都看见了。一道淡淡的茶色光从教堂里面透出来，照亮了窗户，从门缝漏出来。

“里面有人。”琳达说。

“要么是什么东西。”纳塔莉回答。那道光变亮了。此刻门口聚了更多女孩。

“有人在点燃蜡烛，”尼娜·约瑟夫说，“我从那扇窗户看见了。”

罗茜从旁边捅了捅凯特琳。“你先去。”凯特琳飞快地摇着头，向后退去，防止罗茜执意推着她走下台阶。

“我去。”瓦妮莎·亚当神色厌烦地说。她摆弄着辫梢，向门缝看去，然后迟疑地走下几级台阶。“没事。是玛丽和珍妮。”她招呼后面。

“尼娜说得对。她们在点蜡烛。”

女孩们相信，如果珍妮和玛丽在跟魔鬼搏斗，就不会点起蜡烛，她们踉踉跄跄地走下台阶，走进教堂。教堂里空空荡荡，影影幢幢，与昏暗的日光下挤满礼拜者的熟悉状态相比，看起来像个洞穴。蜡烛的橘色火光即使没有给房间增添温度，也增添了光亮。玛丽平静地坐在神坛边，她闪着微光的黑发散落在肩上。珍妮在她脚边，神色着急，绞着手指。

“怎么回事？”吉娜·亚伯拉罕激动地叫道，“我们要做什么？”

“我想谈一些……重要的事情，”珍妮说，“犯禁的事情。我不知道除了这个办法，怎样才能把大家聚在一起，不让大人看着。”

女孩们环顾一圈，又互相看看，沉默延续，她们等她说下去。这时候玛丽说：“来吧，到神坛后面来。”

珍妮翻了翻眼睛，“我又不是索尔牧师。”她说。

“什么？”后面有个女孩叫起来，接着用轻柔的声音问，“她刚才说了什么？”

“看见了吧，”玛丽说，“你得站在高处，我们才能听清楚。”

“那样太傻了。”珍妮说。

“你要是有话要说，”瓦妮莎说，“就得让我们都听见……”

珍妮伸展细长的身体走上神坛，她跟牧师身高差不多，却单薄得像一片草叶。她站在讲台后面讲话，低微的声音顿时变得强劲，回声嘹亮。凯特琳心里一动，索尔牧师的布道深沉洪亮，不知道他的声音是果真受到超凡力量的驱动，还是教堂的建筑结构产生的效果而已。珍妮咳嗽几声："我……感谢大家的到来。我只是想——有人死前，我跟她说过话。她说起要离开这座岛。也许到荒野去，但是我想，也许还有一座岛。还有一座岛可以去。"

一个声音悄声问道："她是什么意思？"

"我的意思是，会不会世上不光我们这拨人存在？既然我们能来岛上避祸，别人肯定也能做到。"

凯特琳想象另一座岛，岛上也许有一座类似的教堂，也有个红发女孩在午夜时分劝诫别人。

"我是说，世界很大，对不对？"珍妮问。凯特琳看见瓦妮莎在点头，瓦妮莎知道世界的模样。

"亚伯拉罕先生给我们看过地图，"莱蒂说，"他说，这座岛不在地图上，但他讲过我们的方位。"

"据我们所知，还有更加广大的世界不在那张地图上。"

一阵沉默，大家都在想这个未知的世界。几个年幼的女孩已经觉得无聊，玩起了比赛谁跳得远的游戏。房间一角传来欢呼和呐喊声，成为夹杂在珍妮话语中的刺耳音符。

“索尔牧师说，其他人都陷入了战争。”温迪·巴尔萨泽高声说。

“嗯，也许他对整个世界并不是无所不知？”珍妮呵斥道，“他是个牧师，不是先人。也不是上帝。”

温迪冲她妹妹摇了摇头，表示她不同意珍妮的看法。

“怎么会只有我们逃离了战争？”珍妮接着说。

“我们有什么特别之处？”

“先人，”尼娜说，“他们有先见之明。”

“嗯，也许别人的祖先也有先见之明。”

大家都倒抽了一口气，随即议论纷纷。先人不是随便什么先人，他们是特定的先人，上帝选中他们建立新的社会。珍妮一拳砸在神坛上，砸得那么用力，凯特琳纳闷她有没有把神坛砸个窟窿。“你们说事情不可能在别处发生，会是真的吗？”她问，“别人都不可能活下来？”

“她说得对，”瓦妮莎说。其他人都安静下来，扭头看着她，“一定有少部分人生活在什么地方，岛上，山谷里……灾祸没有波及到或者波及得不厉害的地方。我是说，虽然我们不能肯定，但要说我们是唯一的幸存者，是说不通的。”凯特琳拿不准山谷是什么，但她相信瓦妮莎。

“用不着说得通，”葆拉·亚伯拉罕恶狠狠地说，“这是先人的恩典。是上帝的旨意。”

“其他岛屿，”瓦妮莎接着说，不理会葆拉的话，“也许完全不一样。”

“你这是什么意思？”菲奥娜问，“怎么不一样？”

“随你的喜好，”瓦妮莎沉思着说，“这要看它们在什么地方。不一样的植物、动物和天气。气候更热些。更冷些。树种不同，或者不长树。”

“那么他们用什么雕刻呢？”葆拉提出质疑。

“我不知道，我又没生活在那里。”瓦妮莎回答，大家都笑起来。

“要是那座岛上，夏天从来不暖和怎么办？”莱蒂问。又有人说：“要是没有狗和猫呢？”

“要是女人穿裤子，男人穿裙子呢？”菲奥娜说，大家笑得更响了。

“要是没人结婚，不知道自己的爸爸是谁呢？”米莉·亚伯拉罕说。

“要是根本没有男人呢？”温迪说。

“那么就没有婴儿。”另一个声音回答。

“要是，”拉娜·亚伦只有六岁，却比她那些大喊大叫、跌跌撞撞的同龄人机灵，“要是孩子在家里当头儿，爸爸妈妈要听孩子吩咐呢？”

“要是他们都是畸形儿，生活在一个畸形儿大家庭呢？”

“现在不是讲故事的时候，”珍妮强调指出，但创意还在飕飕地抛到空中，每个女孩都急于补充自己的畅想。“这个时候应该提出严肃的问题。”她提高了嗓门，“要是有别的岛屿，那里的人们有不同的规矩，我们能去吗？或者，我们能改变这里的现状吗？”

一阵空白的沉默。“改变什么？”尼娜试探地问。

“改变一切。不止是狗和裙子。改变真正重要的事情。”

又一阵沉默，几个女孩转过身交头接耳。

“变成什么样？”尼娜又问。

珍妮叹了口气。“要是你们可以改变岛上的一切，你会改变什么？”

大家停顿了一下，“再多些甜点。”有人悄声说道。一串笑声拂过人群，像风吹过草叶。

“想一想，”珍妮又在神坛上拍了一下，说，“要是我们不必结婚呢？要是我们不必服从爸爸呢？”她目光中闪烁着火花，“要是我们可以让夏天永远延续呢？你们不喜欢吗？”

这一次，沉默中充满了怀疑。

“可是，”菲奥娜说，“先人怎么办？”

“什么怎么办？”珍妮问。

“嗯，”菲奥娜说，好像对幼儿解释一件事情，“我们这样生活，是因为先人吩咐我们要这样生活。我们才不会堕入下方的黑暗。”

“另一方面，”瓦妮莎抢在另一个想说话的女孩前面说，“考虑这个问题有什么用呢？要是我们不必服从爸爸？很不错，事实却是，我们有爸爸，他们让我们服从——必要时用拳头。”凯特琳感到大家的目光都落在自己身上，恨不得缩到地底下。

“一直过夏天当然好，”瓦妮莎接着说，“可是不行。我们绝对不会那样做——夏天结束，霜冻就降临了，我们只好回家。不然我们就要挨饿受冻。他们会让我们结婚，不管我们喜不喜欢。我们弱小，他们可以逼迫我们遂他们的心意。”她的声音苦涩刺耳，“我们的妈妈会帮着他们。我们当了妈妈以后，就认同了一切，哪怕我们坚决认为自己不会变。你想让我们发起一场革命吗？”

女孩们无奈地面面相觑，拿不准“革命”是什么意思。连珍妮也有点迷惑不解。

“我们没有武器，什么也没有。我们就像一群羊在谋划推翻牧羊人。这很可笑。考虑其他可能性有什么意义呢？”瓦妮莎露出了牙齿，凯特琳感觉到房间里的热烈气氛在消散，在收缩后退。

“因为，”珍妮说，“他们拦不住我们思考。他们可以逼迫我们遂他们的心意，却拦不住我们思考。也许我们思考一下，就会想出办法……”她停顿一下，叹了口气，“阿曼达死了。你们都知道。她在寻找别的出路。离开这里到别处去的办法。阿曼达——”她停了下来，咬着嘴唇止住了流淌的话语。她瞥了一眼玛丽，玛丽不易察觉地摇了摇头。

她环顾四周，“想一想吧。想一想，如果一切都不一样。”

人群一角有人鼻子一哼，开始窃窃私语：“要是在那座岛上，全部时间都在经受果实之夏呢？”一阵叽叽咕咕的笑声夹杂着嫌恶的牢骚。

“要是只有菠菜可吃呢？”

“要是荒野的怪人入侵，把大家都消灭呢？”

“要是只有蛋糕可吃呢？”

七嘴八舌的“要是”还在继续，珍妮看起来有点累了，“这不是重点，”她说。但这个想法从她身边逃走，像嬉戏的狗在房间里乱窜。她显得伤心，懊丧，却并不意外。凯特琳想走过去安慰珍妮，对她说自己明白，却又拿不准自己是不是真的明白。她一点点蹭过去——始终像个隐身人——听到珍妮对玛丽咕哝："她们太幼稚了。大人有意让她们长不大。也太笨。"

玛丽把胳膊搭在珍妮身上，说："大人就要她们变成这样。你跟我说过。"

凯特琳发自内心地渴望自己不是这样的，既不幼稚，也不笨，那样的话，她或许能够明白珍妮所说的一切的意义。但瓦妮莎说得更有道理。即使有别的岛屿，又会有什么不同？她们去不了。她们不能跟那些岛上的岛民交谈，得到启发。那些岛上的岛民也不会过来把大人们揍一顿，除非他们赞同珍妮想要的一切。

珍妮走到瓦妮莎跟前，目光专注。大家都安静下来，珍妮的悄悄话在四壁回响，听得清清楚楚。"你有书，有头脑，有个游侠爸爸，"珍妮柔声说，瓦妮莎耳畔的一块肌肉抽动了一下，但她什么也没说。"你要记住，"珍妮接着说，"除非一些事情发生改变，一些重大的事情，要不然那一天很快就会到来，你会来月经，结婚，生两个孩子，死去，像其他人一样。一切都不会不同。"

"你以为我不知道吗？"瓦妮莎气愤地呲牙说道，出语尖刻，"你呢？你是个怪人，长得太大的怪人，你以为那样你就能得救。好吧，我见过你不穿衣服——你也快了，很快你也会像我们大家一样来月经。”

她们注视着对方，珍妮冰灰色的眼睛里闪着怒火，映照在瓦妮莎炯炯有神的淡褐色眼睛里。突然，珍妮重重地跌坐下去。“那么我们俩都没救了，是吗？”她表情扭曲地笑着说，看起来好像要哭了。

珍妮走开了，瓦妮莎双手托着脑袋。珍妮走到玛丽身边，对她耳语几句，她们走上长长的台阶离开了。女孩们又议论起来，讲述另一座岛的故事，人们住在雪屋或者草房里，只吃菠菜或者从不吃菠菜，养猫当宠物，或者猫把人当作宠物。大家脸上充满了喜悦、惊异、迷惑。没有人离开，直到天空泛起黎明的红光。这时凯特琳觉得昏昏沉沉，就赶紧回家去了。

第二天在学校，亚伯拉罕先生训斥女孩们多么懒惰迟钝。可是在课间休息时，去过教堂的女孩像蜜蜂一样在其他人身边飞来飞去，汇报昨晚说了些什么，对方作出难以置信和迷惑不解的反应。

虽然珍妮所说的一切很是奇怪，问题也都没有答案，但接下来一周左右，女孩们走起路来显得挺拔了一点。她们从饭桌前离开时多了点笃定。她们懂了点什么。至少，她们可能懂了点什么。渐渐地，怀疑者开始相信其他岛屿的存在，只为有一些新鲜事物可以相信。黑暗、神秘的事物，令人振奋的事物，明令禁止的事物。

凯特琳依旧在爸爸面前哼哼唧唧地哭鼻子，依旧驼着背、瑟瑟缩缩坐在教室里，课间休息时独来独往，但她觉得自己稍微有点不一样了。她知道别人也能看出来；女孩们过去常常取笑她矮小，腼腆，丑陋，现在她们迎接她的目光好像她也是个人。

凯特琳看得出来，珍妮的事还没结束。珍妮仍然神情愤怒，多数时候思虑重重，好像她在走向什么东西，它必须挨揍才肯屈服。

第 26 章

瓦妮莎

此后几天，女孩们所能谈论的话题只有“另一座岛”。在瓦妮莎看来，这说明她们眼界狭小，因为可能存在几十座乃至几百座岛屿。这种展望仍然让她黯然神伤，因为她觉得自己一如既往地无可奈何，但其他女孩喜欢这个创意。每个人都在脑子里幻想出一座岛，并宣称它归自己所有。

莱蒂的岛终年寒冷，白雪覆盖。人们住在雪屋里，吃松鼠和冬莓果。没有夏天，但是没关系，因为只有孩子们足够勇敢，会走出户外置身于寒冷之中。她们狩猎、采集，父母和婴幼儿缩成一团留在家里。

尼娜的岛高悬在天上，是漂浮的。要是离它的边缘太近，也许会掉下去摔得粉碎。

罗茜的岛上只有女人，没有男人也可以生孩子，只要想生就能生。妈妈们种田，做饭，雕刻，狩猎，女儿们照料小女儿。晚上，她们聚集在林间的一块专用地，唱歌，讲故事，然后一大堆人睡在一起。别人睡觉时，总有人醒着负责守夜，防备危险。

利娅的岛上狗狗繁生，它们跟住户生活在一起，给他们保温取暖，为他们捕食。在她的岛上，没有人把小狗溺死，它们都可以活着，生下小狗，生生不息。每个孩子都有两位父母和十只狗。狗和孩子们一起在餐桌前吃饭，在床上睡觉，狗保护他们，陪伴他们。每逢生了一窝小狗，大家就像庆贺生了男孩一样，再决定谁家还需要多养几只狗。

瓦妮莎想象不出一个梦幻世界。她能想到的只有珍妮的声音耳语道："一切都不会不同"。她不知道那次教堂集会为什么让她心神不宁；除了结婚，生两个孩子，送他们去度过夏天，她从没有别的期待。她会说服爸爸把图书室送给她，至少把一部分图书送给她，她要把一切时间都用来读书。等她老了，她和丈夫会喝下绝命汁，一命呜呼。她的孩子或者别人的孩子接手他们的房屋，她的尸体在田野里腐烂。她对这一切从来没有憧憬，但一切似乎不可避免，所以她从没考虑过别的选择。

现在，既然也许存在其他可能，这个宿命的未来不断地折返回来，困扰着她。她想这样安慰自己，等她生完孩子，就可以随心所欲地读书，但她仍然感到一种陈腐倦怠的气息。一切都不会不同。她们所有人的未来都可以互换。除了畸形儿，她们都要长大，结婚，生子，死去。

其他女孩洋溢的奇思妙想和欢声笑语只让瓦妮莎心里更加难过。晚上，她吃几口饭就饱了。妈妈对她关怀备至，给她倒些茶水，加一滴珍贵的蜂蜜。茶喝进去，舌头感觉很甜，她的心思却依然苦涩。

瓦妮莎在房间里用小水盆把脸洗干净，开始像往常一样检查自己的全身，从脚踝开始。她伸长脖子，轻轻地拍打双腿，用手指摸着皮肤，以确保皮肤光滑，两腿笔直。她的臀部也光洁笔直，与腰部成直线。她把手指伸到两腿之间，一切都清洁、平滑、干爽。她把一根手指停留在肚脐上，端详着自己的肚子，肚子很平坦。然后她小心地按了按胸脯。

一段时间以来，瓦妮莎怀疑自己的胸脯变大了，但她把这个担忧作为想象抛在脑海。今晚，她确信摸到了什么东西，她的心跳加快了。她用两根手指按压下去，直至摸到下面的肋骨，她揣度着两团脂肪的厚度。它们软得像湿毛线，她的胃猛地一紧。她不想让乳房变得柔软，她希望它们像木板一样平坦硬朗。一定有办法把它们去掉。

她使出浑身力气用拳头按压一处隆起，又挤又捏，想让它平躺在胸部。她数到一百，把拳头松开，与另一侧乳房比较一下。两个乳房看起来一模一样，只是她按压过的那只乳房变红了。她发誓每天早晚都要按压它们，先按压右侧乳房，保证产生了效果后，再按压双侧乳房。她把宽松的睡袍布绕过腋窝，缠得紧紧的，让胸脯显得平坦。爸爸进来，发现她没有在床上等着他，而是穿着睡裙站着，头发也没梳，很是意外。

第 27 章

珍妮

苍白的月光下，珍妮背对玛丽弓身躺着，她浑身发冷，一动不动。她希望玛丽睡着了，却感到玛丽正注视着自己的后脑勺，目光既耐心又担心。珍妮很想转过身来，用胳膊搂着玛丽沉入睡眠，却像妄图长出翅膀一样无法做到。她需要保持清醒。她的大脑在飞速旋转，始终在飞速旋转。

“珍妮。”玛丽耳语道。

“怎么？”珍妮没好气地问。

“你得把你告诉我的话告诉她们。”

珍妮突然潮水般涌起一种渴望，渴望她再也没什么话要告诉别人。渴望阿曼达还活着，腆着大肚子缓慢地挪动身体；渴望她脑子里没有时时刻刻想要暗算她的怀疑、理论和恐惧。

渴望她能像个孩子似地安睡。

“你要等多久？”玛丽追问道。

珍妮翻身对着她。“我又不是牧师，”她说，“我又不是先人。我凭什么要把大家聚集起来？我凭什么要尝试改变现状？”

“因为你是珍妮·所罗门，”玛丽带着一丝敬意说，“你明白事理。你不能像她们那样傻乎乎地跑来跑去。你知道你不能那样。”

“摸摸这里。”珍妮把一只手放在胸前，玛丽摸了摸她的心跳。

“干什么？”

“跟你的比一下。”

玛丽把另一只手放在自己胸前，“你的心跳比我慢。一直都是。”接连两下快速的心跳击打着珍妮的肋骨，然后停顿一下，再重新开始规律的击打和停顿。

“我有时候觉得胸口疼。我想我可能要死了。”

“嗯，那就做点什么吧！”玛丽生气地说，“不要再做出一副无可奈何的样子。开始吃饭。吃饭是管用的。不是吗？”

“我吃不下。”

“你可以。吃饭很简单。叉起饭菜，放在嘴巴里，嚼一嚼，咽下去。”

“我不能。我不能……变成女人。”

“你反正终归要变成女人的。你不能永远拖延下去。”

“是不能。”珍妮说。

“只是长成女人，不要经历果实之夏，你会想出办法来的。”

“我当然不要经历果实之夏。还记得吗，艾伯塔·摩西又叫又抓，她们喂她喝了东西，每次她又叫起来，她们就再喂她喝点东西，直到夏天结束，她嫁给了弗兰克？我听说，那时候她不停地尖叫，她们就不停地喂她喝东西。后来她大出血死了，事情就完了，那就是她的一辈子。”珍妮顿了顿，“要是她果真大出血死去的话。”珍妮突然号啕大哭起来。玛丽用柔软的胳膊搂着她的肩膀。

“她们不会像对待艾伯塔那样对待你，”玛丽安慰她说，“她们不敢。”

“她们巴不得那样对待我呢。”

“她们怕你。”

“所以他们才巴不得那样对我。”

“那就挺过去。大家都挺了过去。你会生孩子，你会爱他们。”

这个念头让珍妮浑身剧烈地抖动：“我绝不生孩子。”

“你也许会生几个儿子呢。”

“那更糟糕。”

“那你就自杀。堕入下方的黑暗，你知道。”

“我知道。”

“你为什么不吃饭？我什么都愿意为你做，你为什么不愿意为我吃饭？

“玛丽，我不能，我是说真格的。我做不到。”

“你长着牙齿，”玛丽把一根手指头伸到玛丽的嘴巴里，叩击她的牙齿想让她发笑。可是没有用。“你长着肚子，”她呵珍妮痒痒，感觉却像指尖捅到了死尸，“必要的东西你什么也不缺。”

“不是的，”珍妮说。“我很难过，”顿了一下，“我爱你，玛丽。”

“我也爱你。我不会让你死的。别担心。你太虚弱时，我就喂你鸡蛋和蜂蜜。”

珍妮笑了笑，打了个嗝：“听着就反胃。”

“那就吃奶酪和蜂蜜。”

“你想吃的想太多了。”

“你想吃的想得不够。”玛丽反唇相讥。

珍妮叹了口气：“我无时无刻不在想吃的，”她静静地说。她把身体紧贴到玛丽身上，感到她的骨骼在玛丽柔软的皮肤上留下印记，“你不懂。”

“我从来都什么也不懂，”玛丽回答，“不像我姐姐，了不起的珍妮·所罗门。”

珍妮心不在焉从牙缝里往外吹气，把玛丽脖子后面的头发弄乱了。玛丽抖了一下，笑了几声。

“你得再跟大家谈一次，”玛丽说，“你得把你知道的一切讲给她们听。一切。”

“我不能。她们太……太幼稚了。”

“等她们长到能听懂的时候，”玛丽打着呵欠，“她们就是大人了。到那时你什么也做不成了。”

第 28 章

瓦妮莎

过了几天，瓦妮莎早上出门去上学，草地仍然微微上冻，踩在脚下发出令人满意的吱嘎声。突然，有人跳到她前面，抓住她的胳膊，把她拉到房子旁边。她摔倒了，背上挨了一下，坐在地上。她抬起头，看见一张长满雀斑的脸和两只灰色的眼睛。

“我得跟你谈一谈。”珍妮说了句多余的话，双手依然抓着瓦妮莎的胳膊。

“谈什么？”瓦妮莎问，她坐起来揉着后腰背，“你为什么扑到我身上？我可以在课间休息时见你。”

“不行！”珍妮说着把拳头砸在房子的墙壁上。

“事情太重要了，课间休息时不行。”

"噢，"瓦妮莎答道。她摇摇晃晃地跪坐着，站起身来。"嗯……我在这里，我听着呢。"

"瓦妮莎？"妈妈在门里叫道，"是你撞到什么了吗？"

"是的，妈妈，"她喊了回去，"我，呃，我摔倒了。就在这里。撞到了墙上。"她瞪着珍妮，珍妮抱歉地微微耸了耸瘦骨嶙峋的肩膀。

"你没事吧？"妈妈问。

"没事，"瓦妮莎说，"现在我要去上学了。"

"听话啊，亲爱的。"妈妈说。瓦妮莎听到门又关上了。她和珍妮迟疑地对视一眼。

"嗯？"瓦妮莎问。

"嗯，"珍妮说，"我们真的不能在这里说话，"她夸张地四下看了看，仿佛有人悄悄凑过来偷听她们的每句话。

"我得去学校。要是我没去上学，妈妈会知道的。"

"告诉她你睡着了。"

"我走在上学路上睡着了？"

"告诉她你晕倒了。"

"我晕倒了，昏迷不醒躺了一整天，放学后醒过来，回家去了。"

"嗯，"珍妮又说，"你能答应放学后跟我见面吗？"

“放学后跟你见面，”瓦妮莎慢吞吞地说，“在哪里？”

“在海滨，靠近我和珍妮建造的住处附近。你还记得它的位置吗？”

“要走很远一段路，不过没问题。”

“发誓。”

“我发誓。”

放学以后，瓦妮莎把毛衣外套裹在身上，走过田野，走向海滩。她很少去岛屿边缘，除非是光着身子，身上涂满泥巴。秋天并不禁止去海边，但她认为海滨是个夏天去的地方。

她们都知道那个住处建在什么地方，那里的海水长久以来都很浅，连最小的孩子也可以蹚水行走，寻找海洋生物或者扑通一声仰躺在水中。这里留下了她幼年时的美好记忆，她恳求大一点的女孩把自己抱起来扔到海里，溅起一大片水花。海水总是用泡沫和水珠结成的雨幕欢迎她，把凉爽的丝带绕在她的脚趾、手指和耳朵里，用清凉和嬉闹把她拥在怀里。

海水在秋天似乎不太一样，柔和的潮涌没有改变，却多了点怒气。也许是颜色的缘故，天空倒映下来，像木炭灰在纸上洇开。海滩上不见一个孩子，海鸥聚集，雪白与灰褐色相互映衬，火红的鸟喙和双脚清晰生动。它们把头向后扬起，迟疑地发出尖利的叫声，如泣如诉。

瓦妮莎蹲下来，把手指伸到凉爽潮湿的沙土中。海鸥不安地盘旋着，看着她。珍妮和玛丽建造的房子轮廓还在，但编织在里面的小树枝已经散开，给风吹走了。让她想起家里的神坛，只是更加奇怪、冷硬和破碎，为了祭拜某种非人的事物。她走到近处，用手摸摸其中一根柱子。她的掌心扎了根刺，她皱着眉头，用牙齿把它拔出来。

“你来了，”珍妮说，她不知从哪里冒了出来，把瓦妮莎吓了一跳，“我以为你也许不会来呢。”

“我答应过你。”瓦妮莎回答。她别无他物，只好把手上的血迹抹在裙子上，“你说过你想跟我谈一谈。”

“是的，”珍妮说，“我在教堂集会以后就想跟你谈一谈。”

瓦妮莎叹了口气，“对不起，我说过你是个怪人，”她说，“但你不该提醒我，我到头来也会跟所有人一样，大多数日子我想忘掉这一切。”

“你也让我想到一些我不愿去想的事情。”

珍妮说：“对不起。”

她们羞涩地相视一笑，由于肩负着重归于好的重量，不自在地忸怩起来。

“玛丽在哪儿？”瓦妮莎突然问。

“她跟别人玩呢，”珍妮含糊地说，“要么在帮妈妈干活。”

“她总是跟着你。”瓦妮莎回答说。

“我爱玛丽，”珍妮说，“超过一切。但是她不……”她用手指摆弄着裙子，“她不……”

“不像你。”

“是她的幸运，”珍妮苦笑着说，“我只是觉得，她不能给我们要谈的问题补充什么。”她察觉到瓦妮莎的凝视，局促地说，“当然，我回家后会跟她说的。”

“那么我们要谈什么？”

“我一直在想你在教堂说过的话。”

瓦妮莎鼻子里哼了一声，有点自我调侃说：“我说了很多话。”

“你说我们什么也不能改变。我们像待宰的羔羊。就是这个意思。”

瓦妮莎点点头：“是的。”

“你的话让我陷入思考。你说，不必好奇有没有别的岛屿存在，也不必对荒野好奇，因为一切都不会改变。”

“是的，”瓦妮莎把指甲放在嘴里啃起来，又猛地收了回去，“我没有提到荒野，不过，是的，我对别的女孩说过。”

“你喜欢知识，”珍妮争辩说，“你那些书，你为什么要读书？它们不会改变什么，但你还是要读。”

“我该怎么做？”瓦妮莎绝望地说，“只是打扫房子，上学，看女人分娩，听索尔牧师没完没了地布道，等着……等着我的身体发生变化。”

“其他人都在做这些事，”珍妮说。

“你就没有。”

“那些书改变不了在你身上发生的事情。”

“它们是……窗户。即使它们让我看到的地方我绝对去不了。”

“它们教你懂得一些事情。”

“这倒是。”瓦妮莎静静地说。

“你为什么不愿意想一想其他岛屿？”珍妮问，“你说没用，也许那也是一扇窗户。”

瓦妮莎翻了翻眼睛：“因为我永远不知道它是真是假，”她说，“再怎么想，都只是可能而已。人们靠蜂蜜生活，孩子长在树上的岛屿也是一种可能性。”

“但是如果我们能知道些什么呢？”珍妮轻声问，“我想我们应该努力多知道些什么。哪怕最后什么也不能改变。”

“多知道些什么呢？”

珍妮理了理膝盖上的裙子，在湿润的沙地上坐下来。瓦妮莎效仿她，感到冰冷潮湿侵入大腿后面。珍妮倾身向前，辫子垂在瓦妮莎怀里，像一根起火燃烧的绳子。“我们需要知道，”她说，“荒野的事情。”

第 29 章

瓦妮莎

珍妮自认为是第一个探寻荒野的孩子。瓦妮莎没有告诉珍妮，自从她第一次听说荒野，就一直在设法打探更多消息。一个烈火熊熊的世界的诱人景象让她迷醉。她想象岛上的草、树、房子爆炸起火：温暖，明亮，她所知晓的一切都变成引火物，分崩离析，火花四溅，化为废墟和灰烬。她想象用筛子筛过灰暗疏松的骨灰，寻找亲人的干净白骨，光着灰色的脚丫行走，端详死灭的教堂倒塌的石头。有时，这类白日梦让她怀疑，她身上是不是做了记号，一个暗藏的畸形儿，总归是个畸形儿。一道腐烂的痕迹穿过大脑，把她的思想染得漆黑。

两个人在沙滩上见面前两天，珍妮建议瓦妮莎多多费心向爸爸探听一些内情，但瓦妮莎知道这是白搭。为了发掘荒野的更多情况，她已耗费一生，搭上了她所拥有一切——身体、嗓音、话语、笑脸。爸爸懂得用心平气和的口吻轻巧地把她的问题推开，好像他小小年纪就受过教诲，学会了转移女儿的好奇心。也许他确实从小受过教诲。也许他很快就会着手给本灌输这种艺术，面对探寻者把世界关闭。

爸爸是条死胡同，不过瓦妮莎现在有了别的渠道。也许新来的亚当夫妇还不懂得拒绝追问不休的人。瓦妮莎必须恳求或者哄骗亚当太太给她讲一讲荒野的情况。她想起亚当先生在图书室阴森地笼罩在自己身上，就打消了跟他多待一会儿的念头。为了换取情报，他似乎要从她身上榨取至关重要的东西，比如她的肺或者牙齿。

另一方面，瓦妮莎很喜欢亚当太太。她迟疑不决，温和文静，言语神态都像个孩子。跟多数成年人不同，她用明媚的脸庞看着瓦妮莎，好像迫不及待想跟她说话。要是瓦妮莎能跟亚当太太说说话，不受亚当先生打扰，她即使没有隐秘的动机也会去找亚当太太。瓦妮莎想，她知道该怎么做了。

一周内，瓦妮莎每天下午都在亚当家周围埋伏，像饿着肚子的狗受到残羹冷炙的诱惑似的。终于，她隐约看见亚当太太向花园缓步走去，就跑过去跟她打招呼。“亚当太太！”

她气喘吁吁地叫道。

亚当太太吃了一惊。“瓦妮莎！”她也气喘吁吁地说，“见到你太高兴了。你还好吗？”

“嗯，”瓦妮莎不禁有点害羞地说，“您要去花园吗？”

“我要去试试，”亚当太太笑了笑说，“女人们努力给我解释该怎么做，可是我笨得没救了。我希望不要弄死什么吧。”

“不会的，”瓦妮莎鼓励她说，“我相信一定不会的，”她顿了顿，“您愿意让我帮忙吗？”

“那太好了，”亚当太太说，“你除草在行吗？”

“哦，是的，”瓦妮莎撒谎说，她讨厌除草，妈妈已经懒得逼迫她了。“我很喜欢。”

“噢，很好，”亚当太太说，“我本来要去除草的。”

虽然瓦妮莎每年夏天都在泥水中畅快地打滚，却受不了从肥沃的淤泥里把带刺的植物拔出来。“我喜欢除草。”她言不由衷地说。

亚当太太把裙子的下摆和厚厚的针织披肩提起来，跪坐在冰冷的地上。“你怎么分辨哪棵是草呢？”她问。

瓦妮莎也跪坐下来，她的膝盖不到几秒就感到冰冷。“嗯，”她机灵地说，“这得多实践。”

亚当太太开始仔细地把看起来好像长错地方的植物从花

园里拔掉。瓦妮莎也如法炮制，尽量显得耐心和平静。两人中间堆起一小堆绿色植物。“您适应得还好吗？”瓦妮莎问。

“哦，大家都那么友善，”亚当太太愉快地说，“什么事都帮我们。我不会缝纫，不会用沙子擦洗，不会生火煮饭，天哪，我不会。人们都乐意给我示范，通常示范两次。”

瓦妮莎马上明白，这意味着荒野上人们不缝纫，不擦洗，不生火煮饭。她想立刻询问亚当太太，但她在图书室里跟亚当先生互动过，已经学到了教训。她只说了句：“哦？”

“噢，是的。我不是烧糊，就是煮不熟。幸好克莱德对我很耐心。比往常更有耐心，因为他也要学很多事情。这里很不一样。”

瓦妮莎不得不咬着舌头，咬得很使劲，才把她的问题顺着喉咙吞到肚子里。“这是肯定的。”她说。

“很快就会一切正常的，”亚当太太唠唠叨叨地说，“只是要花点时间。这是克莱德说的。他急着来这里，我从没见过他那么开心。这里多么可爱，多么可爱。跟我见过的完全不一样。抛下一切来到这里，是很艰难的，可是这些树多么美啊！——让我好受多了。”

瓦妮莎谨慎地斟酌着各种答复，再三确认亚当太太正心不在焉地瞅着一棵草，才开口问道：“您最思念谁？”

“我奶奶，”亚当太太说，“我再也见不到她了，我太难过了。”

瓦妮莎后跟着地蹲起来，满手抓着长满叶子的藤枝，目瞪口呆地看着亚当太太。“您的奶奶？”她问。

“她当年——现在——那么疼我，”亚当太太喃喃地说，“她叫伊丽莎白。嗯，她会缝纫。”

“您多大年纪，亚当太太？”瓦妮莎柔声问道。

“我嘛？我二十七岁，”亚当太太回答。

瓦妮莎的脑袋嗡地一震，她伸出手，随便拔了根植物，努力保持不动声色。二十七岁，亚当太太本人也该当奶奶了。她奶奶该有多老呀？她怎么不用喝绝命汁？难道她的丈夫格外高明、用处很大吗？

“您的爷爷呢？”她说，希望自己语气轻松。

“哦，他死了好些年了，”亚当太太说，“他也很棒。”

“我明白了。”瓦妮莎咕哝一声，她把绿色枝叶大把大把地拔出来，竭力控制着自己。

“瓦妮莎，”亚当太太突然尖声尖气地叫道，“我想你拔了根萝卜。”

瓦妮莎跳了起来，看着长在一簇绿色枝叶间的橙黄色小根茎。“哦。”她说。

“至少我认为是萝卜，我来看看。”亚当太太用手指摸了摸那块根茎，把它举到嘴边，“噢”了一声，把它放下。

“是什么？”瓦妮莎问。

“我……我忘了你们这里用什么做肥料了。”亚当太太说。

“是什么？”瓦妮莎不解地问。

“嗯，是，这么说吧，人体的……我可不吃这东西。”

“胡萝卜？”瓦妮莎瞅了它一眼，闻了闻，咬了一口。“是的，是胡萝卜。”她抬起头，看见亚当太太好像要病倒了。

“我相信你们一定都习惯了，”亚当太太咽了口唾沫，“我是说，我想我差不多习惯了这种味道。我得说，呃，刚来时我忍不住呕吐。也许是怀了孕的缘故。克莱德不太介意，我不行。我睡觉醒来，吸一口气，马上开始呕吐。”

“我想味道确实有点呛人，”瓦妮莎表示同意，“过一会儿才会注意到。”

“呛人，”亚当太太强颜欢笑说，“就是这个词。”

她们没来由地咧着嘴相视而笑。

“哎，”瓦妮莎说，“您喜欢吃什么？在荒野？”

听到“荒野”这个词，亚当太太拉下脸来，瓦妮莎觉得自己心里一沉。

“荒野上的事情我什么也不能告诉你，”亚当太太夸张地耳语道，好像这条禁令本身也是个必须严守的秘密。

“克莱德说，我千万不能说。还有那些游侠，他们真……强悍。从那人来见我的时候——在荒野。”

“当然，”瓦妮莎说，“是我糊涂了。”

“哦，我很抱歉，”亚当太太改为正常的口吻说，“你一定巴不得想知道。要是我，就巴不得想知道！”

瓦妮莎勉强笑一笑，“是巴不得。”她承认道。她站起来，走去跪坐在亚当太太旁边，她们的大腿碰到一起。

“是哪位游侠？”过了一会儿瓦妮莎问，“谁来看过您？”

“我想——我想我不能说。他那么、那么高，那么自信，穿着黑大衣。他问了我那么多问题。”

“什么样的问题？”

“我有没有做好准备铭记先人，接受克莱德和他的权威。他还告诉我很多事情。”

“他告诉你什么？”瓦妮莎急切地问。

“嗯，当然是岛上的事。事情怎么运转。你知道吧，没有面面俱到，但大体上都谈到了？我们被选中真是太高兴了。克莱德说很多人不愿走，因为绝命汁和女儿们，但他无所谓。”

“什么女儿们？”

“嗯，他救了我，真的。我是个废物，他救了我。他想要的一切我不能拒绝。而且，这里实在太美了。”

“救你摆脱了什么？”

“嗯……不正派的生活。我做了不该做的事。我是说，我别无选择，但总归是不好的事情。”

瓦妮莎注视亚当太太的褐色眼睛，它们隔得很开，眼窝很浅：“什么事情？”

“哦，不行，”亚当太太摇摇头说，“就算我什么都能告诉你，也不会告诉你那些事。孩子们不该知道。”

“我不是个孩子。”瓦妮莎干脆地说。

“你是，”亚当太太为难地微笑着说，“你当然是个孩子。”

瓦妮莎沉默片刻，接着说，“亚当先生救了您，又把您带到这里。”

“是的，”她说着态度又热切起来，“他真是个好人，真的。”

瓦妮莎慢条斯理地说：“他从火中救了您。”

“索尔牧师说，一切都着火了。”瓦妮莎喃喃着说，与其说是对亚当太太，不如说是自言自语。她惊讶地发觉一只沾着泥土的冷手抚在自己脸上。

“瓦妮莎，克莱德告诉我，你千方百计想让他回答你的问题，”亚当太太怜爱地说，“你多么想知道啊。我从没这样过，但我很赞赏。”

瓦妮莎把手放在亚当太太手中，等待着。

“那……”瓦妮莎看得出来，亚当太太在努力地串联字眼，“你这么聪明。你求知若渴，我不觉得奇怪。”她顿了顿，“可这不是件好事。它不会让你快乐。”又是一阵沉默，“我这辈子学会了不要质疑。质疑没有好处，真的。你往往会知晓一些你不想知晓的事情，你想知道的却还是不知道。”她叹气，“我是说，求知，真的会造成伤害。”

“亚当太太，”瓦妮莎把脸蛋贴在她下巴上那只手里，耳语道，“如果造成伤害并不是最要紧的呢？如果伤害压根不值得考虑呢？”她咽了口唾沫，“如果我们反正要受到伤害呢？”

亚当太太眨了眨眼，一滴眼泪从脸上滚落下来。“你在承受伤害吗，瓦妮莎？”她柔声问道。

瓦妮莎无法回答。她突然觉得自己是个大人，亚当太太反倒是个需要保护的孩子。“不是一直承受。”她喘着气说，她能应付，这是最惬意的事情。她把手指深深地插入泥土，闭上眼睛，仿佛感到泥土在她麻木的膝盖下方呻吟，沉淀。

第 30 章

珍妮

这一天细雨蒙蒙，灰色的薄雾沉沉地笼罩着光秃秃的树枝。玛丽跺着脚，瑟瑟发抖，珍妮看得出来，她在努力忍受寒冷潮湿，不发怨言。她们在海岸边，脚踝陷在淤泥里，紧盯着芦苇丛中摆渡人出没的地方。码头附近长着一棵弯曲虬结的大柳树，树枝垂下来掠过水面。珍妮和玛丽双手扶着疙疙瘩瘩的干枯树皮，半蹲半站，瞭望着摆渡的筏子上岸。

“他们要看见我们了，”玛丽悄声说，“你知道，我们不该来这里。”

“他们看不见我们，”珍妮简短地说，“他们得好好寻找，才能看见我们。”但她还是瞥了玛丽一眼，掀起毛衣把自己鲜艳的头发遮盖起来，生动的色彩顿时全然不见。

她们听到摆渡人的篙子缓慢的划水声，再蹲矮一点，泥水粘住了裙边。摆渡人在草丛中窸窸窣窣地停下，下来两位黑衣游侠。他们对摆渡人点点头，就踩着皮鞋大步走过草地，向家走去。一位游侠胳膊下夹着一个布包。

“我们走吧。”珍妮悄声说。

“我们得等到看不见他们。”玛丽喃喃地回答。

“他们不会回头看的。走吧。”她用有力的手抓住玛丽的胳膊肘。她们想奔跑，可是湿漉漉的水草和泥泞让她们打滑摔跤，后来她们踩着木屐，尽量以最快的速度嘚嘚地往前走。

渡船像一只打盹的海鸟漂浮在轻柔的潮头，摆渡人坐在甲板上一只奇怪的箱子上。他好像在吞吐火苗。团团烟雾从他皴裂的白手掌后面涌出，这时，他挪开手指露出嘴巴，原来他在用没有血肉的蜡黄嘴唇吸一张圆筒形的纸。他吸一口，纸的末端就烧得通红，然后他张开嘴，吐出潮水般优雅翻滚的牡蛎色烟圈。

珍妮向筏子走去，现在脚步有点迟疑了，他突然抬头望着她。他戴着奇怪的帽子，只在前面有帽檐，由于经年风吹日晒，已经到了看不出颜色的地步。他钢铁般冷硬的脸上棱角分明：颧骨宽平、曾经断裂的鼻子向右偏斜，薄薄的嘴唇翘起来，由于上唇有一道疤痕而显出冷笑的表情。他的眼睛完全藏在帽子的阴影和昏暗的夜色中。

珍妮张开嘴巴，又闭上，无力地向那人挥了挥手。那人望着她，眼睛隐在黑暗中，然后迟缓地耸了耸肩，她无法想象男人可能以那么慢的动作耸肩。他慵懒地拿起篙杆，再次向海岸驶来。珍妮转过身向玛丽颤巍巍地伸出一只手。

她们十指相扣，缓步向摆渡人走去：两个女孩，一个红发，身材高大；一个褐发，个头矮小，她们相互偎依，好像彼此谁也离不开谁。渡船碰到了芦苇丛，摆渡人摊开双手好像在示意，好了吧？

珍妮和玛丽深吸一口气，脱掉鞋子。冰冷的水噬咬着她们的小腿肚，她们蹚着水走向渡船，笨手笨脚地爬了上去。珍妮好奇自己是不是在做梦，这艘专属于游侠和流放者的船，此刻居然真切地踩在她脚下。

走到近处，摆渡人散发出烟、金属和腐烂物的味道。他脸上疤痕密布，从上唇的刀疤到脸颊上斑驳稀疏的麻点。灰色的光线捕捉到他帽檐下的细眼睛。

“您好，”珍妮听到自己喉咙里发出从未听过的腼腆声音，“我想您应该不习惯两个女孩站在渡船上。”

摆渡人皱着眉头盯着她们。

“您看，”她稍微抬高嗓门说，“我们想跟您谈一谈。我们想……我们想，您可以告诉我们一些有价值的事情。”

他冲自己的拳头咳了点唾沫，仍旧盯着她们。

“荒野的事情，”珍妮接着说，“您是从那边来的。您住在那边。除非您住在这只筏子上，但是似乎不太可能。我们需要知道一些事情。”

他把那个奇怪的圆纸筒塞到嘴里，珍妮现在可以看到，它里面填满了刨花样的东西。他吸一口，随即在她们头顶上方吐出一团黑云。她吸了口气准备说话，咳嗽几声，再次开口说话。

“您看，是这么回事……”她顿了顿，“我们被困在这儿了。我们什么也不知道。发生过什么事，现在情况怎么样。”她动了一下，渡船在她脚下恼人地晃了晃，“我们需要知道现在是什么情况。在荒野上。我们有些……问题。”

摆渡人不耐烦地叹了口气。

“我说，我们想问几个问题。您愿意回答吗？”

他瞪着她们。

“不，别——您要——那么，我首先要问的是那场灾祸。发生了什么……”她说不去了，因为他张开嘴巴要说话。

一股恐惧的洪流吞噬了她，珍妮感到浑身皮肤凛然一震，像闪电劈击之前的震颤。无论这个黑暗先知要说什么，都是新鲜未知的禁忌。她俯身向他的腐烂烟熏味、向他深灰色的双眼凑过去。

他哆嗦着慢慢张开嘴巴，好像在努力挣脱某种把嘴巴牢牢束缚的无形力量。他使劲张开嘴唇，珍妮担心他下巴脱臼，脸颊像捣烂的水果皮一样崩裂渗漏。她很想转身逃走，但病态的痴迷具有更为强劲的力量。摆渡人用一根弯曲的手指指了指自己张开的嘴巴。仿佛作为回应，一道阳光穿透云层，将岛屿沐浴在光亮中。

珍妮趁着光亮向他的嘴巴里看去，“啊”了一声，好像她吸气时被人扼住了喉咙。她看到一块死肉，一块腐肉，一大团皱巴巴的血肉。

摆渡人没有舌头。

切口很不整洁：半截舌头剪成了残桩，几块颤抖的肌肉与下面的瘢痕黏连在一起，无言地扭动着，像受困的盲眼牲畜在拼命寻找光明。

玛丽尖叫起来，珍妮没有尖叫，但喉咙里发出一声哀嚎。她们转身跳下渡船，跳到冰冷的水中，两条腿通红发抖，疯狂地溅着水花向岸边跑去。她们忘了穿鞋，光着脚撒腿就跑，她们从海边跑开时，半冻不冻的草叶划伤了她们的脚掌。珍妮胸口发闷，皮肤爆出冷汗。“回家。”玛丽无意识地喃喃叫着，听到这话，珍妮拦住了她。

“不！”玛丽尖叫着，回头越过珍妮的肩膀慌张地看去。她们早已看不到大海，也看不到人，她们正站在巴尔萨泽先生李树园旁边的一块田地里。

“别跑了，”珍妮说，她也跑得上气不接下气，“别跑了。我们安全了。”

“谁割了他的舌头？”玛丽哭喊着问，“是游侠吗？我们跟他说过话，要是他告诉——要是他告诉了别人——”

“深呼吸，”珍妮颤声发出指令，她的脸上几乎没有血色。她竭力不去想没有舌头的摆渡人吐出烟圈的样子。“只管吸气和呼气。”玛丽哭了起来，跪倒在地。珍妮也跪下来，紧紧抱着她。“深呼吸。”她又说了一遍。

“要是他跟着我们怎么办？”玛丽突然问道，她猛地回头去看身后。

“不会的。”珍妮说。

“会的。他立刻就能到游侠那里，向他们告密。他可能气坏了——”

“他不知道他们住在哪里。他也没有生气。我们逃跑的时候你没听到吗？”

“听到什么？”

“他在笑我们。不好说，但听起来很像他在笑。”

“笑我们？为什么？”

“因为我们怕了。”珍妮把一缕被风吹散的头发帮玛丽掖在耳后。

“什么样的事情会让人把舌头割掉？”玛丽抽噎着问，“要是他把我们的舌头割掉怎么办？”

“他老了，不是吗，”珍妮与其说是对玛丽说，不如说自言自语，“很老了。他在那边活了很久。你看到他的衣服了吗？”

“没有，”玛丽抽着鼻子说，“我没留意。”

“衣服很脏，很旧，但是做工很好。做工非常好。他的鞋……工艺很复杂。”

“你认为他还坐在那里吗？”玛丽悄声问道。

“不，”珍妮干脆地说，“我认为不会。我想他回那边去了。”她做了个夸张的动作把手一挥。

“我们得告诉别的女孩——”

“不行，”珍妮的脸色冰冷生硬，目光灼灼地望着玛丽。

“我们要守口如瓶。”

“为什么？”

“只是……要是我们不告诉别人，只有你知我知，它就是我们俩的秘密。我不能让大家知道这件事。”

“为什么呢？”

“因为——”珍妮的下嘴唇抖得厉害，她不得不用小白牙齿把它咬住，使劲咬住。“她们太幼小了，他那样子——”她交叉双臂抱在胸前，“而且，要是有人发现我们去过渡船那边，要是再被游侠知道……千万不要告诉任何人，切记。”

“珍妮，”玛丽悄声说，“现在怎么打听荒野的事呢？”

珍妮摇了摇头，“我不知道。不要问我了。我也只想回家去。”她们蹒跚着向家走去，最新了解的情况让她们感到不洁。她们竭力想忘掉发生的事情，它却像镣铐一样拖着她们。此后好几天，玛丽几次半夜尖叫着从噩梦中醒来，她梦到恶臭难闻、野兽横行的大地徐徐在脚下裂开，把她整个吞噬。珍妮根本不睡觉。

第 31 章

凯特琳

凯特琳热切地盼望珍妮再把女孩们召集起来。不是只有她这样想：罗茜告诉她，第二天晚上，有几个女孩竟然怀着希望又去了教堂，却只看见里面一片漆黑。几天过去了，那天晚上就像一场梦：珍妮在神坛后面，大家望着她，为未知岛屿的想法着迷。凯特琳觉得有点傻，她还以为自己知道了令人振奋的消息呢。

就在这时，大约第一次去过教堂后两个星期，罗茜又来敲她的窗户。这一次，凯特琳压根没有爬上屋顶，只是打开窗户点了点头。她想起冰冷的地面，就穿了鞋，可是想到鞋子踩在地板上发生啪嗒声，又把鞋脱了。不过她记得带了毛毯，罗茜围着披肩。

这一次，没有人在教堂门前徘徊；她们看见黑色的走廊里透出柔和摇曳的红光，在夜色中微弱地闪烁。珍妮已经在神坛上，她瘦骨嶙峋，满脸雀斑，像索尔牧师一样踱来踱去，皱着眉头注视着她们。玛丽在她身边盘桓，安静得像一道优雅的影子。这次来了更多女孩。新来的能认出来，因为她们只穿着睡袍，上次参加过珍妮布道的女孩们则个个裹得严实，还穿了鞋。衣服穿得不够多的女孩们咯咯笑着，冻得呲牙咧嘴，纷纷手拉着手蹦跳取暖。大家的呼吸凝成雾气，向黑黢黢的看不见的教堂天花板袅袅散去。空气中有一股凯特琳此前从未注意到的味道，肥沃的泥土味和阴冷潮湿的味道。她不知道是不是墙壁在缓慢地下沉。突然，她仿佛看到，她们大家在垃圾堆下扭动挣扎，像走投无路的白色蠕虫。

珍妮说："戴安娜，你不能带弟弟来。"

"他才三岁。"戴安娜·亚当说，她怀里抱着睡眼朦胧的威廉。

"他会说话呀。"

"我每次出门他都哭个不停。我该怎么办？看，他已经睡着了。"

珍妮皱着眉头看了她一会儿，说："一定不要让他吭声。"

戴安娜耸了耸肩，一颠一颠地摇晃着威廉。

“上次我想谈个想法，结果却不尽如人意。我觉得——呃，我的时间快用完了。有些事情我确实知道，虽然……唔，要是我告诉你们，你们也就知道了。我想谈一谈阿曼达·巴尔萨泽，”珍妮说，“她不是大出血死的。”

凯特琳的皮肤僵硬发紧。凯特琳觉得好像有人把她从阴影处拖到大庭广众之下。她溜到长椅上坐下来，下巴抵着前胸，用胳膊把自己包起来。她惹出了什么事？她为什么不能保持沉默？

凯特琳以为大家都听说了水中那个死去的女孩，但显然不是。吉娜皱着眉头说：“你是什么意思？阿曼达失血过多，她死了。”

“她死了，”珍妮说，“但不是失血过多。我想她是被人杀害的。”

一段长时间的沉默。“是安德鲁干的吗？”有人用难以置信的语气悄声说道。

“不是，是游侠干的。他们把她的尸体从水里拖出来。凯特琳看见了。”珍妮说。凯特琳把自己缩得更小了，她恨不得贴着肚皮趴在长椅下。大家的脑袋齐刷刷地转过来看着她，她假装自己不在此地，在别处，也许在床上跟妈妈睡在一起，或者夏天走在海岸边。从来不曾有过这么多双眼睛落在她身上。

“凯特琳可能说了假话。”吉娜说，引来一阵附和的嗡嗡声。

“我不这样认为，”珍妮说，“凯特琳亲眼看见了。她没说假话。”

“你怎么知道？”吉娜质问道。

“要是她说过假话，她就会编造荒野的事情。编一些她记得在那里生活的情形。但她从没讲过。”凯特琳记得那个死去女人的样子，但她宁死也不愿告诉别人。

“也许因为她不够聪明。”哈丽雅特·亚伯拉罕议论说。

“她很聪明！”罗茜大叫起来，这出乎意料的维护让凯特琳感到胸中涌起一股热流，“她把《经书》背下来了，还有索尔牧师讲过的每句话。”这话不全对，但凯特琳绝不会当着一屋子人予以纠正。

“那就让她背一遍。”哈丽雅特笑起来。珍妮瞪了她一眼，她胆怯地低下了头。

“我在想，”珍妮提高嗓门说，“如果阿曼达是被人害死的……还有多少女人是被人害死的？”

她满怀期待地望着大家，好像她提出的问题很简单。人群一阵窃窃私语，面面相觑，最后维奥莉特说：“你是什么意思？”为了取暖，她和妹妹萨拉胸贴着胸，胳膊像细绳相互交缠。

“我是说，如果阿曼达果真是被人杀害，不是大出血死去，那么，还有些女人我们以为是大出血死去，可能也是被人杀害的。”

“我见过有人大出血，”罗茜提出反对意见，“我亲眼所见。她死了。很恶心。”

“我也见过，”哈丽雅特说，“我见过雅各太太死去。安娜·雅各，肥皂师的妻子。哦，过去是他的妻子。”

“不过，有时候找不到目击者，”布伦达·摩西说。“要是死在家里，要么……”她比划了一下，“比如吉迪恩太太，农夫的妻子，那个年轻的。她是在家里大出血死掉的，但她女儿说没有亲眼看见，吉迪恩先生也没看见。她一个人在家，后来就死了，哪儿都没有血迹，她的尸体已经埋了。凯莉说这事很蹊跷。”凯莉·吉迪恩此时已经结婚，改名为凯莉·亚伯拉罕，她的话对她们不再有用。

“那也不能说明她是被人杀害的，”莉莲·索尔说，“什么也不能说明，也许只是打扫得很干净。就算她不是大出血死去，也不能说明她是被人杀害的吧？”

“假如她是被人杀害的呢？”菲奥娜说，“别忘了，她以前常说，女孩和男人应该在相同的年龄度过果实之夏。没人听她的，可她说过这话。”有人为这个主意感到兴奋，吃吃地笑起来。

“如果她们是被人杀害的，那么……”戴安娜喃喃说道。

“谁杀了她们？”莱蒂说着，菲奥娜问道，“万一她只是失足掉到了水里？”

“等一下，”罗茜说，“海里满是死去的女人不太可能。在水里的只有阿曼达。”

“还记得约瑟夫太太吧，”布伦达慢条斯理地说，“阿尔玛·约瑟夫。她发了疯，想起来了吗？她说爸爸们不该……女儿们不该……还记得她疯得多厉害吗？约瑟先生不得不娶她，因为只剩下她一个女人了，可是，还记得吗？她不久就大出血死了？有人见过她大出血吗？”

大家马上七嘴八舌议论起来。女孩们交头接耳，与朋友分享记忆，交流看法。珍妮缓步走下神坛，坐在讲道台边上，晃着两条细瘦的腿。

迟迟听不到一座岛上满是小猫、雪或者蜂蜜，年纪小的女孩很快又变得兴趣索然；几个孩子在角落里玩拍手游戏。手掌断续拍打的噼啪声像有节奏的雨滴，她们边拍边唱：

一、二、三、四、五、六、七

喝下绝命汁升天去

奶奶不能，奶奶不愿意

把毒药咽下喉咙！

一阵噼噼啪啪和欢声笑语。

房间后排的一个女孩说："杀人是不应该的，是违反戒律的。"

"戒律是游侠定的。"加比·亚伯拉罕喃喃地说。

"不，是先人定的。"亚伦·约瑟夫纠正她。

"但是游侠做了补充，"菲奥娜说，"也许如果你是定规矩的人，就可以不守规矩。"

"要是他们杀了阿曼达，杀了那些女人，会不会也杀了我呢？"亚伦语气里带着一丝慌乱问道。

"我们还不能肯定他们杀了人。"琳达安慰她说。

"我当时和阿曼达在一起，"珍妮说着又站起来，一张张苍白的脸孔转身对着她，"她去世前几天，我跟她在一起。她说要改变一些事情。找一条出路。设法寻求帮助。然后我们听到一声响动，嗯……是个男人。"

"他杀了她。"布伦达低声说。

"没有，"珍妮有点厌烦地说，"他就在那里，听到我们说话，然后跑了。阿曼达说的事情是亵渎神灵的，我想。那些话很危险。现在她死了。你们明白了吗？”

此时又一群小女孩绕着教堂奔跑，偶尔尖声叫嚷。凯特琳听到一声短促尖锐的啼哭，说明有人撞到了胳膊肘或者瘦伶伶的膝盖。打起架来了。她们比第一次集会时更加烦躁易怒。很奇怪，这夏日余音。夏日已逝，昏睡不醒，要等再过好几个月才会重焕生机。它遁入往昔越远，小孩子就越发难以管束。

珍妮显得气急败坏。凯特琳蓦地想起，珍妮比其他女孩要大好几岁，比最大的几个女孩也要大三四岁，这三四岁很关键。这意味着按理说，珍妮自己该有两个孩子在尖声哭闹才对。她微微发光的乱发应该扎起来，盘成发髻顶在脑袋上，她的裙子应该更长，更宽松，她的动作应该更稳重，更镇定。这个成年珍妮的形象在凯特琳的脑海中突兀地冒出来，很不对劲，她欣然把它抛在脑后。想象珍妮死去比想象她结婚要容易些。

“你是说，游侠都是刽子手。”瓦妮莎痛苦地说。

“我是说，发生了一些事，”珍妮回答说，“我没说他们都是刽子手。我不像你，不知道他们怎么做事。可能是一个游侠，也可能所有游侠都参与了。我不知道。”

“你的证据是，阿曼达说了些亵渎神灵的话，就大出血死了？”

凯特琳望着瓦妮莎，陡然想到，假如珍妮不存在，瓦妮莎就是大家凝神注目和挂在嘴边的女孩。她挺拔、美丽，她花几个小时阅读爸爸的讲述古代魔法的书。她使用很长的单词，谁也不懂它们是什么意思。

“她的尸体是从水里拖出来的，”珍妮说，“你怎么看，夏天，她碰巧在齐腰深的海里，碰巧就在那里大出血死了？”瓦妮莎移开了视线。

“想一想那些失踪的女人吧，那些要么古怪、要么亵渎了神灵的女人，她们可能受过示众惩罚，却纹丝不变。想想吧。多少人神秘地失踪？突然暴毙，没人看见她们死去？”

凯特琳回想起那些受伤、生病或者身体缓慢消耗而死的男人。男人死亡不如女人常见，因为他们不用生孩子，但男人也有死的。前不久，编织工亚伦先生早上醒来，发觉两条腿不能动弹，现在这种失能扩散到了胸部。木工约瑟夫从屋顶上摔下来，摔断了脖子。农夫所罗门先生死于肺气肿。但是对于这些男人，每每有人急于谈论他们承受痛苦和死亡的故事，有人亲眼目睹他们的疼痛和受到的打击。许多女人却只是大出血死去，迅速不事声张地埋掉；结局太寻常了，把事情再讲一遍都嫌平淡。

“那些女人是被人杀害的。”珍妮一字一顿地大声说道。

朗达·吉迪恩，游侠吉迪恩的女儿突然尖叫起来，“我爸爸不是刽子手！”

这引起了一阵骚动。加比说：“他们会杀怀着孩子的孕妇？”“你是说约瑟夫先生会杀人？”吉娜问。“你是说琼·亚伯拉罕是被人杀死的？”又有人说。“你是怎么了？”维奥莉特质问道。利娅却说：“她说得对。约瑟夫太太、吉迪恩太太、亚当太太，她们都说过，男人不该再多娶妻子。她们都死了。她们都死了。”

“我要去海滩，”珍妮在一片聒噪中朗声说道，“我要去海滩，你们要是愿意，可以跟我来。”

“今晚吗？”莱蒂问。

“永远。我要去海滩。我们要寻找另一种活法。我要去海滩，你们可以跟我来。那里就像夏天，只不过一年四季都是夏天。离开你们的爸爸。跟我来吧。他们也许会杀了我们，但是至少——至少——”她的话没有说完。

嘈杂声中，凯特琳看到珍妮后退几步，默默地走下神坛的台阶。玛丽跟在她身后，双手紧握，回头望了望教堂中央这群吵吵闹闹的女孩。

“珍妮，”瓦妮莎不容分说地叫道，但珍妮没有停下脚步，“珍妮！”珍妮头也不回离开了教堂。玛丽连忙跟在她身后。

没人跟随珍妮，也没人想回家。对海滩的憧憬像雾一样凝重地悬在半空。女孩们三五成群站着，从容地谈论着珍妮说过的话，直到凯特琳站得两脚发白，大家冻得牙齿咯咯作响。女孩们跑到楼梯间，冷得发抖，又回到光亮中，与朋友和敌人互相作伴。一直在玩游戏的女孩们玩得更加起劲，她们手舞足蹈，大喊大叫，在漆黑的教堂享受着意想不到的自由。

凯特琳跟罗茜、琳达、维奥莉特和菲奥娜挤在一起。她们紧紧偎依相互取暖，喃喃议论着珍妮的可怕看法。“不能说她的话没有道理，”菲奥娜说，“当然，不是所有人都大失血死去，但确实有道理。”

“他们用不着杀我，要不是害怕下方的黑暗，我马上了结自己。”维奥莉特说。她们震惊地望着她。

“你会吗？”琳达悄声问道。

“我姐姐告诉我，她结婚以后，觉得她的命运再也不会改变了，”菲奥娜说，“特别是她生了个女儿以后。她说，她爱女儿，也受不了女儿。女儿出生后，她不断地做噩梦。她说她想死。不是说她要自杀，而是如果她得了肺气肿或者别的要命的疾病，她也不在乎。她常常在冷天走出去，有时候穿的衣服很单薄，看她会不会得肺气肿。”她们久久沉默，消化着这条消息，“她不是那种爱跟别人吐露心事的人，但她对我说过一些事情。她多么希望一切发生改变。这一切都大错特错。她对我说过。要是她对别人说这些话，也许她就死了。”

大家安静了一会儿。

“我的脚冻麻了，”最后，罗茜说，“没感觉了。”她弯腰戳了戳脚背的皮肤，“我的脚趾冻得发青。”

凯特琳忽然发觉自己浑身哆嗦，昏昏欲睡。“你的嘴唇发紫。”罗茜告诉她。

“我们得回去了，”琳达说，“反正天快亮了。”

“我们不用回去。”罗茜说，凯特琳看见她眼中闪现出全新的信念。

“你会去的。”她悄声说。

“我想……我想我也要去，”菲奥娜说，“不是马上。也许明天，我可以带些暖和的衣服，一些吃的。你去吗？”

“我——我不知道。”凯特琳说，她头晕得厉害。

她们瑟缩着登上教堂的台阶，踩着麻木的脚丫跑回家，不时绊倒摔一跤，用冰冷刺疼的手撑在地上站起来，再把手指伸到嘴边呵气取暖。凯特琳悄悄爬到床上，翻来滚去把被子裹了好几层，立刻沉沉入睡。第二天，菲奥娜和罗茜没有到校上课，莱蒂和维奥莉特也缺了勤。凯特琳感到嫉妒像锋利的尖刀刺到她的肚子上，让她很难直起腰身走路。

第 32 章

珍妮

玛丽和珍妮熬夜造了间宽敞的棚屋，它用桦树枝支撑，用树皮和枯草编结。珍妮又细又长的手指像翩飞的白色鸟儿把枝条交错穿插，回环缠绕。她们默默地相伴干活，只听到树皮刮擦剥了皮的木头，双脚在沙土中踩来踩去。

在珠灰色的清晨，菲奥娜神色慌张地第一个赶到。她带着罗茜，罗茜一如既往地面带凶相。玛丽挨个拥抱她们表示欢迎。菲奥娜浑身发抖，在玛丽怀里逗留很久。罗茜不耐烦地接受了玛丽的拥抱，顷刻间就一耸肩膀挣脱出来。

“我们在这里做什么？”罗茜问。

“生活。”珍妮简单地说。

“他们绝不会允许。”

"我们会搞清楚要怎么办。"珍妮回答，她自信满满，内心却软弱纤细。罗茜说得对：大人不会容忍叛逃。她需要时间来发掘优势，思考抵抗策略。

"我爸爸会来找我，"菲奥娜耳语道，"他会揍我。"

"那你怎么还来？"罗茜不客气地说。

"我不能不来，"菲奥娜说，"我……我只有这一次机会，唉。"

上午晚些时候，莱蒂来了，她说自己大摇大摆地走出了学校。"要是你看起来很清楚自己要去哪里，老师们其实不知道该怎么办，"她汇报说，"这里在做什么？我们要在这儿做什么？"

"我们要一起在海滩上生活。"玛丽说，她甜美的嗓音洋溢着快乐。

"生活多长时间？"莱蒂问，"他们会来找我们的。"

"到时候再说，"珍妮说，"眼下，欢迎加入。"

维奥莉特气喘吁吁地跑来了，她又哭又笑，筋疲力尽。"我一路跑到了这里！"她叫着，"我一路跑了过来！我要和你们待在一起！"她呼吸急促，声音有点歇斯底里；莱蒂走过去，画圈揉着她的后背，让她的呼吸变得均匀。"我带来一只碗，"维奥莉特说，"我想我们也许需要一只碗。"然后她放声大笑，其他人也哈哈大笑起来。

此后三天，女孩们陆续到来，加入了珍妮的团队：有的怀着歉意，有的得意洋洋。她们很安静。她一觉醒来，发现她们都到了。她们带着姐妹，带来食物和一桶桶雨水。她们的眼神透着不相信，仿佛这是一场梦，明天醒来她们就会回归按部就班的生活，为自由的幻影悲悼。她们大多跟玛丽年龄相仿，靠近成熟的边缘，几个女孩有妹妹紧随其后。阿比盖尔·巴尔萨泽只有三岁，她号啕大哭要找妈妈，她的姐姐莉拉只好恨恨地把她丢在门口，自己走了。珍妮希望看见瓦妮莎·亚当，但瓦妮莎却始终没来，她的缺席很是醒目。也许她很难过，因为珍妮暗示她爸爸杀了人。其他女孩慢慢地步入了生活轨道。有些基本问题要解决。食物。取暖。生火。

女孩们带来的日用物资消耗得很快，珍妮不允许大家偷窃。“不知道他们怎么不来找我们，”她说，“也许他们在考虑怎么行动。我们千万不要偷他们的东西。”她们挖蛤蜊，品尝各种类型的海藻，分辨哪些可以吃，怂恿别人品尝黏糊糊的样品。虽然禁止偷窃，达瓦·吉迪恩还是半夜三更偷偷潜回家，拿走了弟弟的鱼竿和鱼钩。她收获寥寥，只钓到几条不到巴掌大的硬骨鱼，但钓鱼本身让女孩们欢呼雀跃。雨水用光了，珍妮同意让罗茜去偷一小桶。毕竟——她说——很多雨水根本用不到，天上等着降落的雨水无穷无尽。

至于火，必须是没有危险的小火。最好用沙子围起来。夜幕降临，海滩上热闹起来，小火苗在精巧的木头堆上绽放，大家烤手，把鱼肉煮得半熟，嘬着针一样尖细的鱼刺。夜深了，群星洒满天空，霜花在地上凝结，女孩们回到棚屋。她们有的蜷缩，有的伸展，胳膊腿儿横七竖八，大家呼吸，沉睡，呢喃，衣服肮脏，头发蓬乱，脸色平静。

白天，勤劳的女孩捕捉食物，照看小孩，打理棚屋。其他人多半只是兴之所至，随便消遣玩乐。她们用沙子建造城堡和护城河，诚惶诚恐地把米诺鱼、螃蟹和蜗牛运送到水洼里，再给它们取名，喂它们吃从海藻到唾沫的各种东西。女孩们脱光衣服，下到水中，嘻嘻哈哈地激烈打架，湿淋淋的输家和赢家一道晒太阳取暖，再次涉水下海。狗跑来考察这群新的岛民，摇着尾巴叫几声以示迎接，常常留下来参加追逐或者势均力敌的争夺，然后为了更加可靠的饭食回家去。唯一的例外是果农索尔家的狗罗罗，它体型庞大，灰色的毛发又长又乱。它整天跟女孩们待在一起，似乎相当满足。它耷拉着舌头，摇着尾巴，一头扎到水里，再滚到沙子上，肆意在阳光下伸展四肢，却又哗啦一声掉在水中。这让达瓦很气愤，她不时吼叫，让大家安静，不要吓坏鱼儿。维拉·巴尔萨泽是编织工的女儿，她用野花编了无数个花环，有暗蓝、金黄和粉红的，把它们套在耐心忍受的罗罗身上。它在海滩上跳跃，花环松开，把五颜六色的花瓣抖落。

女孩们如果累了或者犯懒，就坐下来聊天，把脑袋搁在彼此的肚子或大腿上。她们谈论没来海滩的女孩，想象她们一定正在做什么；她们谈论海滩上的女孩，谈论给自己的儿女取什么名字，谈论烧灼和冻疮哪个更疼，谈论投入祖先的怀抱是不是永远被搂在怀里。她们明确地表示讨厌男生、孕妇和父母，讨厌除了女孩以外的人：她们的身体笔直清爽，长发因为沙子而板结，享受着今生从未品尝过的自由。似乎每个小时都有新来的女孩害羞地出现在沙滩上，受到温言软语的欢迎，听到“你怎么才来？”的喊叫。

一切都似乎更加明亮，岛屿的色彩更加鲜明生动。珍妮看到每道波纹的紫色底边，太阳晒热的沙子的琥珀色荧光，玛丽缕缕湿发的石榴红色的柔润光泽。珍妮自己的血肉也似乎更可爱了，呈奶白色，海绿色的血管埋在斑斑点点的胳膊下。天空碧蓝如洗，在她们头顶架起优雅的穹顶，或致密、或松软的云团鼓着肚子，像珠母，像蜜桃。它们倒影在海中，像巨大却无害的兽悠然向天边漂去。

第三天早上，珍妮在第一抹绯红把暗沉沉的夜幕粉碎时早早醒来，好像有人从睡梦中把她摇醒。她很高兴利用这珍贵的一刻，端详女孩们安然沉睡。让这一切延续，她祈祷说，她明白不能向哪些人祈祷——肯定不能向祖先，也不能向傀儡上帝祈祷。只要一小会儿，让她们拥有这一切。让我拥有这一切，求你了。

第 33 章

瓦妮莎

“瓦妮莎，”爸爸说，“我得跟你谈谈。”

夜已深了，瓦妮莎还没睡，他知道她没睡。自从跟珍妮开过会以后，她就在犹豫和振奋之间摇摆，忽而准备光着脚丫跑出门，忽而又坐下来认真地开列她要带去海滩的日用物品清单。瓦妮莎考虑过自己平凡的未来，梦想过改变一切的力量，但她从没幻想过现在这种情况。

瓦妮莎穿着睡袍，听话地跟着爸爸下了楼。她听到妈妈在他们的卧室里辗转反侧。今天晚上只有本睡得香甜。她想象他的金发凌乱地卷成几绺，他的婴儿嘴巴天真地把涎水流在枕头上。

爸爸坐在厨房的餐桌前，旁边放着干软泛黄的果核残渣。

瓦妮莎避开他的目光，盯着扫得干净的地板和自己小小的光脚丫。

“瓦妮莎，我知道海滩上那些女孩的事。”他说。

“我想现在大家都知道了。”

他耸了耸肩。“没错。这件事没有过先例。至少在……”她等着他说下去，心里有点糊涂，但他打了个手势，好像把什么东西丢掉似的。“瓦妮莎，珍妮·所罗门做的事情是……”他搜寻着字眼，然后停住了。他捕捉到她的眼神，叹了口气，“我知道。我知道。可是，瓦妮莎，现在听我说，仔细听好了，你不许加入她。”

她又盯着自己的脚丫子。

“听到我的话了吗？”

她点点头，觉得自己好像睡袍里的鬼魂，透明，没有意志，也没有主体。但她还是可以违抗他。今晚她就可以走出家门，等家里漆黑一片，等他离开她的房间后。她突然感到一股力量在胸中沸腾，震惊之余不由地大声喘气。他拦不住她。

“瓦妮莎，请你看着我。”

她不想看着他。她盯着他的前胸，盯着那块沾有污渍的粗纺布，盯着他轻微起伏的呼吸。

“看着我，瓦妮莎，”他说，她勉强抬起眼睛望着他。他坐着，他们目光齐平。他的眼睛跟她酷似，偏于细长，呈略带金色和绿色的淡褐色，虹膜上有黑斑，周围长着浓密的暗红色睫毛。她避开他的凝视，看到他抿紧的嘴唇，也像她，饱满的上唇生着深深的凹人中。

“我知道你们干了什么。”她悄声说。

“什么？”

“我知道游侠干了什么事。”

他瞪着她，眉毛拧起来。“我们干了什么？”

她身子前倾，从牙缝里说：“你们杀了阿曼达·巴尔萨泽。”

让她吃惊的是，他显出迷惑不解的神色，而不是内疚或者暴怒。“瓦妮莎，以先人的名义，你在说些什么啊？”

瓦妮莎眨眨眼睛，把重心从一只脚换到另一只脚。“是真的。”她喃喃地说。

“瓦妮莎，你到底是从谁口中听来的消息？我们当然没有杀害阿曼达·巴尔萨泽。她是大出血死去的。事情让人伤心，可是游侠跟它没有关系。”

“她不是大出血死的。他们把她的尸体从水里拖了出来。”

“什么？瓦妮莎，你……你醒着吗？你在说胡话。”

她目不转睛地望着他，想从他眼中探得一星半点的真相，从他嘴唇的抽动中察觉一丝羞惭。他莫名其妙地看着她，她叹了口气。“是真的。”她又固执地说了一遍。

“你一定是听到了什么，瓦妮莎。要是发生那样的事，我一定会知道，对不对？”

她慢慢点了点头。游侠会把爸爸排除在他们见不得人的勾当之外吗？

爸爸摇摇头，好像为了去除这条罪责似的，然后说：“我们本来在说让你留在家里的事，你属于家里。”

“可是爸爸——”

“我希望你好好活着，”他柔声对她说，“我们要等到女孩们又饿又冷，只好回到家里。其他人肯定地认为，再过几天，就会如他们所愿，但我不太肯定。要是时间久了，她们还在那里，我相信计划一定会变，我们会发起搜寻。”

瓦妮莎把胳膊在胸前交叉，把一只手放在喉咙上。“你们会杀了她们吗？”她问，“杀了海滩上的女孩？”

“别说傻话。当然不会。”

“嗯，那么，为什么我跟她们在一起不能好好活着？”

他叹了口气。“我知道这很自私，瓦妮莎。要是你不明白为什么你不该逃离学校，逃离你妈妈和这个家，那么就请你为了我留在家里。我需要你跟我在一起。我为这座岛付出那么多，为这个家付出那么多。我只要你乖巧。我要你做个乖女儿。请你为了我留下来，为了我乖乖听话。请你不要走。”他拉起她的手放在他强劲有力的手中，把她拥在怀里。

她轻轻抗拒，用长得酷似的眼睛迎着他的目光。“您难道不想让我……”她找不出合适的话语，虽然她舍弃了许多——自由，奔跑，打架，叛逆，最后一次做孩子的机会。难得的片刻过去了，时机丢失了。她逃离的希望在木地板上流逝。

“谁是我的小妻子？”爸爸用甜蜜的口吻问道。

“我是。”瓦妮莎悄声说。

“妻子该做什么事？”

瓦妮莎犯了踌躇。他以前从来不曾接着问这个问题，无数个回答在她脑海中呼啸而过。

“妻子要跟丈夫待在一起吗？”

她叹了口气。“是的，妻子跟丈夫待在一起。”她木然地附和。

“做个乖女儿，”他又耳语道。她的心在呐喊，在叫嚷，它要出走，要跑出门外，可是他拖拽的力量更大，他把重量压在她肩上，把她拖倒在地。

第34章

凯特琳

此后几天，凯特琳无数次走出前门，大步向海滩的方向迈出几步。每次她都停下脚步，叹气，向后转，回归行尸走肉的存在，做饭，缝纫，竭力遁入墙壁和桌椅。

凯特琳身上一个陌生的、此前未曾发现的部分正在觉醒。它蒙着柔软黏腻的肌肉保护层，在肋骨包围中急速生长，打呵欠，伸懒腰。它呼吸，颤动，把她吓得无以复加。

她把双手搁在日渐朽坏的后门门框上，瞭望着杂草丛生的玉米田，乌鸫糟蹋过的玉米棒歪歪斜斜地挂在玉米杆上。爸爸名义上是个种玉米的农夫，但他们家的物物交易全靠麦芽酒，麦芽酒无须使用完整的玉米棒，连发黑的玉米棒也可以用。酿酒缸放在与房子隔开距离的地方，里面正在发酵的混合物热辣有劲道，必须大量添水和蜂蜜，才适合饮用。

凯特琳对酒缸具有强烈的反感。有一次，她那时还小，爸爸发现她把石子丢进炽烈的酒浆里，看它们会不会在沉到缸底前化掉。他用手按着她的后脑勺，把她的脑袋按到火辣辣的液体中。她在酒缸里看见了疼痛的颜色，是火焰般的暗红色，比一切火焰都要灼亮。他听任她哭泣，吐出酸水，担心自己变瞎，担心红浪翻滚把她的眼窝烧穿。事后，她在床上卧病一个星期。妈妈问起来，她温顺地告诉妈妈，她玩耍时摔了一跤。她只能透过刺疼的双眼，模模糊糊地看见妈妈的脸庞，看见她五官收缩变形。妈妈哭了，还用脚踢墙壁，凯特琳看得出来，妈妈不信她说的话。

突然，这种气息，这种到处弥漫的熟悉气息刺得她两眼生疼。她快步走出前门，站在门口，呼吸着新鲜一点的空气。她思忖着妈妈的无奈和悲伤。

凯特琳努力压抑的一个想法兀地浮出水面：要是她走了，要是没有她挡在妈妈面前接收爸爸的暴力，妈妈会怎样？

可是，另一个声音，一个埋在心底的声音突然高声叫道，她应该挡在我前面。

她眺望着地平线：树木招手，云团飘过。

凯特琳当天晚上离开了。

第 35 章

珍妮

傍晚时分，斑斓的色彩在渐渐变得灰暗的天空弥散。珍妮跪坐在湿润的沙子里挖蛤蜊，其他人在呼呼沉睡。玛丽背靠背跟露丝·巴尔萨泽团在一起，她的脸庞隔着几英寸正对着轻微打鼾的弗朗西斯·亚当，大家都无意识地在清爽的空气中相互偎依取暖。

珍妮搜寻细小的气孔，用两根长长的手指挖出垂直的小洞，指甲碰到一簇湿贝壳，立即使劲刨挖，趁它们来不及逃跑，把这些穴居的小东西俘获。来海滩前，挖蛤蜊本不是她的强项，但现在她已经很娴熟了，也很享受这种不见血的猎捕活动。当群星升起，女孩们就会打着哈欠爬起来，开始用石头把合拢的蛤蜊砸开，吮吸里面咸咸的黏稠物。有时月亮很暗，看不到炊烟，女孩们就生起小火堆，把石头放在火焰旁，各自用果汁煮蛤蜊，煮到它们的外壳不情愿地裂开，渗出像伤心的眼泪似的清澈海水。

女孩们醒来以后，抽抽鼻子，看一眼淡紫色的天空，翻个身再在睡梦中沉湎一会儿。现在是晴朗的秋日，她们白天睡觉，夜晚爬起来活动，选定的睡觉地点总是频繁变换，免得让习惯暴露了行踪。她们的棚屋造得仓促，很不结实，珍妮已经认识到大家睡在一起的危险，觉得每个女孩很快都得各自选择白天打盹的藏身之地。可是这条命令很难下达，因为这群女孩像一窝小狗团在一起，沉浸在多数女孩从来不曾体验过的安眠中，她看着她们，甜蜜从胸中涌到舌根，让她的嘴唇愉快地向上翘起。

右边突然清晰地传来窸窸窣窣的声音，她愣住了。一个高大的身影出现在灌木丛里，珍妮的心跳到了嗓子眼。“珍妮？”一个熟悉的声音悄声叫道。

珍妮半蹲下来，摆出打架的姿势，可她绝对打不过爸爸：他是个身材魁梧的男人，她是个瘦弱疲乏的女孩。这时，她注意到他带了一只篮子，篮子里散发出新鲜面包的味道，还插着野花。她直起身来，觉得自己很傻。“爸爸。”她叫道。

“你妈妈一定要插些花，”爸爸回答，他慈祥地看着她，

“我说，住在外面，要是喜欢，你可能自己会摘些花。”他剪过的头发和整齐的胡须发出红棕色的光泽，珍妮头上也生着同样光泽的毛发。

“花很漂亮。”珍妮看着那簇金黄色小花轻柔地说。

“告诉她我很喜欢。”

“她给你们做了面包。她说她不能想象你们在这里吃什么。现在不像夏天，家家户户门口都摆出吃的来。”

“嗯，我们有东西吃，”珍妮心虚地说，“让她别担心。”

听她这么说，他轻声笑了，扫了一眼她手中纽扣大小的蛤蜊，“我想，我即使这样说了也没用。”

“是真的，”珍妮固执地说，“我们吃得很好。我们昨天还吃了鸡肉。”她没说出口的是，米尔德丽德·亚伦得意洋洋地带回一只毛发竖立、呱呱直叫的鸡，谁也舍不得杀了它。

“太漂亮了，”小伊芙琳·雅各说，“看它的羽毛。”她们端详着它像像蓟花冠毛一样雪白蓬松的羽毛。

“它可以作我们的宠物。”玛丽提议。

珍妮也舍不得杀死这只怒发冲冠、大声吵闹的家禽。可是，她知道女孩们一直在挨饿，她们没有她的坚毅决心，不能把饥饿击退。她咬着嘴唇，抓着它吞咽振动的喉咙，把脖子咔擦一拧，脖子应声断裂，像盐渍过的嫩枝。几个女孩放声大哭，但明妮·索尔显然见惯不怪，她抓住死鸡娴熟地拔起毛来，鸡毛像雪片一样沸沸扬扬。半数女孩赌咒发誓说绝不吃它，但是鸡肉在火上烤得焦脆的味道在空气中弥散以后，每人都吃了一小块肉，连骨头也吮得干干净净。

珍妮眨了眨眼，别扭地感觉到一阵内疚。“我很好，”她语气坚决地说，“告诉妈妈我很好。”

“我知道。”他说着递过篮子。她接了过来，用它抱在怀里。面包还是热的，温热的气息散发到她胸前。她不由自主地用指尖捅破金黄色的脆皮，碰到里面松软的面团。小时候她这样做，常常惹妈妈生气；妈妈把一块好端端的面包留在那里冷却，回来却发现它吃得只剩一半，而且坑坑洼洼，珍妮则不见人影。珍妮用指头抠了一小块热乎乎、颗粒感、还有点夹生的面团塞到嘴里，不假思索地吞下去。她对香浓馥郁的味道已经生疏，浑身一阵舒爽。

“她想着这件事已经好几天了，可我一直找不到你。”他说。

“今天您是怎么找到我的？”她担心地问。

“珍妮，这座岛并不大，”他回答说，“只要愿意，他们就会找到你们。他们会伤害你们。”

他们望着彼此，爸爸突然脱口而出：“我在这里自打出生就很不开心。”

珍妮眨了眨眼:“什么?”

“我只是……我不算太好，我想。至少，我没有虔诚地遵循先人的教诲。我想我不相信他们。我知道人们都以为我怕你，其实不是。我一向觉得一切都很不对劲。我知道，我履行为父的职责应该对你有好处，对玛丽有好处。我知道我应该相信先人，应该祈祷，应该……做很多事情。忤逆先人和游侠是一桩罪过，但上帝也给了我一副头脑，在我看来我们的做事方式压根就不对。我从小就这么想。对很多事情都这么想。我不像你是个战士，但我也会思考。”

珍妮大吃一惊;这是她听爸爸说话最多的一次。她从没想过爸爸除了热烈地相信先人的训诫，还能做别的。

“天气要冷了,”他说,“必要时你和玛丽随时可以回家。我和你妈妈会欢迎你们回家。”

“我不能回家。”珍妮说。

“你认为你们能在这里待多久?”

她突然觉得没了力气，好像她不堪承受自身的体重:“我不能考虑这个问题。”

“你必须考虑,”他温和地说,“天气一天天冷了。”他的眼睛亮晶晶的,“你越来越瘦。你不可能一直这样下去，肚子却不饿。会送命的。”

“玛丽，”她喃喃低语，“您得保护玛丽。”

他悲怆地哼了哼鼻子，“保护玛丽？”他说，“你知道多少人眼巴巴地等着她成熟吗？多少人眼巴巴地推迟自己的时间，等她做好准备？玛丽，她正走在路上。我可以尽量告诫她，哪些男人最温柔，至少不太可能给她造成疼痛，可是玛丽很快就会经历果实之夏，她会结婚，她会生孩子，要是她能生。”

“我不想让她那样，”珍妮磕磕巴巴地说，眼泪顺着她的脸颊滚落下来。“我希望她幸福。”

“有些女人很幸福，有丈夫，有孩子。”他说。

“她永远不会，”珍妮说，“都是我的错。我毁了她。我不该干扰她。”

“你做不到，”爸爸说，“你需要她。不管发生什么事，她会永远记得、永远神往跟你共度的日子。”

“她再也不会幸福了。”珍妮替他说完后面的话。他们为这句话的真实低下了头。

爸爸拉起她纤细的手。这意外的碰触让她跳了起来，但她没有把手抽走。这时他突然笑了。

“怎么？”珍妮狐疑地问。

“我刚才在想，有没有人娶了你，却不会吓傻，”爸爸说，

“我一个也想不出。”

“我最后会嫁个不知道自己在做什么的酒鬼，”珍妮提议，“他清醒过来，看我一眼，撒腿跑到海里。”他们拉着手，闻着新鲜面包的味道，把头后仰，对着初升的群星放声大笑。

第 36 章

凯特琳

凯特琳不睡觉。她怕醒来又回到了家里，在自己床上。夜晚，她躺着倾听孩子们熟睡后此起彼伏的呼吸。如果她朦胧睡去，就马上把自己惊醒。她平静懒散地躺着，闻着裙子层次丰富的咸味，裙子在海水中浸得发硬，又在玩耍时被汗水泡软。黎明和黄昏时分，太阳挂在天上，有时她觉得很安全，就团在沙滩上打个盹。有时罗罗决定伸展四肢趴在她身边，她醒来时就满嘴狗毛，狗毛是湿的，还沾着沙子，它巨大的心脏贴着她跳动。

凯特琳从家里逃走一两天后，菲奥娜第一个被抓。在暮色氤氲中，她们最后看见她带着自制的弹弓，追着一只兔子钻进了灌木丛，此后她就失去了踪影。女孩们十分震惊，争论她是被捕，还是自行决定离开海滩回家去。两天后菲奥娜回到海滩，浑身青一块紫一块，嘴唇也破了，血痂把两片嘴唇粘在一起，两只手抖个不停。

“是爸爸，”她透过肿起来的嘴巴口齿不清地说，“他……抓到了我。游侠也在。他们说，他必须给我适当的惩罚。他们说，要是他不惩罚我，他们就会动手。他打了我一顿就走了，回来以后又打了我一顿。妈妈哭着把我安顿在床上，我刚能走路就离开了。他们知道我们在哪里。他们知道在哪里能找到我。”

凯特琳端详着菲奥娜破了相的脸蛋，感到心里一沉，污秽无从避免。过去这段日夜甜蜜美好，纯粹的快乐让她冲昏了头脑，人们当然不会允许她们待在沙滩上。有那么多房子要打扫，盘子要洗，牲口要喂，男人要嫁，孩子要生，还有爸爸们已经受够了。

“我们不会善罢甘休，”珍妮的声音很低，很刺耳，玛丽惊讶地愣了一下，“他们抓不住我们。我不会让他们抓到，现在还不到时候。”

“我们怎么办？”戴安娜问。

“我不知道，”珍妮说，“他们总有一天会找到我们，抓住我们。伤害我们大家。”

“除非我们杀了他们。”罗茜低声吼道。

一阵震惊的沉默。维奥莉特用吓坏了的口吻说，“我不想杀人！”玛丽也说，“我们不杀人。”

“他们比我们人多，”珍妮绕开暴力问题，把重点放在现实上，“男人也更强壮。”

“就算他们不强壮，我们也不是刽子手。”玛丽望着珍妮，慢条斯理地认真说道。珍妮与她四目相对，良久才移开视线，轻轻点了点头。

“他们确实强壮。”罗茜咕哝道，没人搭腔，这个事实在黑暗中消散。肩膀耷拉下来，深呼吸，肺里再次发出叹息。

“我们白天不能睡在一起。那样不安全。我们得躲起来。晚上还是可以在一起，但我们每次都要变换集合地点，还要安排女孩望风，防止有人闯入。这个计划不完美，却是我们能做到的最好办法。”

“要是他们白天找到我们怎么办？”海伦·亚伯拉罕问。

“我们就落网，挨揍，也许再也回不来了。”珍妮说，“我认为他们不会杀我们，我们这里的人太多了，况且我们都是孩子。”

这句话的重量连同万般可能，沉甸甸地压在女孩们心头，乔安妮·亚当哭了起来。“我不想挨揍。”她说。

“那就回家去吧，”珍妮建议她，“说声对不起，重新回去上学，跟父母一起生活。”

“我也不想那样做！”乔安妮哀号着。

“我们以前又不是没挨过揍，”菲奥娜向乔安妮指出，语速缓慢，表情痛苦，“那样挨揍更糟，不过也都一样。你爸爸没有为什么事打过你吗？”乔安妮抽了抽鼻子，点点头。

“嗯，我也挨过打。没这么严重，但也差不多，那次我——算了，不提也罢。他们打我，也拦不住我。我要躲起来，反正就算他们抓到我，又打我，我还是要回来的。”菲奥娜把头一扬，看着珍妮，寻求赞许。

珍妮叹了口气：“最好我们单独睡觉或者两两作伴。尽量选择人们找都找不到的地方。就是说，不要睡在沙滩上——必须睡在内陆。没住人家的树林是好地方，不过他们还会去那里找我们。尽量选择最好的地方吧。我们夜晚要在一起。请大家不要失去希望。”

“要是……经过这一切，你想做什么？”维奥莉特问。

“我想改变一些事情，”珍妮说，“我不确定什么能改变，什么会改变。但我想为我们改变一些事情。也许是重大改变，比如到荒野去。也许是微小的改变，比如让我们多点自由，不仅在夏天。”

“我们这样做，怎么就能去荒野？”菲奥娜困惑地问。

珍妮叹着气，“其实我也不知道，”她说，“阿曼达为此送了命。”一阵沉默。

第二天，凯特琳睡在索尔家果园旁边的灌木丛里，缩在树丛下，希望谁也找不到她，果然没人找到她。当天晚上，她们在吉迪恩家玉米田旁边的海滩碰头，在两棵柳树交会的地方，她们激动地互相告知睡觉的地点：荆棘丛（海伦身上全是划伤的痕迹），干草垛，屋顶。维奥莉特厚着脸皮偷偷溜回家，在她爸爸离开后睡在自己的床上，下午晚些时候又溜了出来。“我想妈妈也许知道了，”她老老实实地说，“但我始终没有看见她。”

这天晚上少了戴安娜，第二天晚上她回来了，被揍得浑身血淋淋的。“我假装动不了，”她恨恨地说，“然后就走了出来。”

“你挨了谁的揍？”凯特琳悄声问。

“游侠所罗门发现了我，把我交给爸爸，指示他打我一顿，”她说，“爸爸似乎很乐意遵命。”

“要是他们再把你抓到怎么办？”伊莎贝尔·摩西胆怯地问。

“他们会再打我一顿。我还会回来的，”戴安娜说着吐了口唾沫。远处黑暗中，一个女孩轻声为她喝彩。

女孩们接二连三被发现，不是每天，但是很频繁，每次挨揍都更加严重。尼娜回来时少了一块头发，纳塔莉断了一根手指，莱蒂压根没回来。罗茜白天偷偷潜到莱蒂家，从窗户向里瞄，回来报告说看见莱蒂躺在床上，被子蒙着她的黑发。“至少她还活着，”罗茜说，“要是她死了，他们不会把她放在床上。”

挨打留下的印记成了荣誉勋章。女孩们比较各自的伤痛，比赛谁的淤青最黑，谁的肿块最吓人，谁脸上板结的褐色血痂最多。埃尔茜·雅各等着回到海滩，一圈女孩围着她，她骄傲地把一颗几乎从牙龈敲掉的牙齿取下来，放在手指上，像展示打仗的战利品一样展示它长长的牙根和沾着血污的釉质。海伦的两根手指不能动弹，肿得像香肠，她走路时举着那只手，好像它披挂着耀眼的珠宝首饰，一定要把破损处伸到眼前让女孩们看见。菲奥娜脸上五颜六色，走到哪里都引来嫉妒和羡慕，她迎着太阳高昂着头，皮肤青一块、紫一块、黄一块。戴安娜没有洗去身上的血迹，在接下来的几天，她看起来就像夏天衣服单薄的孩子。可是，当夜幕掩盖她们的面孔，凯特琳听到她们夜晚的动静：无声地抽泣，蹑手蹑脚地走到海边，把手指、手腕、脸庞和双脚浸在水里，让受苦疼痛的身体变得麻木。海伦偷偷走进树林，凯特琳知道她会在没人看见的地方扑通一声跪坐在地上，把手指护在胸前，疼得发抖却默默忍受。

凯特琳来到海滩以后，和珍妮变得亲近了。珍妮似乎很喜欢她，凯特琳也不知道是为什么。她们有时轻声交谈，谈论琐碎的实际情况或者随便什么内容。她们常常在月光下彼此靠近，望着其他女孩，望着大海，望着繁星满天的夜空。有时她们只是默默坐着，望向黑暗。凯特琳感知到仿佛从珍妮身上散发出来的一股股能量，即使珍妮很安静，一动不动。有一次，珍妮把骨瘦如柴的胳膊搭在凯特琳背上，仿佛一只鸟儿落在肩上，凯瑟琳凝固了，希望这一刻就此停驻。

“我不知道冬天我们要怎么做。”珍妮说。

“你这是什么意思？”

“冬天马上就到了，”珍妮说，“天气越来越冷，我们已经在挨冻受冷了。有些女孩连鞋都没有。试着去偷冬衣太危险。我们都得回家去。”凯特琳眼前蓦地现出一幕场景，她闯入自己家中，冲到衣柜前又跑出来，身后拖着毛衣和毯子，像拖着一条温暖的河流。

“那我们怎么办呢？”凯特琳在长久沉默之后小心地问。

“我不知道，”珍妮心事重重地说，“我们夜里可以生火，至少生些小火堆，但那样也很危险。我想我们可以白天生火，在我们找到的睡觉的地方，只怕有些小女孩不小心会把整座岛屿烧掉。”

“我没听说过有人冻死，”凯特琳试探地说，“我是说，他们说人会冻死，但我没听过有人真的冻死。也许人会冻死这回事不是真的。也许只是越来越觉得冷。”

“我没听过有人从屋顶跳下去，但这不意味着他们不会摔断骨头。”珍妮回答说。

夜晚有人守望，留意动静，留意声息，她们蹲在冰冷的沙地上，常常不知不觉睡着了，于是珍妮开始越来越频繁地替换她们。她们时不时神经兮兮地设想游侠像猛禽一样俯冲过来，用爪子抓起女孩，把她们掳走，折断她们的骨骼，撕开她们的血肉。游侠总是代表威严和秩序，此时仿若魔鬼。但打破平静的闯入者却只有男孩：一个逃跑的男孩请求加入她们，一个弟弟来找姐姐寻求慰藉。

就在这时，第二天晚上，他们来了。女孩们听到了警报，萨拉·摩西从树林边发出尖锐刺耳的叫声。萨拉向女孩们飞奔过来，她们像一群母鸡一样躁动不安，惊慌失措，直到珍妮张开双臂，径直向游侠跑去。“快跑！”她叫道，“沿着沙滩，跑到田里！”

珍妮跟男人们短兵相接。凯特琳说不好是他们想控制她，还是她想控制他们。凯特琳只能看到黑色的四肢弯曲纠结，像暴风雨中倒下的树木。

“快跑！”珍妮在打斗中大喊。凯特琳暗骂自己是胆小鬼，赶快逃之夭夭。

第 37 章

瓦妮莎

一天早上，瓦妮莎正要出门去上学，妈妈把她叫住。“今天有一场示众惩罚。”妈妈说，语气听起来很是糊涂。通常示众前大家都会早早得到消息，既包括所犯的规矩，也包括要受到的惩罚。为了让孩子们观看并引以为戒，学校总会放假。

“谁？”瓦妮莎问。

妈妈顿了顿，说：“珍妮·所罗门？”

瓦妮莎摇了摇头：“不，不可能。”

“不，不可能，”妈妈也说，语气更加疑惑，“我不知道发生了什么事。”

近来一切都毫无道理。学校里半数女孩缺勤。莱蒂上周来上学，两眼乌青，断了的一条胳膊用夹板固定在一侧，她闭口不提出了什么事。她讲到了海滩，不过好像她很快就会回去。“我做了我想做的一切，”她若梦若醒地说，“我睡在沙地上，数着星星睡着了。”

亚伯拉罕先生通常对出勤和规矩很较真，现在却似乎已经放弃了。瓦妮莎有一种感觉，她随时可以站起来走出课堂，他几乎不会做出反应。多数时候他让她们朗读课文或者《经书》。昨天下午放学时，他没有像往常一样提到示众的事。

瓦妮莎不像有些孩子一样盼望示众，那些孩子喜欢抓住这绝无仅有的机会模仿和嘲讽大人。示众是岛上生活的组成部分，对亵渎神灵、秘密集会、拒绝命定的职业等施加惩罚，此外还有一百条理由。示众往往相当敷衍潦草，除非罪行不可原谅，比如乔纳森·巴尔萨泽在果实之夏到来前就与琼·吉迪恩性交；两个人都遭到示众惩罚和放逐。

瓦妮莎到了田里，人群熙熙攘攘，多数人趁此机会跟朋友邻居聊起了近况。养蜂人的妻子约瑟夫太太用几罐蜂蜜向编织工亚伦太太换了几只毛茸茸的、探头探脑的小鸡。一群半大小子在地头高声喧哗，好像要打起架来。小小的绞刑架是空的，九位游侠一字排开，站在附近，神情肃穆。通常十位游侠都在，但瓦妮莎听说吉迪恩先生病得很重，卧床不起。爸爸想跟她对视，但她把目光转向了别处。

索尔牧师走上绞刑台，清清嗓子让大家安静。可是不管用。他大声叫道："注意了！"人群安静下来，转身对着他。几个半大小子仍然不专心，几个女人向他们发出嘘声。

"同胞们，我们现在要对珍妮·所罗门示众惩罚。"

瓦妮莎愣住了，人群爆发一阵惊诧的嗡嗡声。看来妈妈听到的消息是对的。可是不管犯了什么规矩，孩子从不示众——这是专为大人保留的惩罚。瓦妮莎不由自主地向爸爸跑去，对众人的侧目和其他游侠的瞪视不予理会。"爸爸，这是不对的。"她悄声说。

"瓦妮莎，请你回到人群当中。"

"她不是个大人！你们不能示众惩罚她。"

"事情已经定了，瓦妮莎。"他用她认不出来的口吻闷闷地说。她退了回去。她发狂地环顾四周，看到了老师亚伯拉罕先生，他似乎跟其他人一样目瞪口呆。她跑过去扯了扯他的袖子。

"亚伯拉罕先生，"她低声说，"拦住他们。他们不能这么做。"

他看了她好半天，好像不认识她似的。

"你想让我做什么呢？"他最后说。

"拦住他们！他们不能惩罚珍妮，他们不对孩子示众，孩子属于父母——”

“珍妮不属于任何人。”他冷淡地说，见她很痛苦，就把她的手握在自己手中。

过了一会儿，珍妮从容地走向绞刑台。她的裙子经过缝补，辫子扎起来，看起来像个随和的孩子跟在大人身后。瓦妮莎凝视着她的双眼，想在她的眼神中寻找服药后的呆滞，但珍妮的目光四下扫视——不是狂热地扫视，而是徐缓有目的。她捕捉到什么人的目光，蓦地摇了摇头，动作很轻，好像只是微微抖了一下。然后，她使劲瞪视，把头缓缓地从一边摆到另一边，像一棵树在暴风雨中摇晃。顺着她的目光，瓦妮莎看见人群中所罗门太太头发蓬乱，双手捂着泪水纷纷的脸庞。玛丽，珍妮对妈妈打着唇语，然后把视线移开。所罗门太太在人群中搜寻。瓦妮莎踮着脚尖寻找玛丽，却不见玛丽，也不见所罗门先生的踪影。

珍妮轻灵地站在绞刑柱前，从容、镇定，他们把她拦腰栓到上面。人群更加喧哗骚动，有人气愤，有人快意，有人惊讶。留在家里没去海滩的乖女孩们交换着眼神，希望在这个同龄人身上找到某种信号或者意义。

索尔牧师走上前去。他多次主持示众，已经无需《经书》，但是为了表演的缘故，他手里还是捧了一本。

“同胞们，我们现在要对珍妮·所罗门示众惩罚。”

他又说了一遍。“菲利普·亚当写道，如果对下方黑暗的恐惧无法阻止罪恶，那么就让他们害怕邻人的羞辱和蔑视吧。在岛上我们息息相关，没人离开别人能够存活。让家人朋友轻视和憎恶的眼光成为惩罚和忧惧，也许可以左右他们的道路，拯救他们摆脱黑暗。”

索尔牧师把书放在一边，“珍妮·所罗门，你亵渎了神灵。你说了假话。你鼓励其他人亵渎神灵和说假话。你忤逆了游侠。理应示众。”

“理应示众。”人群齐声附和，不是通常伴随着这句话的津津有味的叫嚷，而是没有把握的耳语。

游侠巴尔萨泽先生握着鞭子走上前；人群嘈杂得更厉害了。人们似乎在争论，谴责，鼓励——喧哗落在瓦妮莎耳中，她胆怯了。这时巴尔萨泽先生把珍妮的裙子撕到腰部，会众骤然噤声。

珍妮太瘦了，瓦妮莎纳闷她怎么可能还在呼吸。在饥饿中，她的身体优雅地现出骨骼的弧度和棱角，锁骨像一只放飞的鸟儿在皮肤上展翅高飞。肋骨根根凸起，肋骨之间现出灰蓝色的暗影。肩胛骨凹陷处利落地包在皮肤里，几无余物。瓦妮莎认为她看见了珍妮的心跳，它抵着她的三角形胸骨微微跳动，还看见了茎干似的修长脖子的脉动。珍妮的裙子耷拉下来，她苍白的皮肤发出银光，雀斑很淡，呈琥珀色的小点。

巴尔萨泽先生在这个骨瘦如柴的影子面前怔住了，狐疑地向游侠约瑟夫先生瞥了一眼———约瑟夫先生站在一排游侠的最前列。约瑟夫先生神情烦躁，夸张地点了点头。尽管这样，巴尔萨泽先生只把胳膊往后伸到一半，只弯了胳膊肘而不是肩膀，瓦妮莎从这些细节看得出来，他不打算像鞭打其他人那样鞭打珍妮。可能他怕她会散架。

珍妮长着雀斑的光洁美丽的肌肤骤然撕开崩裂，一条红肿在她的脊背上突起，绕过去延伸到她快速跳动的前胸。珍妮猝然一动，表情却没有变化。巴尔萨泽先生四下打量，绕到正面看她是不是还活着。他呲牙咧嘴，又抽了一鞭子，这次打到了她的肩膀。

"不！"从人群中，从树林里，从不知什么地方，罗茜出现了。她裙裾褴褛，头发纠结凌乱。她跳上绞刑台，用牙齿狠狠地咬在巴尔萨泽先生手掌的虎口处。他倒抽一口凉气，丢掉鞭子，茫然地地瞪着她。"他们是骗子！"罗茜不管不顾地嚷道，"别听他的！"

珍妮望着罗茜，快走，瓦妮莎看见她发出唇语。罗茜没有动。她叫了起来："罗茜，离开这里！"

“他们杀了阿曼达·巴尔萨泽！”罗茜指着游侠们大喊，“他们杀了阿尔玛·约瑟夫！他们还杀了其他人，我记不清她们的名字了。这些人说，她们都是大出血，可是她们都死了。这些人是刽子手，是骗子！应该示众的是他们，不是珍妮！”她咳嗽一声，弯下了腰，一只男人的胳膊揽住了她。“他们是骗子！”她嚷道，咽了口唾沫哭起来。约瑟夫先生把她提起来，架在腰上，她踉跄着边走边哭，“骗子！”她大声嘶吼，他拖着眼泪汪汪的罗茜大步走开了。

大家鸦雀无声，眼睛睁得老大，包括珍妮。沉重的静默久久持续，这时巴尔萨泽先生拾起鞭子，打了珍妮剩余的八下。珍妮仿佛震惊得入了神，没有丝毫反应。有人给她解开绳子，所罗门太太跑上去扶着她。她们把脑袋凑在一起悄声说话。瓦妮莎抬头望着亚伯拉罕先生，他低下头匪夷所思地看着瓦妮莎。

“罗茜会怎样？”瓦妮莎悄声问道。

“瓦妮莎，我不知道，”他回答说。瓦妮莎靠在他身上，他们望着珍妮挣脱妈妈，把裙子套在肩膀上，拖着脚步慢吞吞地向海滩走去。

第 38 章

珍妮

玛丽小心地把冰凉的海藻敷在珍妮破损受伤的皮肤上。珍妮头朝下贴着凉爽宜人的沙子，呲牙咧嘴。“我不懂这能起什么作用，”她说，“盐蛰得好疼。”

“等疼过去以后，感觉好点儿了吧，嗯，是不是？”玛丽说。她说得对，珍妮感到冰冷的丝绸在她背上交叉缠绕，包住了灼热铁丝般的红肿，使疼痛变得麻木。

珍妮深深叹了口气。“妈妈去看了，”她喃喃地说，“可怜的妈妈。”

“我希望我也在。而不是在沙滩上哭，也不知道他们是不是要杀了你。”

“你去了的话，会像罗茜一样做傻事的。”珍妮说。玛丽悲伤地点了点头。

“爸爸没去，”珍妮接着说，“不知道是他们拦着不让他去，还是他不想去。他从来不喜欢示众。他也许根本不知道是我。”

“他现在知道了，”玛丽说，“我相信大家一定都在议论这件事。他们不该对孩子示众。我想你是第一个。”

“我不是个孩子。不完全是。”

“你也不是个大人。爸爸应该管你。”

“嗯，也许他们认为他没把我管好。”

玛丽鼻子里哼了一声：“我想，他们一定好多年都在这么猜想。”

“不知道他们要怎么对待罗茜，”珍妮说，“她现在可能在挨揍。”

“不管他们对她做了什么，她都会站起来，立刻回到这里，像往常一样愤怒。”玛丽预言道。珍妮想象罗茜横穿岛屿飞跑过来，低着眉头，浑身发抖，一路走来血肉淋漓。

“很可怕吗？”坐着近处的布里安娜·约瑟夫悄声问道，“他们脱了你的裙子？当着众人的面？”

“很难解释，”珍妮说，“我觉得难为情，但不是为了我自己。是为了他们，那些游侠。为了那些看客。”

珍妮被抓后，女孩们留在沙滩上，对太阳升起视而不见。

起初，她们在她走后聚在一处相互支撑，自从她回来后，她们就一直留了下来。她们或蹲或坐在沙地上，与珍妮隔着远近不等的距离，看玛丽照料她。有的神色焦虑，有的小心翼翼，有的气愤难当，有的疲乏厌倦。

“我们现在怎么办？”玛丽提出了萦绕在大家脑海中的问题，“继续像以前一样？要是这样继续下去，珍妮，他们会杀了你。他们已经找到我们一次了。”

“我们可以总是单独行动，”布伦达说，“从不聚集，只躲起来。”

“请不要这样，”布里安娜说，“要是我们不能在一起，我不干。我只好回家去。”

“我们不分开，”珍妮说，“在一起是我们仅有的东西。在罗茜做了那件事以后，我们必须一如既往。她向大家喊出了真相——她做了阿曼达想做的事——现在我们不能回去。”珍妮顿了顿，叹了口气，拉长了脸。她本来没打算提阿曼达。

“可是没人相信罗茜，”菲奥娜说，她的脸庞和喉咙蒙着一层淤青消退后的亮白护层，“她说了什么没有用——他们不会信。”

珍妮久久没有说话，听任这个事实在她心里浸润。女孩子们不安地左顾右盼。她们冰冷失血的脚看起来像蜡做的。

“也许她播下了种子，”玛丽最后说，“也许有一天——”

“要是我们回去，”珍妮严肃地说，“就表示我们承认那不是真相，那不要紧。我们要继续前进。现在是白天：我们该躲起来，该睡觉。今天晚上我们在沙滩会面——”她想了想，“在挨着纺纱工索尔家的那几块地后面的沙滩。也许他们又会找到我们。我不知道。现在，你们该去睡觉。”

“我睡不着。”维奥莉特说。

“唔，你不能待在这儿。”珍妮干脆地说。她忍着疼痛慢慢站起来。缠在她身上的海藻在风中像蛇一样扭动。刹那间，她像个神秘的女神，头顶火焰的银色女神，蛇和血缠绕周身。她身上迸发出电一般的力量；她高视阔步向前走去，女孩们给她让开一条路，她们快步小跑听从她的吩咐。

第 39 章

瓦妮莎

瓦妮莎一向不大喜欢罗茜，她讨厌罗茜经常自以为是，愤愤不平。但罗茜竟然有勇气阻拦巴尔萨泽先生抽鞭子，让她不禁由衷地佩服。瓦妮莎相信，罗茜被人从示众惩罚珍妮的现场拖走后，一定遭到了毒打。她想知道罗茜是已经回到了海滩，还是像莱蒂一样，正在家里忍受疼痛，度过漫长的康复期。

她忍不住回想她最后见到罗茜的情形，约瑟夫先生拖着她踉跄地走着，她边走边哭，像一块肉耷拉下来，四肢摇晃，脏兮兮的头发盖在脸上。瓦妮莎看见约瑟夫先生目标明确地大步快走，任罗茜在他的膝盖上碰撞，消失在田野中。

过了几天，瓦妮莎放学后在罗茜家的外面停下脚步。这座房子造得小巧紧凑，与隔壁相比，像宫殿一样夺目，隔壁雅各家的房子摇摇欲坠，醉鬼似地瘫在那里。瓦妮莎敲了敲门，等了片刻，又敲了几下。

吉迪恩太太慢吞吞地来开门，她美丽的圆脸蛋上泪痕斑斑，两只眼睛通红。瓦妮莎后退几步，悄声说道："我来看罗茜……"

吉迪恩太太胸口起伏，大声抽噎起来。眼泪顺着她的脸庞倾泻而下，铺满颧骨。她继续哭着，像一只咩咩叫的绵羊。瓦妮莎站在一边，微微张着嘴巴，正要伸出双手，忽然传来响亮而愤怒的脚步声。她瞥见气冲冲的吉迪恩先生，那张阴沉恼怒的脸跟罗茜长得很像，他砰地把门关上了。

瓦妮莎怔怔地站了一会儿，转身向家走去。她心事重重，好几次心不在焉地随便走进田里，不得不重新走回正路。

第二天早上，瓦妮莎没有走路去学校，而是抄小道又去了亚伦家，亚伦家坐落在吉迪恩家附近的草地上，她观察着房子里的动静。仿佛过了足足几个小时，什么动静也没有。瓦妮莎打着呵欠，朦胧地想到了吃饭，她一边用干草捣鼓蚂蚁窝，一边做着白日梦。午后，她的耐心终于得到了回报，吉迪恩先生带着工具包从房子里走出来。看到他手里握着锤子，她特别庆幸，幸好她没有再次贸然敲门。

她又等了一会儿，怕他万一忘了什么东西回家去取，然后悄悄走到吉迪恩家门口敲了敲。她又敲了好几下，还是没人应答。最后，她深吸一口气，推开门走了进去。

吉迪恩太太坐在厨房的餐桌前，阳光给她卷曲浅淡的头发蒙了一层光晕。她缓缓抬头盯着瓦妮莎，好像她是个鬼影。“又是你。”她说。

“您好。”瓦妮莎笨拙地说，她把胳膊抱在胸前，把身体的重心放在一侧。

“你想见罗茜。”吉迪恩太太说。

“我只想——”

“罗茜死了，”吉迪恩太太低低地说，“她死了，你见不到她了。”

她们互相对视，吉迪恩太太饱含泪水的浅蓝色眼睛迎着瓦妮莎惊诧的目光。

“布莱恩说，他们打她，”吉迪恩太太说，“他们打她，她倒在地上，撞到了脑袋。他说那是一次意外。”

“一次意外。”

“可我不相信他的话。”吉迪恩太太悄声说。她的脸色突然一紧，仇恨使它变得丑陋。她眯起眼睛，眼里射出愤怒的光芒。

“不，”瓦妮莎说，“不。”

“他们始终没给我看她的尸体，”她伤心地哭着说，“他们始终没让我见她。我想把她挖出来，道个别，可是他不肯告诉我她埋在哪里。他不肯告诉我——”她泣不成声，泪水肆意奔流，溅落在厨房的餐桌上。瓦妮莎站起来想安慰她，又意识到自己的拥抱毫无意义，比毫无意义还要糟糕。她站了一会儿，怀着敬意见证了吉迪恩太太的满腔悲愤，就悄悄走出了房子。

瓦妮莎知道在学校里可以向谁透露。她把这个消息悄声告诉了莱蒂，现在莱蒂的脸庞由于陈旧的血迹而呈现琥珀色。莱蒂又告诉了小伊迪丝·亚伦。小伊迪丝告诉了比她大一岁的多萝西·亚伯拉罕，多萝西动作迟缓，人缘不好，经常尝试用秘密赢得喜爱。多萝西告诉了米尔德丽德·巴尔萨泽。米尔德丽德告诉了弗朗西斯·约瑟夫。瓦妮莎看到悲伤、愤怒和迷惑不解在她们脸上浮现。

瓦妮莎承诺要待在家里，这个诺言给她的双脚上了锁，像戴了镣铐似地动弹不得，像动物用牙齿死死咬着她的脚踝不放。她发觉自己无法挣脱。但她也不是全然无力。

第 40 章

珍妮

她们轻手轻脚地在奶白色的晨光中离家出走，在课间休息时溜掉，在白天上课时径自走出课堂。她们不是大女孩，就像珍妮的第一波追随者，而是跟罗茜年龄相当——八岁，九岁，十岁：她们是罗茜的朋友、盟友、同辈和对头。她们三三两两地离开，手拉手紧紧相握，直握得关节发白。她们摸索着走过灌木丛，探着路走过田地，在石头和树篱后面寻找，终于找到一个已经离家出走的女孩，她能告诉她们要做什么，夜里在哪里聚会。她们给海滩上的女孩带来了罗茜已经死去的情报，这条黑暗的消息传开，大家或目瞪口呆，或伤心落泪，或大惑不解。凯特琳本来已经丢掉腼腆，开始跟别的女孩说笑。此时，她无休止地在沙滩上游荡，脸色苍白，一言不发，沉浸在悲痛中。

想不到这些新来的女孩比大姐姐们要务实，她们还带了床上的毯子、厨房里偷来的燧石和钢、家里储藏在发酵缸里的面团和奶酪。这些补给品堆在隐蔽点，从夜晚的沙滩转移到白天睡觉的地方，变得肮脏潮湿，但还能派上用场。鞋子和毛衣与别的女孩分享，常常是两个人吃吃地笑着，紧裹一件毛衣扭来扭去，每人各穿着一只鞋笨拙地抬腿迈步。

父母白天出来，不理会要对女儿视若无物的命令。他们搜寻女儿，焦急地把女儿拉回去施加惩罚，经常把他们找到的随便哪个女孩送回家，丢给她的父母，让她被棒打、数落或者拥抱。游侠们忙着往返荒野，号令大人，秘密开会，但他们也在田里搜索，把孩子们扭送回家，要求对她们给予超乎多数父母本意的严厉棒打。有时，孩子们回到慈祥的妈妈和宠爱的爸爸身边，暗自感到宽慰，夜里睡在温暖的床上，吃着热乎乎的饭菜，吃到肚子鼓胀，她们就此留下。更常见的情形是她们等待时机，等身体康复后再次逃离，回归火堆旁令人陶醉的存在。

“有了这些小孩子很不错，是不是？”一天晚上玛丽对珍妮说，珍妮像操劳过度的妈妈一样叹了口气。这些女孩带来的补给品很宝贵，有望让她们夜里不受冷冻。但她们也很麻烦，她们伏在珍妮肩上哭着找妈妈，吵嘴以后指望她做出裁判；她们忘记规矩，大白天像野生动物一样在沙滩上嬉戏雀跃。她们为了磕破膝盖和夜里肚子饿哭哭啼啼。她们采食有毒的浆果，整晚蹲着拉肚子。她们为下方的黑暗焦虑不安，找她说理，重新找回自信。珍妮想带领女孩走向自由，不承想到头来自己成了一群吵闹儿童的辅导员、安慰者和牧师。她想把这个担子与几个大女孩分担，但她们比珍妮小好几岁，自己也玩游戏玩得忘乎所以。

听说罗茜死在游侠之手后，离家出走的不光是小女孩。有些比较腼腆胆怯的大女孩也受到刺激行动起来。她们还在学习白天睡觉，以蛤蜊、红莓、鱼骨和奶酪屑为生。她们比小女孩更能互相关照，也能照顾自己，可是除了带来的补给品，她们几乎帮不上多少忙。

天气越来越冷。大海从热情友好的蓝色变成了斑驳凶险的灰色。草地结霜到凌晨时分，天空淡化为凛冽的白色。树叶变成黄色和褐色，风一吹，就像纸片雨纷纷落下。虽然此前对生火做出了限制，但女孩们晚上生的火堆还是慢慢变大，变高，也更加暖和，她们在手脚冻麻时，回到火堆旁烤一烤。她们结伴而卧的人数增多了，身上多盖了几块塞着鸡毛的湿毯子，大家像干瘦无毛的母鸡相互偎依。她们抗击冻疮，不停地流鼻涕，经受霜寒的威胁，由此发现了自己身上前所未知的力量。然而，寒冷彻骨，皮肤冻得发白，习惯性疼痛消耗着她们。夜里女孩们互相揉搓手脚，为了取暖，彼此紧紧相依，珍妮听到啜泣声和狂乱的耳语。

“你认为我们能熬过冬天吗？”玛丽问珍妮，“这才是秋天，已经这么冷了。”

“我不知道，”珍妮说，“我们有别的选择吗？冬天回去，春天再出来？”

“夏天肯定会放我们出来的。”

“会吗？”

玛丽为这句话的弦外之音露出惊诧的表情，没有再说什么。天上下起了蒙蒙细雨，仿佛把亮晶晶的珠宝洒在她的肌肤和头发上。她向珍妮胸前偎依过去。“要是你能熬过冷天，我们肯定能，”她说，“你身上一点脂肪都没有。”

“我体内热量多，”珍妮笑着说，只字不提她也很冷，冷死了，时时刻刻，冷得不再瑟瑟发抖。夜晚的篝火让她感到无比幸福，白天她骨骼生疼，冻得咔嚓作响，她的血肉发硬，怨苦不已。她的嘴巴像结了一层冰，只有当她把冰冷的手指放在舌头上取暖时，才意识到舌头比身上其他部分热乎。有时，一个小女孩走来向她求援，她想把小女孩搂在怀里几个小时，吸收她年幼的体温，像冬日里的巨型蜘蛛，感到新鲜热乎的猎物在蛛网上抖动。

第 41 章

瓦妮莎

深更半夜，瓦妮莎听到奇怪的响动，醒了过来，好像大声哀号的声音。她穿着米色睡袍悄悄爬起来，小心地走下楼梯，万一等着她的是个魔鬼呢。这时，图书室里传来的声音变成了号啕大哭，她听出来了：是爸爸。

她推开沉重的门，看见他缩作一团坐在地板上，像个生气的孩子涕泗滂沱。不对呀，也许她是在做梦；男人不这样哭。孩子才这样号哭，为了从饼干破损到姐姐奄奄一息的各种事情，女人才这样号哭，在生了缺陷儿或者挨揍以后，而男人哪怕掩埋自己的亲儿子，也只是掉一两滴眼泪就完事了。爸爸出问题了。她心里大惑不解，想悄悄回到楼上，假装什么也没听到。但她还是沉下心来，悄声叫道："爸爸？"

爸爸张开双臂，她扑到他怀里，感到他把她抱得那么紧，肋骨都压扁了，让她喘不过气来。爸爸胸口起伏，把脸埋在她裸露的脖子里，眼泪、鼻涕，唾沫全都流出来，把她睡袍的肩膀处濡湿，几绺湿漉漉的胡须粘在她的肌肤上。她机械地拍打着他，知道这是自己应该做的，心里却感到不寒而栗。她和爸爸一起做过许多事，此刻的感觉最为亲密，也最为生疏。这让她想要缩回体内，空若无物。

她挣扎着吸气，等待他哭得不那么厉害，等待他扬起脸庞，用胳膊擦擦脸，向她道歉，但他却只是哭个不停，悲伤地抽搐扭动着身体。“爸爸，”她终于说，“爸爸，我去叫妈妈。”

“不，”他喘息着说。他松开胳膊，她深吸了几口气。“不，别去。”

“怎么了？”瓦妮莎问。她仍然困在泪痕斑斑的强劲拥抱中，竭力想挣脱出来，“出了什么事？”

“瓦妮莎，”他耳语道，“我父亲是个游侠，我爷爷也是。”

这是明摆的事实。她没有说话。

“我在荒野上见到的事情，我见过的事情……我保护我们不受伤害。我守护着这座岛，我奉行先人的教诲。”

“是的。”她顿了一下说。

“这是我毕生的事业，算不上神圣的使命，但是——”说到这里他又哭起来，额头抵着她的锁骨，“瓦妮莎，蒙在鼓里的不止我一个人，我……我不知道怎么……”

瓦妮莎蓦地恍然大悟。“您知道了，”她说，“您知道他们杀了阿曼达和罗茜。开始您不信。您认为女孩们说了假话。后来其他人，那些游侠，告诉了您真相。他们等了这么久……”

他直起身凝望着她：“你是什么时候知道的？”

“我早就知道了。”

一瞬间，他站着向后一跃，暴怒如虎，但不知怎的，她全无畏惧。“你早就知道，”他说，“你早就知道，你没告诉我。”

“我告诉过您。”

“你没有让我相信，你没有说服我！”

他们四目相对。爸爸泪流满面，瓦妮莎苍白镇定。他颓然崩溃了，弯腰坐下用手捂着脸，没有再哭，而是像一头困兽，杵在那里。瓦妮莎知道自己该走上前去。她从没见过他这么狼狈。今后的夜晚她将不得不安抚和慰藉他，但是此刻她转身离开了图书室，悄悄走上台阶，爬到床上，沉入无梦的酣睡。

冬　天

第 42 章

瓦妮莎

事情是在教堂里开始的。

第二个礼拜日，瓦妮莎坐在爸爸妈妈中间，半心半意地听牧师讲着忤逆和下方的黑暗，这时吉迪恩太太、农夫吉迪恩的第二任妻子突然咳嗽起来。天气转凉时，人们总是咳嗽，可是她咳得太久，人们冲她的方向皱起了眉头。瓦妮莎回过身，刚巧看见她咳出血沫，喷到了渔夫的妻子索尔太太脸上。

大家都吓呆了，只有牧师继续絮絮叨叨地布道。索尔太太脸色煞白，倏忽间跟珍妮很像，皮肤太白，黑色的雀斑星星点点。吉迪恩先生用胳膊搂着太太，她吃惊地擦拭着带血的嘴巴，他们站起来蹒跚着走向台阶。他的第一任妻子阿尔玛·吉迪恩纹丝不动地坐了片刻，也跟着走了出去。这时大家都盯着索尔太太，她用衣角擦了擦脸，眼睛睁得老大，很是惊恐。教堂后排隔得老远又有人咳嗽起来，大家不约而同扭头看去。咳嗽终于平息，众人的注意力回到牧师身上，牧师因为受到打扰而神色愠怒。

这天晚上，妈妈告诉瓦妮莎，吉迪恩太太死了。瓦妮莎吃了一惊；很多人病死，但病痛往往过一阵子才让人送命。夜里，瓦妮莎在黑暗中躺着睡不着，想着吉迪恩太太，她毫无特色，枯燥无味，现在她死了，死亡让她有了点趣味。

第二天，汉娜·亚当家的婴儿死了。亚当太太去喂奶，发现婴儿趴在摇篮里，歪着嘴巴，脸色发青，舌头肿胀。瓦妮莎的家离他们太远，没有听到尖叫，但爸爸后来告诉了她们当时的场面。瓦妮莎出门去上学，他提醒她穿好外套，好像外套可以保护你，让你不要血淋淋地死去。不要浑身发青地死去。

班上又少了五个女孩：伊迪丝、利娅、米尔德丽德、德博拉和茱莉娅。班上已经稀稀拉拉只剩十二个女孩，缺了这么多人很是触目。她们都去加入珍妮了吗？孩子们用眼角的余光看着亚伯拉罕先生，想破解他脸上的表情，但他只是显得百无聊赖，径自讲起今天的课程来。

放学后，琳达告诉瓦妮莎，米尔德丽德弄伤了胳膊。利娅的弟弟告诉她，利娅病了，不是觉得恶心。又过了两天，亚伯拉罕先生擦了擦眼睛，告诉他们利娅死了。米尔德丽德依旧缺勤，琳达神色安静，脸色苍白。

牧师喜欢谈论灾难，瓦妮莎不禁纳闷，灾难降临是不是为了惩罚岛上女孩的忤逆。是的，没什么东西起火燃烧，但曾经肆虐荒野的一定就是这种病。她问妈妈，妈妈摇摇头，却始终一言不发。

到了周末，学校不再上课。妈妈吩咐瓦妮莎留在家里帮自己干活，等这场病过去。她把它说得像一场欢会，但语气却很牵强，她的眼睛周围布满黑眼圈。她时而对瓦妮莎过度慈爱，让人不自在，时而又命令瓦妮莎缝缝补补，擦洗地板。这样过了一天，瓦妮莎恨恨地想，既然只有这两种选择，她宁愿躺在床上咳出血来。第二天，妈妈似乎后悔把她关在家里，放她出去在房子周围玩耍。瓦妮莎看见几个男人在检查花园或庄稼，几个女人在晾晒衣物。她隔着窗户向琼·巴尔萨泽挥手，巴尔萨泽太太也向她挥了挥手。

瓦妮莎去看小鸡，观察小鸡打架，看到它们互相在毛茸茸的屁股上啄来啄去而哈哈大笑，随后她又走到海滩，把石块丢在水里，欣赏水面上静静漾开的涟漪。她非常确定这算不上在房子周围玩耍，不过毕竟她不像要去加入珍妮的样子。

后来，幸亏她只是擅自玩耍了一小会儿。她回到家，妈妈一反常态，狂乱地扇了她一耳光，然后告诉她，又有两个人死了，再也不许她出门。

第 43 章

珍妮

女孩们已经习惯了躲避父母和游侠的四处搜寻。多数女孩都曾在追赶之下跑过田野，跳进茫茫淤泥或者躲入密密匝匝的树篱。有的竟然爬到树上攀着高枝，等下面咆哮的大人无奈地走开。就在这时，搜寻几乎一夜之间停止。她们忽然能够整日酣睡，用不着听到咯噔的脚步声猛地惊醒，夜晚警戒和惊慌失措的四散奔逃成为往事。胆子大点儿的女孩随便在玉米田和果园里走过，迈着大步，放肆地把胳膊甩得弧度很大，好像挑衅别人来抓自己。可是没有人来。

多数女孩简单地以为大人放弃了。她们笑着讲述惊心动魄的追赶和痛打的故事，好像战争凯旋的老兵。人越聚越多，她们大声歌唱，蹦蹦跳跳地加入狂热的游戏，庆祝对大人、游侠和整座岛屿的反抗取得胜利。

大一点的女孩却始终忐忑不安，她们意识到，停火可能具有凯旋之外的意味。“他们在策划新的阴谋，”玛丽告诉珍妮，“你认为……你认为他们会不会把我们都杀了？”

珍妮摇头：“那就太过分了。要是他们杀掉一群孩子，会激起人们的反抗。”

“他们已经杀了一个孩子，好像也没什么变化。”

珍妮耸耸肩：“他们可能对她的死因撒了谎，人们不知道真相。要是几十个孩子，他们瞒不住。”

罗茜之死像一根黑色的尖刺深深扎在珍妮心头。她时刻感觉到它的存在；她动一下，它就扎到她的肉里。在措不及防的时刻，无奈、悲伤和负罪感突然袭来，压得她几乎直不起腰身。每当她看见惊愕痛苦的凯特琳，就想象自己本来可以避免让罗茜死去。她本来可以大声喊出合适的话语。她本来可以制服游侠，带着罗茜撒腿就跑。罗茜，她挺身而出保护珍妮；罗茜，她怀着希望说出真相。她以为大人会相信孩子说的话，立刻倒戈反抗他们的守护人和偶像。罗茜，她义愤，叛逆，满腔怒火始终不曾充分释放。罗茜，她尸体冰冷，骨骼断裂，在某户人家冬日农田下的淤泥中沉陷。

“嗯，既然他们不打算杀我们，那他们在谋划什么呢？”

玛丽问。

珍妮摇头："我不知道。假如我是游侠，我就安排大人同一时间集体出动，尽其所能抓捕女孩，时刻监视让她们不能回去，等待其他女孩缴械回家。"

"要是他们那样做，我们怎么办？"

珍妮耸耸肩膀："谁知道呢？我们也许回了家，受到监视。"

"他们也许在你门口安插一名游侠。你是最危险的。"

"很危险。"珍妮得意地笑着说。

"我是说真的。"

珍妮看着自己瘦伶伶、脏兮兮的大腿，鼻子里哼了一声："我这副模样打不过别人。"

"你的头脑厉害。"

"我的头脑，"珍妮揉了揉太阳穴，好像安抚它似的，"我的头脑很累。"

过了几天，白天四处闲逛的醉人叛逆有所收敛，聪明伶俐的女孩注意到一件怪事：外面没有一个大人。很像夏天。看不见女人用小桶从雨桶中舀水，给咕咕叫的白母鸡喂食，走路去邻居家拜访。也看不见男人干活——看不见农夫冬日除草，渔夫在海滩边打下木桩，建筑工修理屋顶或窗户。她们原本对没来海滩的孩子肆意揶揄，表示怜悯，如今，连那些孩子也看不见了，看不见他们上学放学，穿着厚毛衣奔跑打闹，蹒跚地跟在妈妈身后，一屁股跌坐在地上。目之所及，看不见一个人。

“是不是人都死光了？”菲奥娜问，“莫不是先人杀了所有人，除了我们？”

“要是那样，就说明他们认定这里应该只有我们。”萨拉说着似乎来了劲。

“那样违背常理。违背《经书》，违背游侠，违背一切。”维奥莉特指出。

“更何况要是这里只剩下我们，我们生不了孩子，就会后继无人。”玛丽说。

“岛上就净化了，”菲奥娜悄声说，她喜欢戏剧化。

“我们要弄清出了什么事。”珍妮说。她心里担心游侠在策划大规模屠杀，但她却保持温和的口吻接着说下去，“我们得去各家各户看看是怎么回事。”

“他们会把我们抓住的！”八岁的伊丽莎·所罗门哀叫道，她凑过来听大家谈话。

“我们必须知道，”玛丽神色不安地说，“我们必须知道出了什么事。”

于是珍妮聚集了玛丽、菲奥娜、萨拉和维奥莉特，率队发起一次小型探险活动。她们没什么特别的地方可去，就从农田和草地走过，设法判断敲哪户人家的门、到哪里去找愿意透露消息的人，才不至于让她们落入挨揍和关押的圈套。她们绕过巴尔萨泽家的玉米田与约瑟夫家的土豆地之间的树篱时，听到一声呻吟。珍妮像猎犬一样警觉，她迅速四下张望，目光落在一具死尸样的东西上。

她们悄无声息、一步一挪地向尸体靠近。它忽然伸出一只胳膊，把她们吓得直往后退。走到近处，她们看见躺在地上的原来是莉迪娅·亚伦，染工亚伦先生年轻的妻子。

“亚伦太太？”玛丽焦急地叫道，“亚伦太太？”女人的双手剧烈抖动。玛丽跪坐下来，把那颗汗津津的脑袋抬起来放在自己怀里，“亚伦太太？”

亚伦太太眼睛上翻，亮白的眼珠像潮水冲涮过的石头，一道血痕蜿蜒地顺着下嘴唇缓缓淌出来。她的咳嗽低沉猛烈，好像肺里有泥似的，血沫喷在空气中，像小颗粒的红星，随即她瘫倒在地。

“先人啊，”维奥莉特悄声说，“她病了。”

“她一定病得不轻，”珍妮喃喃地说，“我以前从没见过有人这样咳血。”

“亚伦太太？”萨拉怀着希望叫道。亚伦太太发出呻吟。

“她需要帮助，”玛丽说，“珍妮，找人帮帮她！”珍妮点点头站起身来，向其他女孩示意一下。她们向近处的人家跑去，那是农夫约瑟夫的家。

珍妮通通地敲门，里面没有人应答。她皱起眉头又敲了几下。“喂！”她叫道。没有人出来。

她们又到下一家，编织工吉迪恩的家。她先是轻轻地敲门，然后重重地敲了几下，又喊了几声，可是房子静静矗立，几扇窗户像死人的眼睛一样空洞无神。

最后，在渔夫摩西家，她们听到有人向门口走来。“谁呀？”一个女人问道。

“是，呃，我是珍妮·所罗门。”

门吱呀一声开了，摩西太太瞪着她们。她形容枯槁，营养不良，头发油腻，眼睛下面的灰色皮肤布满皱纹。“你们怎么在这儿？”她难以置信地问。

“为了亚伦太太。莉迪娅·亚伦，”珍妮说，“她在外面。她病了。她在咳血。她需要帮助。”

摩西太太盯着她，眨了眨眼睛：“你们找我干嘛？”

“我们去过另外几家，没有人应门。我们来找你，因为她需要帮助！”

“我丈夫在楼上。他也病了。他也在咳血。他烧得厉害，我都不能碰他，不然他会烫到我。我一直在看护他……”她重重地坐下，“不知道看了多久。”

“人们都病了，”珍妮缓慢说，“所以看不见人影。”

“嗯，显然不是都病了，”摩西太太不客气地说，“我就没病。不过也是，人们都病了。一种很严重的病。人们纷纷死去。我们不该出门，也不该跟人说话。我不该跟你们说话。”

“可是亚伦太太需要帮助，”菲奥娜谨慎地说，“她不能躺在那里。”

“关我什么事？”摩西太太提高嗓门叫道，“我又不是她的家人。我还有丈夫要照看呢。”

“嗯，难道您不能至少帮我们把她弄回家吗？”珍妮绝望地恳求道。

“你们有四个人呢！”摩西太太叫起来，“要我做什么？我不出去。我可不要为了她染上病。你们把她送回家，要是还有人活着，他们会照顾她的。你真丢人，你们都一样，就那样跑了。要是我有你们这样的孩子，我会狠狠地抽打你们，打得你们走不了路。你们别烦我了。”门砰地关上了。

几个女孩站在门口，摩西太太的训斥把她们惊呆了。这时维奥莉特说：“你认为我们能把她抬回家吗？”

“我——我想我们可以试试，”珍妮说。她们默默地往回走，珍妮想起索尔牧师在示众惩罚她时说过的话。在岛上我们息息相关，没人离开别人能够存活。摩西太太是个特别坏的榜样，还是说当空气中存在危险时，大人都这样？珍妮会帮助海滩上生病的女孩，哪怕她不认识对方，哪怕她不喜欢对方。

“等一切结束，”菲奥娜忽然语气激烈地说，“我们应该把摩西太太的做法告诉游侠。”

萨拉突然吃吃地笑起来：“是的。我们把一切都告诉游侠吧！”

其他人哈哈大笑，菲奥娜脸红了。“我是说——我是说，你们知道我的意思！”她说着自己也哑然失笑。

几个女孩回到田里，玛丽依旧在怀里托着亚伦太太的脑袋，脑袋发烫，滚来滚去。珍妮猛地想起摩西太太说过的传染的话，害怕玛丽病倒的念头瞬间传到她的大腿根，这恐惧如此炽烈，如此痛苦，她发狂地想把它从脑海中抛却。“我们必须把她送回家。”珍妮告诉玛丽。

“什么？没人能帮忙吗？”

“有摩西太太，可是她不愿意。”维奥莉特黑着脸说，玛丽难以置信地摇摇头。

她们把亚伦太太扶起来，肩膀支在她腋下，胳膊搂着她的腰。她们迈着沉重的步伐蹒跚地向她家走去。维奥莉特忽然倒抽一口气，松开了胳膊，她本来一直扶着亚伦太太的臀部。

“怎么啦？”玛丽问。

“她肚子里有东西。”维奥莉特吓得脸色煞白。

“有东西在动！”

“她怀孕了。”萨拉恼火地说，语气平淡直接。维奥莉特脸红了，重新把胳膊搂在亚伦太太腰上。亚伦太太呻吟咳嗽，挪着两条腿，好像竭力想减轻自己的负担。

“要是她丈夫不让她进门，”珍妮喃喃地说着敲了敲门，“我发誓要把她送到游侠家里，他们可以处理这件事。”

她们到了亚伦家，只敲了一下，门就应声打开了。亚伦先生叫起来，“哦，感谢祖先，”他汗水涔涔，肤色灰白，身体像中了标枪的兔子似的哆哆嗦嗦。“我本来想去找她，可是没办法……”他一只眼睛里有根血管破了，红通通的，在他脸上叫嚷。“莉迪娅……”

“您能……能接收她吗？”玛丽问。

“能，我是说，我想我能。我要把她弄到床上，”他绝望地向身后望去，看了看楼梯说，“哦，至少弄到家里。是的，至少弄到家里，”他伸出手，把亚伦太太从她们手中接了过去。

“谢谢你们，孩子们，谢谢。我不管他们怎么说，你们都是好孩子，”他含糊地冲她们做了个手势，珍妮猜想是表示感谢的意思。他哭着关上了门。

玛丽失声痛哭。

“别这样，”珍妮拥着她说，“走，我们回海滩去。”

玛丽在涕泪交加中抽噎着点点头，她们缓步地向海边走去。

这天晚上，珍妮把几个大女孩聚起来，她信任的几个女孩。她们错落地围坐在海岸边。她把亚伦太太、摩西太太和亚伦先生的事情讲给她们听。“一种疾病爆发了，”她最后说，“很严重的疾病。”

“祖先显灵了，”凯瑟琳·摩西低声说，“他们为了我们跑掉而惩罚我们。”

“噢，闭嘴。”玛丽一反常态地烦躁，她没好气地说。

“要是那样，他们该让我们生病。”凯特琳沉闷地解释道。

“除非他们想让我们看着别人先死掉。”凯瑟琳不安地回答。

“闭嘴吧，”玛丽又说。她偎依在珍妮冰冷细瘦的脖子上耳语道，“你认为妈妈还好吗？”

珍妮深吸一口气，胸脯向玛丽的身体偎依过去，然后徐缓地吐气，好像她的生命随之呼了出来。

“我们得去看看。”她柔声呢喃。

“我们得去看看，”菲奥娜附和说，“我们不能把她们孤单地丢下。”

维奥莉特仿佛听到玛丽的耳语似的，她开口说话了，声音磕磕巴巴：“要是我妈妈躺在田里没人帮她可怎么办？”

“我们不能回去，”萨拉咕哝道，“那样一切就都白费了。”

“他们杀了罗茜。”维拉·索尔插话道。

“罗茜死了，”玛丽说，“游侠杀了她。不是我妈妈杀的，也不是你妹妹杀的。我们要确定她们还活着。确定那里还有人，要是没有别人……我们不能不管她们。”

“我出痘时，”维奥莉特沉浸在回忆中慢条斯理地说，“不能看东西。遇光就疼。我不能思考。我不能呼吸。妈妈一连几个星期守着我。她都没给爸爸做饭，也没打扫卫生，什么也没做。她不停地撩起冷水洒在我身上。我产生了幻觉。爸爸说，他每天都以为我要死了。”

“得让人去告诉其他女孩。”布伦达说。

“她们不用去。大家哪儿都不用去。”珍妮说。

“你要走了？”玛丽目不转睛地凝视着她的脸庞问。

“我要走了。”珍妮承认道。她的灰眼睛变黑了，满眼悲伤。

“可是……”凯特琳唇边挂着一句话，又重又疼，像一道开放的伤口。她不用说出后半句。没了珍妮和玛丽，女孩们的叛逆会四分五裂，掉落在地，化为毫无意义的碎片。

“我知道，”珍妮说，“我很难过。”玛丽又哭了，她把头埋在珍妮怀里，珍妮抚摸着她油亮的黑发。

“我们反正还可以回来，”菲奥娜说。她的话悬在空中，虚假而凝重。“我们可以！”她大叫起来，好像有人跟她争辩似的。

凯特琳仍然微微张着嘴巴，她垂下脸庞，缓缓摇了摇头。菲奥娜哭了起来。

几个女孩看着那些年纪小的女孩，她们蹦蹦跳跳欢声笑语，正在海边嬉戏。珍妮陡然觉得好像自己杀死了一个刚刚发芽的鲜活的东西。对不起，阿曼达，她心里想。对不起，罗茜。她起身时觉得浑身筋骨滞重，担心自己像一具尸体栽倒在沙地上。

第 44 章

凯特琳

过了午夜，凯特琳踮着脚尖走进去，发现爸爸正趴在厨房的餐桌上打呼噜。她像一只老鼠绕过打盹的狗，慢慢挪步爬上台阶，钻到毯子里挨在妈妈身边。妈妈惊醒过来，伸出胳膊抵挡，随即悄声问道："凯特琳？凯特琳？"

"是我。"

妈妈轻柔地发出欣喜的叫声。她用柔软温暖的胳膊把凯特琳搂住，凯特琳欣然呼吸着妈妈的体香。"你还活着，"妈妈耳语道，"很多人生了病。我以为你在外面也许死了。"

"爸爸会杀了我。"

"他醉得厉害，也许以为你只离家出走了一天。"

"妈妈，我……"凯特琳努力想着把这次旅程、海滩还有珍妮告诉她。“有一只狗，”她说，“它跑到海里又跑出来，”这时候，她豁然醒悟，自己与珍妮在海滩上共度的生活一去不复返，这个领悟像一堆石头重重地砸在她心上。她颤栗着恸哭起来，像个做了噩梦的孩子。妈妈安抚不了她，尽管她用淤青斑驳的胳膊搂着凯特琳直到天亮。

第45章

凯特琳

从海滩回到家就像度过十个夏天后回到家。她不在乎身上的衣物，欣然接受热水清洗。但是夜里，她一个激灵醒过来，心里慌乱不已，徒然地努力回想让她重回日常生活的抓捕和惩罚。只有当她彻底清醒过来，才记起她是自愿回来的。这是一杯必须咽下的苦酒。爸爸走进她的房间，她闭上眼睛，让自己恍恍惚惚回到海滩。她光脚走在湿润的沙子上，靠近珍妮·所罗门坐下，吮吸着大小不等的贝壳里热乎乎的蛤蜊肉，眯眼瞧着清晨的日出，日出意味着休憩。有时她久久才回过神来，上午寒冷的光平稳地照在窗户上。

不过，凯特琳回来显然让妈妈很高兴，这快乐像夏天的太阳温暖着她。妈妈的脸庞通常蒙着阴影，怯生生的，每逢碰到凯特琳的目光便喜形于色，她把凯特琳留在身边。她们偎依，拥抱，擦肩而过时相互抚摸。就连爸爸发脾气时，妈妈也比往日把头昂得高了点，双手也不再抖得厉害。幸好爸爸把不许出门的命令只当作建议，他常常趾高气扬出门去，原本噤若寒蝉的凯特琳和妈妈长舒一口气，相视而笑。

岛上的妇女发明了一种传递讯息的办法。妈妈有一条与左邻右舍互通消息的路径。一边是吉迪恩太太，罗茜的妈妈，至少曾经是罗茜的妈妈。凯特琳每次想起罗茜死了，都心里一紧，痛苦难当，而今吉迪恩太太没孩子了。另一边是收粪人的妻子亚当太太。妈妈走出房门，面向吉迪恩太太，两人尽量隔开老远，吉迪恩太太把消息高声告诉妈妈。妈妈再走到房子另一边，向亚当太太喊话，把消息转告亚当太太。凯特琳什么话都听到两遍，而且是大声叫喊。

大家都说，疾病是通过病人的呼吸传播的。凯特琳不太确定要隔开多远才能避免吸入疾病之吻，但她相信妈妈跟邻居隔开老远的距离一定很安全。她不知道先人究竟想惩罚谁，他们的最终目的是不是把大家消灭干净。

牧师总说，疾病是对所有人的惩罚，尽管他往往把额外的罪责怪到女人头上。女人回到家，为了自己让孩子受苦而哭得浑身发抖。惩罚随季节定期降临：冬天的寒冷和肠绞痛，天气转暖后的涨潮和发烧。每个孩子都必须经受出痘、硬块、皮疹和童年的其他苦难。通常他们或多或少都安然无恙地挺了过去，不过也有些孩子被吸入下方，早早魂归祖先。可以用药水给发烧降温，用药糊安抚发痒，用酊剂涂抹爆发的痘，缓减疼痛，但它们的疗效时好时坏，很不稳定，病人多半只好咬着枕头，抓挠身上的病灶，祈祷得到解脱。

凯特琳不记得爆发过这次的疾病，妈妈也不记得。病倒的人太多，名字都搞混了，除了凯特琳认识的女孩，比如莱蒂和希瑟·亚伦。很难判断病人会不会死；喊话传达的消息有时候为所有病人敲响丧钟，另外一些时候又乐观地报告康复的病例。一个主题始终不变：孕妇和婴儿会死。吉迪恩太太向妈妈喊道："这场病真残酷！"妈妈又向亚当太太喊道，"这场病真残酷！"凯特琳还听说，病人一旦发烧，大汗淋漓，就会活下去；如果病人发烧到不能碰触的地步，就会死去。当天早些时候报告说，给病人涂抹油和盐会有帮助，让吉迪恩太太松了口气，可是晚些时候，又报告说油和盐没用。通常，在生命的终点到来之前，绝对没有人碰绝命汁，此时据说绝命汁可以导向睡眠，让人恢复精神，但也可能让人送命。

后来，吉迪恩太太不再出来对妈妈喊什么话，这根链条断了。她第二天也没露面，凯特琳纳闷她是不是死了。妈妈很害怕，不敢走到吉迪恩家去察看。凯特琳发现，听不到定时扯着嗓子报告最新情况，日子反倒安宁些。她和妈妈坐在家里，家里已经上上下下打扫干净。连霉斑也擦得淡极了。妈妈唱歌，她们吃面包，祈祷。

第二天早上，妈妈擦拭早餐碎屑时摔倒了。爸爸呼着酒气睡在前门边的地板上。凯特琳跑过去扶妈妈，妈妈含糊不清地说："噢，噢，亲爱的。"她的鼻子流出血来。

妈妈个子太高，凯特琳背不动。凯特琳又拖又拽，好不容易把妈妈弄到卧室。妈妈倒在床上咳嗽起来。妈妈从不和衣而卧，于是凯特琳把妈妈的裙子从头顶脱下，妈妈光着身子瑟瑟发抖。最暖和的毯子在凯特琳的房间；她跑去把它取来盖在妈妈发抖的身体上，可是妈妈把它掀开了。"很冷的，"凯特琳告诉妈妈，"您没穿衣服。"凯特琳夜里许多次蜷缩在妈妈身边，却从没见过妈妈大白天不穿衣服。妈妈肚子上横着几道泛白的斑纹，乳房松软下垂，像两颗没有煮熟的鸡蛋。她两腿间的毛发少了一块，一片光滑的粉色伤疤覆盖在上面。妈妈身上也有淤青，在人们看不见的地方。凯特琳想把毯子再给妈妈盖上。

"太热了，"妈妈说，"我想喝水。"

厨房里的蓄水桶是空的，凯特琳跑去从雨桶里舀了点水。

妈妈想把水喝到嘴巴里，却大部分洒在了胸前。“啊。”她说，精神好像好了一点，随后就睡着了。凯特琳记得不知听谁说过，不能让病人睡着，于是她把妈妈摇几下，又捅几下。妈妈却只是皱皱眉头，接着睡去，眼珠在发青的眼睑下来回翻转。她不流鼻血了，血渍沾着上嘴唇，像干燥的泥巴。她身上蒙了一层晶莹的细汗。

凯特琳想下楼去叫醒爸爸，却马上打消了这个念头。叫醒睡在地板上的爸爸从来没有好结果。她又把毯子给妈妈盖上，还拿了块冷布敷在她额头。妈妈把它推掉，凯特琳哭起来。凯特琳生病时妈妈总是知道该怎么办，现在凯特琳却全都不记得了。她头疼得很。

凯特琳爬到床上，用胳膊搂着妈妈的胸脯睡着了。几个小时后，她醒了过来，浑身的骨头疼痛欲裂，四周仿佛变成了白雪茫茫的冬天。她钻到毯子里爬到妈妈脚边，团成圆球。她睁开眼睛，看见妈妈脚底的灰尘闪亮飞舞。凯特琳把手指抓握几下，又攥成拳头，尽量缓减疼痛。霜花扎着她的皮肤，像针刺一样。她透不过气来，喉咙里喷涌而出的热乎乎的黏液让她哽咽。她咳嗽着睡着了。

她醒来时，冷水涓涓流到她嘴里。她在咳嗽，很难把水咽下去，但水的感觉很美妙。她看见一张脸在她头顶晃动，就把头偏过去又偏过来，想看清它是谁。这张脸晃晃悠悠变得清晰，原来是爸爸。凯特琳被水呛着了，咳得更加剧烈。她用胳膊肘支撑着钻到被子里，咳嗽，吐痰，再咳嗽。她的光脚丫露在外面，不知道爸爸会不会把它们砍掉。她的脸庞挨着几根燃烧的枝条，她好奇地摸索着，然后反应过来，枝条是妈妈的两条腿。她钻到上面去看妈妈，世界变得一片朦胧，她又睡着了。她醒来时把毯子压在身下，浑身发抖，再加上咳嗽，一首老歌。吸气成为一场战斗，好像有人把枕头捂在她脸上，她想知道是不是爸爸正在把她弄死。也许这是对她离家出走的惩罚。“妈妈！”她大声尖叫，发出来的却只是沙哑的嘶吼。她没有力气再喊一声。她用手抓着胸前使劲拍打，想让呼吸畅快起来。

就在这时，她睡在床尾，却又看见妈妈健健康康，身上穿着一件可爱的蓝裙子。妈妈举着调羹说：“我给你做了些果酱，因为你很乖。”凯特琳不想吃果酱，但她想要妈妈。她俯身向前，凉水再次注入她的喉咙。凯特琳想吐，她不停地吞咽，感到胃部清凉惬意。“很好。”妈妈说，可是她的声音粗嘎低沉。接着，她转身不见了，凯特琳翻了个身，发现妈妈挨着自己睡在床上。刚才是蓝裙子吗？又一阵咳嗽袭来，一切都暗了下来。凯特琳睡着了，仍然觉得自己在咳嗽。有人把她放在盆里洗热水澡，但此刻仍是夏天，她应该在外面的泥水中。“我不想洗头发。”她悄声说道。随后她浑身剧烈抖动，她怕自己的骨头都要抖断了。“救命！”她闻到爸爸在她身后的气息，忍不住想吐。她想跑，却摔倒在妈妈身上，从床上掉了下来。“救命！救命！”她不停地喊，直到妈妈把凉快的衣服盖在她身上，唱起歌来。“走吧，走过海岸，”她低声哼唱，“我将遇到永恒。”凯特琳没听过这首歌。她的呼吸变得顺畅，她把头枕在妈妈凉爽的胸脯上。

第 46 章

瓦妮莎

学校放假了，瓦妮莎趁机躲在爸爸的图书室仔细翻阅心爱的书籍，陶醉于文字中。可是她的欢欣很快被一种可怕的罪恶感压倒，在某种意义上，她在从死亡中牟利。爸爸没有再说起他们那天晚上在图书室的会面，显得若无其事，瓦妮莎疑心那是不是一场格外真切的梦。他每天上午去跟游侠见面，带回死者的姓名。每次沉重地说出死者名单，都少不了一些女孩的名字，她曾经认识她们，讨厌她们，无视她们，她们曾经一起玩耍。那么多名字。瓦妮莎放下书本，回到床上。

她发现悲痛是一种液体。她喝水时，它黏稠地灌入她的喉咙，它湿乎乎地汪在饭菜周围。它流经她的血管，晦暗，凝重，充盈她骨骼的空隙，直到骨骼沉得让她几乎抬不起头来。它像一层脂肪糊在她的皮肤上，在她的眼睛周围流动旋转，把清澈的双眸变得晦暗。夜里，它悄无声息地从地板上涌起，她感到它渗入被褥，漫过她的脚后跟、胳膊肘和喉咙，像涨潮一般向上喷涌，要把她在忧戚中淹没。

瓦妮莎恹恹地在床上躺到第二个星期时，爸爸走进房间，强硬地把她拉起来，拥在怀里。他没有啰嗦，不由分说，努力要让女儿摆脱绝望。“瓦妮莎，”他耳语道，“你得让自己活下去。你活着。我活着。妈妈和本也活着。你得把目光放在活人身上，不要放在死人身上。都是我的错。我把该由自己承担的悲伤压到了你和妈妈身上。那些女孩，那些逝者，他们都投入了祖先的怀抱。不要听别人说什么。她们回家了，像好孩子一样。她们都是好孩子。眼看着身边的人倒在血泊中溺亡，你伤心欲绝是可以理解的，但不可原谅。你理解我的话吗？”

她尽力去理解。她尽力让那些名字像水一样从脑海中流过；不是浑浊或凝滞的水，而是清澈的流水，像屋顶上倾泻而下的雨。既然她待在家里，那么一个人死去或者活着，其实都一样，她对自己说。她感到手中握着的玻璃杯冰凉，她望着窗外的枝杈和枯叶。她穿着睡袍坐在厨房的餐桌旁，端详妈妈的面庞，审察妈妈做饭时心不在焉的满足感。她打量熟睡中的本，他纯真、自由，像一只雀跃一天后休憩的小羊羔。终于，在她脑海中飞速盘旋的病人和死者的名字渐渐模糊成一团莫名的混沌。一切都似乎没有意义，但她宁可糊里糊涂，也不要死去。她哭泣，让悲痛从眼睛里流出；她走路，让悲痛从指缝和脚底渗入木地板；她跪坐着呕吐，让悲痛从胃里涌出，排空。

瓦妮莎茫然地想，不知道游侠下次去荒野会带什么回来。妈妈希望是可以帮助处理尸体的东西。尸体往往很快掩埋，埋在农田深处，但如今尸体太多，挖坑的人手不够。隔壁的亚伦太太死了，他们只能把她的尸体拖出去，用毯子盖起来。前几天下过几场雨，瓦妮莎偶尔闻到雨水和泥土的清新气息中夹杂着一丝难以名状的可怕气味，她不到不冲到厨房，把脸埋在芳香的东西中，除掉那股味道。爸爸说亚伦先生的身体在康复。瓦妮莎为他不得不掩埋日渐腐烂的妻子感到难过，但她也巴不得他赶快好起来，把尸体弄走。

妈妈忧愁烦闷。她问："我们做了什么，要遭这样的罪？"仿佛瓦妮莎知道答案似的。瓦妮莎想坐下来，把悲痛挡在脑海外面，重新阅读心爱的书籍，但妈妈几乎寸步不离她左右。她让瓦妮莎坐下跟自己说话，妈妈缝衣服，后来又补了褶边，把家人衣物上积攒了几个月的破洞织好。她们身体靠得很近，妈妈又不断地向她发问，让瓦妮莎心神不宁。有一次，妈妈用手捂着嘴巴咳嗽，瓦妮莎几乎想都不想就远远地平贴到了墙上。妈妈叹了口气，翻翻眼睛，瓦妮莎惭愧地回到座位上，她们之间又多隔开几英寸。

就瓦妮莎记忆所及，很久以来她都爱做一个白日梦：除了她自己，岛上的人都死了。连爸爸、妈妈也死了。不是变成一堆腐尸，而是被一股未知的力量裹挟而去，把整座岛屿留给瓦妮莎。她光着身子走在海边，让太阳温暖她的肌肉，对身体是不是开始发育全不在乎。她走进别人家里，想拿什么拿什么，她中意的花哨物件啦，其他游侠家里搜罗的零碎的荒野物品啦。她拿到它们，也许把它们砸碎。也许把家家户户的玻璃打碎——除了她自己的房子，免得风吹进来。猫猫狗狗全都归她所有，一大群毛茸茸的小东西恳求她的关注，它们走在她身边，就像簇拥着一名保护人、守卫者。她可以夜以继日地读书，读所有的书，不光是那些爸爸认为对她有益的书。狗耷拉着舌头，猫呼噜作响，她要睡在它们身上，醒来以后，整个白天和整座岛屿都归她独有，一天又一天。

一个深夜，瓦妮莎想起这个白日梦，不由地感到窒息，负罪感让她一阵恶心。她怎么能梦想失去爸爸和妈妈？难道她是个怪胎，不是身体、而是思想的怪胎？先人的惩罚可能很严厉；如果为了让她看到想入非非的后果，让整座岛屿死去，那可怎么办？她闭上眼睛，时刻乞求先人息怒。她告诉他们，当初她的白日梦不是当真的。她乞求他们至少救救爸爸，妈妈和本。她偷了把刀，割破自己的手，让鲜血滴到地板上，像教堂里的祭献。我忏悔。她用脚趾把血渍抹开，抹成一块污斑。请听我说。

几天过去了，她一有时间就躲进爸爸的图书室，没有读书，而是把胳膊抱在胸前发愣。后来瓦妮莎认定，先人不会为了惩罚一个女孩的白日梦杀死所有人。要是那样，就说明先人很残忍，喜怒无常，但索尔牧师说他们很仁慈，一切惩罚都是罪有应得。她差点说服了自己。

由于岛民要向游侠进贡，他们有足够的食物。虽然有不许出门的戒律，但人们好像夜里溜出家门，把食物放在他们家门口：几根带泥的胡萝卜，几根玉米棒，一只死鸡。岛民无法用有形的东西安抚先人，就把食物塞给游侠，希望他们可以居中斡旋。过去，家家户户面带微笑送来一堆蔬菜、一块面包或者一片肉。不论谁上门，妈妈都要和他们聊上几句，请他们进来喝口茶。如今，早上食物带着晶莹的露珠等在门外，已经被狗和老鼠啃了一半。

悄无声息地过了一个星期，爸爸在拂晓时分出门去了荒野。第二天，他穿着瓦妮莎以前没见过的一件长大衣回来。他神色鬼祟焦虑，隔几秒就向身后瞄一眼。他抱了抱瓦妮莎，抚着妈妈的肩膀说："瓦妮莎，你能让我们单独待一会儿吗？"

她心里不悦，轻手轻脚地回到卧室。是什么秘密，妈妈应该知道，却不让她知道？爸爸进来时，她翻身背对着他。

"瓦妮莎，"他说着在床边坐下。他语气轻快，好像没有注意到她生气了："我要你听好了。"

"听什么？"她咕哝道。

"坐起来。看着我。"

瓦妮莎慢吞吞地爬起来坐好。他攥着手心，好像手里握着很珍贵的东西。她看见他手心里有一枚白色的小石子。

"我要你为我做件事，但你不能告诉任何人。"

"什么事？"

"我是说，除了我和你妈妈知道，你不能告诉家人以外的任何人，切记。"

瓦妮莎皱起眉头。她在家里关了很久，想不出除了家人还能见到谁。"什么事？"她又问了一遍。

"我要你每天吞一片这东西。"

瓦妮莎望着他的脸，看他是不是在开玩笑，却看不到一丝笑容。她又仔细端详这枚石子，发觉它根本不是石子：太圆，太规整，隐约有条线把它平均分成两半。

“这是什么？”

“是药。”

药是糖浆或者茶，颜色浑浊，味道难喝。“看起来不像药。”

“我不能解释。”

“我没有生病。”她试着让自己咳嗽过一两声，感觉没什么异样。

“它可以预防生病。妈妈和本要吃，我也要吃。”

瓦妮莎盯着爸爸。“感谢先人！现在您可以把它们分给大家。”

“不行，我做不到。”

“为什么不行？干嘛要保密？为什么我们不把它分给大家？”

爸爸重重地叹了口气：“我不能跟你商量。”

“为什么？”

“因为游侠的决定由不得小女孩做判断。”他生硬地说。

“您可以救活大家。”

他摇摇头：“救不活死人。连病人也救不了。我救不活大家。我的药不够。”

“您怎么决定给谁吃？”他沉默了，“有多少药？您怎么决定？”

“你，妈妈，我和本，我只能告诉你这么多。”

“其他游侠呢，他们的家人也有吗？”

他没有回答。

“有，是不是？他们会弄到的。别人呢？大家呢？”他脸色僵硬，“都没有？”

“我不能跟你说。”

“它们是从哪里弄来的？”

“荒野。”

“这是谁造的？肯定有人造了它们。是畸形人吗？还是灾难以前就有？这里面是什么东西？”

“我不知道，瓦妮莎。我要你吃下去。”

“人们在荒野上造东西吗？”

“够了。请你乖乖吃下去。”爸爸语气坚定。他坐正身体，却无法直视她的目光。

“不。”瓦妮莎把胳膊抱在胸前，她的胸脯近来变得柔软，令人憎恶。

“瓦妮莎。”

“我想知道为什么不够分给大家，谁造了它们，您是怎么弄到的，您怎么知道它们的用途。”

“这事没商量。我让你做的事你就要做。”

“您不能强迫我。”

“瓦妮莎。我不会看着你死坐视不管。”

爸爸的脸色变得严厉，他抓着她的脸蛋，用几根手指钳住她的下巴。瓦妮莎咬紧牙关，把脸埋到枕头里。她感到脖子撕裂般疼痛，爸爸想把她掰过来，她双手抱头把脸蛋藏起来。他掰着她的肩胛骨，强行把她扭过来，她用手指抓他的脸。他们激烈地角力，最后他一只手擎着她双手的手腕，另一只手强硬地把手指伸到她嘴里。一种根深蒂固的本能让她没有用牙齿咬他。石子从他的指尖滑入，很苦的粉末味，她想把它吐出来，他用手捂住她的嘴巴。她拱着后背，两只手动弹不得，他的巴掌盖在她的嘴巴上，她感到一阵恶心，恍惚间时空变换，回到了很久以前。她猛地吸了口气，呛咳起来。

爸爸马上把她松开，扶她坐起，拍打她的后背。瓦妮莎又噎又吐，把石子的其余部分吐到掬起的手心里，它沾着唾沫，边缘参差。爸爸把手垫在她的手掌下，动作很慢，但是不由分说地又把它导入她口中，眼睛始终盯着她。她抽搐着咽下这个苦东西，在床上蜷成一团。

“走开，”她说，“我吃了，请您走开。”

“要是你明天不吃，我们还得这么来。”

“走开。”

她感到他坐在床上的重量，过一会儿他的脚步声远去，随即又返了回来。他默默地把一本《马马虎虎故事集》放在床上出去了，那是她心爱的一本书。瓦妮莎等到再也听不见他的脚步声，才无奈地对着枕头尖叫，把书踢到地上。

第 47 章

凯特琳

凯特琳在妈妈床上独自醒来，迷迷糊糊地记得妈妈喂她喝过稀汤。被单是湿的，散发出汗液和鲜血的味道。她伸出双手摸了摸脸蛋，又摸了摸脖子，想确认自己是不是还活着。她身体很虚，两只手轻飘得像羽毛，但她肯定自己不是在做梦。她小心地把两条腿在床沿上晃荡几下，试着站起来。她得用胳膊支撑才能保持平衡，但过一会儿她就能站直身体了。

站起来耗尽了她的力气，于是她重又钻进汗湿的被子里睡着了。听到爸爸的声音，她醒了过来："感觉怎么样，凯特琳？"

她睁开眼睛，看见他的脸庞近在眼前。他胡子拉碴，眼白充血发黄，鼻翼两侧繁生着细小的黑色血管，缠绕延伸到毛孔粗大的脸颊。她吓了一跳，赶紧翻身避开他浊重的气息。

她在被单上一滑，掉到床对侧的地板上。她缩成一团，等着拳打脚踢，但她却只听到脚步声。“你还好吗？”爸爸站在她头顶上方问。

“不好。”她透过指缝望着他，小心地说。他站在她上方，两条腿巍然屹立。

“嗯，那就回床上吧。”他说。她动作很慢，小心地防备他突然做出什么举动，重新爬到床上。她闭上眼睛，等着触摸或者体重的压迫，却什么事也没有。她睁开眼睛，看见他疲倦的蓝眼睛依然凝视着她。

“妈妈呢？”凯特琳问。她记得偎依在妈妈身边，美妙凉爽，也记得她睡着了，但不记得妈妈起床。

“她出去了。”爸爸说。

“去哪儿了？”妈妈从不出门。

“她照顾别人去了，”爸爸说，“很快就回来。”

凯特琳感觉遭到了背叛，妈妈撇下她，让她单独跟爸爸在一起。妈妈总是待在家里的。不过也许他病了，也许其他人都病得厉害，他就让妈妈走了。

“你饿吗？”爸爸问。凯特琳摇摇头。“渴吗？”她觉得有点渴，就点了点头。爸爸走出去，取来一壶水和一个陶杯。凯特琳咕咚咕咚喝了几口，感到冰水的滋养顺着喉咙流进肚子，她喝了一杯又一杯，喝得肚子像鼓一样紧绷。她的手指一用力就发抖。

“睡会儿吧，”爸爸说，“你病得很重。”

这个变得安静的爸爸像个陌生人，他没有织布，没有喊叫，也没有骂人。“是，爸爸。”凯特琳听话地说。他点点头，却依旧站着不动。她闭上眼睛，发现他在房间里，自己就睡不着。她眼皮后面漆黑一片，他的目光照射着她的大脑，像探照灯一样刺眼。她一动不动，几乎一直闭着眼睛，却透过眼皮上细得像针的缝隙瞟着他。她看见他低头看着地板，叹了口气，抹了一下脸，终于拖着脚走了。凯特琳挪到床头，把发出臭味的被单叠摞在身上，欣然沉入了凉爽黑暗的睡眠。

她时睡时醒，醒来时要么是黑天，要么关了灯，有时旁边放着一碗汤，有时候是一块面包，有时候什么也没有。妈妈把水壶灌满了，但凯特琳始终没有看见她。放了尿壶，她用不着出门上厕所，但妈妈忘了倒尿壶，后来房间里弥漫着隔夜尿的味道。凯特琳开始练习站起来，在房间里走几步，觉得身体渐渐硬朗起来。她有时听到爸爸的脚步声，一定是妈妈不让他接近她。

很快，她的身体足够健壮，能走出卧室了。房间里弥漫着病人的酸腐味道，凯特琳却浑然不觉。她慢慢沿着过道往前走，突然，爸爸像噩梦中的怪物冒了出来。凯特琳向后趔趄了几步。

“你起来了。”他说。

“嗯。”她边说边在他四周寻找妈妈。

“很好。”

“妈妈呢？我要找她。”

爸爸低下头。“凯特琳，她……”

“她又出去了？”

“没有。”

“太好了。妈妈！”凯特琳叫道，她向他身后望去。

“凯特琳，她不在。”

“您刚才说她没有出去？”

“没有。”

“她肯定在什么地方。”

“是的。”

凯特琳忽然感到窒息，喉咙堵得很，她咽了几口唾沫：“她在哪里？妈妈在哪里？”

“她不能……她不是……”

“她病了吗？她还在生病？现在我可以照顾她了。”

“她没有生病。”

“她在哪里？”

“凯特琳，她死了。”

这句话重重地砸在她头上，就像有人连打了她好几下，她抬起胳膊抵挡。“她不可能死，”凯特琳叫道，“您撒谎。”

“她死了。她生了病，死了。”

“您杀了她。您害死了她！我知道总有一天您会打她太用力，现在她死了！”她以前从未对爸爸吼过，这种感觉就像用拳头打穿一块玻璃，就像粉碎一堵本以为牢不可破的墙壁；她握紧的指缝间流出鲜血，心中一阵释然。

“我——”爸爸哽住了。她看见他脸上呈现出陌生的表情，“我答应过你……”

“要是她死了，让我看看尸体。证明一下。”凯特琳知道自己在胡搅蛮缠，但她不管，“您说她死了？把尸体给我看。您把她锁起来了，是不是？锁起来惩罚她，因为她生了病。”

他深吸一口气，跪下来靠近她的脸庞。她向后躲闪。“凯特琳，你妈妈不在了。她去了先人那里。你现在只剩下我了。”

“这不是真的！”凯特琳大叫起来。她看见他眼睛里闪过一道愤怒的光，就本能地蜷缩到地上。

“我尽了全力！”爸爸也站起来喊道，“我喂她吃饭喝水，需要时给她洗澡，她还是死了！然后我照顾了你！你以为是谁给你端来饭菜和水？你以为你尿在身上是谁给你洗了澡？她死了！凯特琳，你一点办法也没有。”

愤怒像暴风雨席卷了凯特琳，喧哗、猛烈，让她两眼茫然。“撒谎！”她尖叫着，使出浑身力气一头撞向他的肚子。他像一棵枯树在强风中应声倒地，她从他身上跨过，跑出门外，跑到飕飕的冷雨中。她病弱体虚，只能像幼童那样甩着胳膊蹒跚奔跑，时不时打滑摔倒，但她一次都没有回头。到了海边，她气喘吁吁地跪倒在地。爸爸不在她身后，于是她勉强站起来，沿着海岸线继续往前走，冰冷的黑沙粘在她脚上，风吹着暗黑的海面向她怒吼。终于，她累得再也走不动了，就蜷缩在珍妮造的一处棚屋边。凯特琳闭上眼睛，隐约听到孩子们格格笑声的回响，闻到木头烧起来的干净烟味，感到有人兴冲冲地迈着碎步从她身边跑过，沙子随之轻柔地颤动。她又睁开眼睛，却只有自己孑然一身。睡袍湿透了，她冰冷的肌肤感到刺痛。她脑袋枕着沙子睡着了。她梦到枝条向上伸展，构成房屋的栋梁，像哨兵一样环绕着她，它们不断分叉繁生，变成森林，爸爸来找她，它们把她藏了起来。

第 48 章

珍妮

珍妮回家几个星期后，她和家人渐渐注意到，外面有人在活动。妈妈最先透过窗户看见一群人，她喊叫起来，冲他们挥手，他们走到近处，能够听到喊话了。他们喊道，他们病了，但是熬过去，活了下来，现在可以出门，不怕传染了。这是珍妮第一次听说，这场病是可以熬过去的。

她知道，她和玛丽离开时，有些女孩没有离开海滩。人数不多；失去珍妮，又听说了亚伦太太的事情，这样的双重打击让多数女孩匆忙地想要逃回家去，大家伙儿痛哭流涕——为了叛逆失败哭泣，为了自己回到睽隔已久的家里，父母和兄弟姐妹可能已经死去或者奄奄一息而哭泣。不过，也有少数女孩拒绝离开，她们固执地宣称，她们不在乎爸爸妈妈是不是已经暴毙，她们要留在海滩上。珍妮经常想到她们。她们还在那里吗，那几个勇敢的没心没肺的女孩？她们沿着海岸线奔跑，挤在堆成山的毯子下面睡觉，从无人打理的果园摘水果吃，兴之所至随便玩一些野蛮的游戏。

接下来的几天，珍妮在厨房的窗户前不停地向外张望。她看见，偶尔两个人远远相遇，他们简短地喊几句话，走近一点，拥抱，交谈，摸摸彼此的胳膊和脸庞，好像把泥巴糊在墙上，确保一切完好无损似的。珍妮渴望置身户外，望着眼前的一幕比望着空无人迹的旷野更让她难以忍受。

爸爸坐在前厅，整日昏睡。珍妮悄声对玛丽说，他夜里一定做过秘密活动，因为她从没见过男人这么能睡。她厌倦了观察玛丽，就观察起爸爸来，他的眼皮布满一道道细小的紫色血管，手指从关节到指尖逐渐变细。正常情况下爸爸总不在家，他喜欢打理农场，晚上他让自己变得渺小不起眼；除了那次去海滩看她，她很少单独跟他在一起。她看到他的胡须随着呼吸微微上扬；他醒过来，见她在端详自己，脸上微露笑意；玛丽转身走开，他平静而宠爱地向她扫一眼。他以为无人注目时，就把指尖扣在脸上，无声地落泪。她再一次不由地感到狐疑，自己是不是应该早点信任爸爸。

爸爸每晚向先人祈祷保佑妻女，妻女都很好，通常他也祈祷保佑庄稼或者天气。但甜蜜的祈祷词无法掩饰糟糕的饭菜。幸亏夏末丰收，他们储存了充裕的玉米，但爸爸妈妈总是用玉米换取其他食物。黄油、奶酪、大多数蔬菜、肉和水果都用玉米支付。眼下，他们只能坐下来吃原本要卖掉的作物。早饭是玉米糊，午饭是密实的玉米面包，晚饭是几碗玉米汤。妈妈照例徒劳地哄骗珍妮多吃几口，但她自己却无精打采地扒拉着盘子里的饭菜，让她鼓励珍妮吃饭的努力大打折扣。珍妮纳闷其他人家怎么办，那些出卖劳力或者布匹的人家。总不能吃汗水或者羊毛吧。

珍妮无休止地吵着要离家。“您不明白吗，”她对妈妈说，“没有大人，我们在那儿生活了好几个星期？”

“现在你们回来了。只要我能帮忙，我就要让你活下去。”

“我们回家来是为了让你们活着！”

“嗯，那么我们要让彼此活着。我是你妈妈，在这个家——”

“我随时可以回来的！”

“你会冻坏的，珍妮，你、你们大家没有冻坏已经让我很惊讶了。”

“我们很暖和，”玛丽说，“我们生火，我们挤在一起睡觉。”珍妮瞪了她一眼。自由的细节是她们宝贵的秘密，不能随随便便向大人透露。

珍妮遭到阻挠，又急躁又厌倦。这个曾经率领女儿们发起反叛的女孩困在家里，像盒子里一只嗡嗡叫的昆虫。此时她听妈妈的话，在家里郁郁寡欢，过去的几个星期就像一场梦，悠长，遥远，缥缈。有时她脱掉上半身的裙子，仔细检查像金银丝一样披在身上的正在愈合的疼痛鞭痕。讽刺的是，她发现这个蒙羞的证据让她感到安慰，它真切地提醒她记起，海滩上的时光不是臆想。

“我盼着生病，”珍妮小里小气地发着牢骚，“那样我就能出去了。”一天下午，她和玛丽坐在家里，看见外面有两个人开心地奔向彼此，扑到对方怀里。

“可你没有生病，”玛丽说，然后又问，“要是我们再也走不了呢？”

“离开家吗？我们当然可以离开家。我们又不是永远困在家里。我们长着脚呢。”

“你要等多久才走？等这场病彻底过去？”

珍妮显得很犹豫：“要看情况。”最后她说。她们看见又一个人——看起来像是个女人——从大地上走过。

“要是我们始终不生病，活了下来，”玛丽说，“疾病在外面流行，怎么会让我们出去呢？”

“我不知道，”珍妮不耐烦地说，“我什么也不知道。”

“呃，是吗？！”玛丽哼了一声。珍妮怒容满面。

第二天早上，珍妮在天亮前离开了。

第 49 章

瓦妮莎

人们病愈后，活着走出了家门。瓦妮莎也想出去。爸爸告诉她不行，尽管她吃了可以预防生病的神奇药片。

“我不能肯定它会起作用，”爸爸说着低头移开了视线，说明他没说实话，“而且你看起来不像生过病的样子，会显得很奇怪。”

“他们看起来什么样？那些生过病的人？”

“瘦削，苍白，好像浑身失血，”爸爸的目光疏远疲倦，“他们很虚弱，咳嗽，不停地喘气。”

“我可以假装。”

“不行，”他摇摇头，“不行，你装不出来。”

瓦妮莎跟妈妈待在家里，母女二人时而浓情蜜意，时而冷眼相向，本杰明烦闷焦躁，她们努力逗他开心。她们唱完了他爱听的歌，讲完了他爱听的故事，穷尽了他爱玩的游戏，他三番五次要出去，她们不予理会，让他很是不解。瓦妮莎一度把黄油涂在自己脸上，让他像狗一样舔食。妈妈为瓦妮莎这样暴殄天物感到气愤，扇了她一耳光，但妈妈的手掌沾了油，腻得滑脱了，落到墙上，发出清脆的一声“啪”。

瓦妮莎觉得很讽刺，差点死掉的人可以自由地走动，健康的人却像受困的老鼠在家里乱窜。“世界要由他们统治吗？”她问妈妈，“没生过病的人永远待在家里，变成隐秘的种族？”

“别夸张，”妈妈说，“只要爸爸说不再有人染病，我们就可以出去了。”

“还要多久人们才不再染病？一天？一个星期？一年？”

“一个星期。”妈妈说，语气不太确定，但瓦妮莎抓住这句话不放。爸爸晚上回家把最新情况告诉她们。两天。三天。过了五天，爸爸默默地摇头。

让痛苦像水一样从心中流走，她忽闪着闭上眼睛，坚定地告诉自己，让一切像梦境消散。

妈妈终于说服爸爸允许她出门走动，整个白天直到傍晚她都不在家，去拜访各家各户，跟朋友们交谈。瓦妮莎闷闷不乐，忧心忡忡，本杰明大喊大叫。就在这时，在没有新增病例的第六天，新来的亚当先生登门了。

瓦妮莎在楼上正想看书，听到门关上的声音，以为是去跟游侠开会的爸爸回来了。她蹦跳着跑下楼梯去探听最新消息，看到的却是亚当先生。他打着赤膊，把手伸到门里，脸色潮红，眼窝里的两只眼睛又湿又红。她起初以为他病了，接着闻到一股味道，知道他喝醉了。

“爸爸不在家。”瓦妮莎说。

“很好，”他咳嗽一声吐了些痰，“我太太死了。”

瓦妮莎眼前浮现出亚当太太把手插在泥土中大笑的样子，觉得就像胸前挨了一拳。痛苦在喉咙里燃烧，她一时说不出话来。“我很难过，”她虚弱地说。她不让亚当先生看出她很伤心，但她觉得悲痛像一条河在地上流淌，即将漫过她的脚掌。“嗯……她什么时候死的？”

“两天前。”他咕哝道。

“宝宝死了吗？”

“宝宝太小了，不可能不随她死去。”他说。

“也是。”瓦妮莎尴尬地说。他还站在那里。她茫然不知所措。“您想……您想喝点茶吗？”

“我不想喝茶。”

“好吧。”她双手叠放站着没动，突然纳闷他怎么不穿衬衫。

“我知道你跟你爸爸做的事。”亚当先生说。

瓦妮莎呼吸加快，她意识到他知道了药的事情。“不是我的选择。我没有办法。”

“但你还是做了。”

“我抗争过。我是说——”

“很快就成了惯例。”

瓦妮莎记起爸爸用手指把那枚石子放到她嘴里，不知道该说什么。

“我太太死了。”亚当先生又说了一遍。

“我很难过。”瓦妮莎不耐烦地嘀咕道。她得让他走开。她要独自坐在图书室痛哭一场。“很难过。”她又闷声闷气地说了一遍，像个愁苦困倦的孩子复述一首押韵的短诗。

“失去所爱的人太可怕了。”

“是的。”

“游侠谁也没死，他们的家人也没死。你怎么解释？”

一阵恐惧撕扯着瓦妮莎的喉咙，像一飞冲天的火焰鸟，“我……不知道。”

“你爸爸爱你，是吗？”

“怎么了？”

“夜晚在他怀里。”

瓦妮莎四下看了看，徒然希望妈妈已经回来了。

“爸爸现在随时会回来。”

“不，他回不来。他在游侠家里开会呢。当然是开秘密会议。”

“当然。”

“你喜欢他做的事，对吗？”

“我不太知道他做了什么。我是说……”

“你知道。我知道。大家都知道。”

“知道什么？”

“我听说有些女孩努力反抗，但你没有。”他的身形再次变得庞大，像在图书室里一样，把光线挡住了。她呼吸加快，把手放在肚子上，努力让自己保持平静。

“我跟你说过，我努力过。”

“你喜欢。”

“不，我不喜欢。很苦的。”

亚当先生哈哈大笑几声：“我相信一定很苦。”

“我想您该走了。”

“这么漂亮的女儿。我还不知道我会不会生个女儿呢。”

“我相信您过些时候会生个女儿的。”她傻乎乎地说。

“所以我们才来到这里，你知道的。”

“为了生女儿？”

“可以这么说吧。”他不自然地笑了笑。

“什么？”

“我看见你监视我了。”

瓦妮莎吃了一惊，后退几步，把胳膊抱在胸前。

“看看你现在，穿着漂亮的裙子。”

瓦妮莎低头看着她灰不溜秋的裙子，裙子上污渍斑斑。

“呃……谢谢。”

“我为什么要等好多年？”

“等什么呢？”

“你已经习以为常了。真是个天才。”

“什么天才？”

“你。穿着裙子的你。”

他大步走向瓦妮莎，他闻起来醉得厉害，她想不到他动作那么快。他把手放在她胳膊上，把它揉捏得生疼：“这么白皙美丽的皮肤。”

瓦妮莎陡然觉得自己像一头待宰的牲畜。她退后几步，他向前逼近，把她抵在墙上动不了。“漂亮女孩。”他说着就要把嘴巴盖在她嘴上。她一躲，他把涎水沾在她耳朵上。

“住手，亚当先生。您不能这样。他们——他们会示众惩罚您。他们会流放您。”她闻到了他醉醺醺的酒臭味，希望自己可以屏住呼吸，“这是违反戒律的。”

“你有什么好在乎的？有什么好在乎的？你每天晚上都这样。”

“我没有。放开我。”

“跟你爸爸。你不知道那多恶心吗？”

一瞬间，瓦妮莎以为他说的是这场病。继而拿不准他在说什么。每个女孩都躺在她爸爸身下，尽管没人谈论这件事。就像抠鼻子或者挠屁股：没人公开谈论，但是你知道，在暗处，背着人，人人都做这些事。

他把手放在她身上拉扯，把她弄疼了。她深吸一口气，弯腰躲闪，跑到一边。瓦妮莎跑上吱嘎作响的楼梯，亚当先生怒气冲冲地在后面追赶。“走开！”她叫嚷着跑进爸爸妈妈的卧室，“别烦我！”

“凭什么？我凭什么不能得到我想要的？他就得到了。我太太死了。他太太活着。他得到了他想要的。”他伸手抓向瓦妮莎的裙子，她挣脱了。袖子撕裂了。她本该从前门跑出去，现在她才反应过来，她暗骂自己太笨了。

“那不一样！”她大声叫道。

“噢，不一样。”

“爸爸爱我！我爱他，我恨你！”这一次撕掉了一块裙布。

他用手拢着她的腰，一只胳膊拉着她贴在自己身上，另一只手解开裤子，浊臭的鼻息喷到她脸上。她使劲挣扎，用牙齿狠狠地咬他的胳膊，尝到了生涩的肉味。他大叫一声松开了胳膊。

“贱货！”他说着轻轻擦拭肿起来的牙印。瓦妮莎四下张望，一眼看见妈妈很久以前从儿童之夏带回家的一块石头，黑色石头上布满蓝色的纹路。亚当先生又向她扑来，她把石头扔出去，打碎了窗户。她用手掌抓着一块碎玻璃抡来抡去，割伤了亚当先生的肚子。

血珠从他的皮肤上渗出，他向后跌倒，神情惊讶得可笑。瓦妮莎又割了他一下，这一次血喷涌而出。他发出一声吼叫，嘶哑，含混，随即用两只肥大的手掌掐住了她的喉咙。

瓦妮莎透不过气来，她拼命把玻璃刺到他身上再拔出来，肥厚的皮肤连着下面柔软的血肉随之牵拉凹陷，让她战栗。他的手没劲了，他退后一步。她浑身热烘烘、黏糊糊的，他重重地跌坐在地。

爸爸突然出现在他身后。爸爸抡起一块长木头砸在亚当先生脑袋上。他回身搂住瓦妮莎，她还在挥着玻璃块不管不顾地乱戳。“瓦妮莎。瓦妮莎。瓦妮莎！”

她停了下来。爸爸的胳膊上布满了切口。玻璃割破了她的手掌，浓稠的鲜血顺着手腕蜿蜒流淌。“瓦妮莎，”他脸色苍白如纸，又叫了一遍。他走上去挨个儿掰开她的手指，取出玻璃片，把它小心地放在地板上，好像玻璃片是个活物。玻璃片上蒙了一层鲜血和球珠样的脂肪。“瓦妮莎，出了什么事？”

亚当先生抱着脑袋呻吟抽搐，爸爸理都不理。爸爸刚一松开怀抱，瓦妮莎就抓起玻璃片，用没有受伤的那只手把它捧在胸前，背靠着墙壁。“瓦妮莎，他伤害不了你。”爸爸说。她颓然蹲坐下来，深红色的玻璃片抓在滑腻的手中。

爸爸注视着她，又转向亚当先生，亚当先生忽闪着眼皮。“他脂肪太多，我想你没有给他造成多大伤害，”爸爸沉思着说。瓦妮莎听了很是惊讶，因为亚当先生躺在暗红色的血泊中。“瓦妮莎，你最好离开。”

“现在要怎么办？”她悄声问道。

“现在要把他放逐。他太太死了我挺高兴。”爸爸踢了踢亚当先生的肋骨，引出一声呻吟。

“要是——要是——”

“不会再有事了，瓦妮莎。我保证。一切都结束了。”

但她蹲在地上，手里依然攥着玻璃片。爸爸走上前去，把一只手放在她肩上，她尖叫起来。

他猝然后退，看了她一眼，走出了房间。她不知道自己喘着气蹲了多久，直到妈妈走进来。妈妈用胳膊搂着瓦妮莎，瓦妮莎松开双手，玻璃片掉在地板上。妈妈只好搀扶着瓦妮莎走出房间；她分不清上楼要从哪边走，地板忽左忽右，起伏不平。妈妈拖出破旧的锡桶生起火，火光倒映在水面上，像珊瑚的碎片。她烧了好几锅热水，直到浴桶热气腾腾。瓦妮莎跨进去，水太热，烫得很，她只好等一下再把另一只脚迈进去。她沉下去，水变成粉红色，她把手没在水下，感到一阵尖锐而清晰的刺疼，她咬着嘴唇呜咽起来。妈妈喃喃地说着安慰的话，用海绵温柔地擦着瓦妮莎的后背和脸蛋，把海绵里鲜红的血水拧到泛红的浴盆里。她又烧了一锅水，扶着瓦妮莎站起来，把她冲洗干净。海绵随着水珠滑过她的身体，瓦妮莎觉得自己像一条刚出生的小狗，清新，脆弱。

妈妈抬起瓦妮莎的胳膊，用海绵从腰部擦到腋窝，然后愣住了。瓦妮莎疑惑地看着她，妈妈赶快把她的胳膊放下来。瓦妮莎扭头又把胳膊抬起来，妈妈说：“现在不行，瓦妮莎。”几根细细的黑色毛发赫然出现在她眼前，它们破坏了她的胳膊与身体连接处的白皙光滑，好像肌肤长出刀剑在愤怒地胡乱劈砍。瓦妮莎颓然倒在浴盆里哭了起来。妈妈使劲搂着她，用裙子吸干粉红的血水。妈妈也哭了。

第50章

凯特琳

凯特琳在黑暗中醒来，她浑身发抖，骨头互相打架。雨下大了，这间旧棚屋残留的枯枝保护不了她。她想临时找点东西盖在上面，搭个帐篷——什么地方肯定有剩下的毯子——可是天色太暗，她眼前一片迷茫。

她躺在湿漉漉的沙子上倾听雨水的声音。终于，她冷得再也受不了，就站起来原地跑步。很管用。但她很快就累了。她深咳一声，声音很刺耳。她坐下来，把膝盖、胳膊肘和脚用躯干包裹起来，蜷缩成一团，不知道自己会不会死去。

她想起夏天时沙子热乎乎的，就用粗糙的指甲向下挖，想看看地表以下的沙子是不是暖和一点。没有。然后她想，要是能用湿沙子做件外套，它会比破旧的睡袍暖和点。她不知道怎么把沙子缝起来，但她兴冲冲地刨啊刨，只是偶尔停下来喘口气，咳嗽几声。终于，她把身体蜷缩在又深又冷的沙洞里，只把脑袋和双手露在外面，她又刮了些沙子填满身体四周的空隙。她还是很冷，但过了一会儿，不再发抖了，沙子沉甸甸的，感觉很舒服。她的脑袋一次次耷拉下来，她不确定自己是要睡着，还是要冻死了。她脑子里乱梦纷纷，思绪繁杂，光怪陆离的梦境穿插着短暂的清醒时刻。随后梦境变得凝滞，她的意识干脆从冰冷的沙子里和海滩上飘走了。

凯特琳听到有人叫她的名字，醒了过来。她的额头垂在沙子上，脖子生疼。凯特琳眯起眼睛抬头望着日光。有人站在她头顶上方，用女孩的声音说着话。刺眼的强光退去，原来是珍妮·所罗门，她睡袍外套了件大衣，一头红发像一团火焰，在凯特琳头顶降落。

“我找了你好几个钟头，”珍妮说，“你爸爸喝醉了，跌跌撞撞到处走，要大家去找你。”她模仿他含混低沉的声音，“我的女儿。我只剩下她了。我要好好补偿她。”

“你怎么知道我在这里？”凯特琳哑着嗓子说，尽量忍着咳嗽。

“我不知道。我刚才说的是我找了你好几个钟头。我想你也许藏在一个隐蔽的地方，躲在一块石头或者什么东西后面。

然后我想到了海滨，但我不知道你在哪里。就是这样，”珍妮耸了耸肩，“你要淹死了。”

“我不在海里。”

“是的，你在雨中。藏在沙子里，真是个藏身的好地方。你的头发看不出来。我差点没看见你，径直走过去了。”

“哦。”

“这里再没别人了。我想也许几个女孩会坚持下去，还在这里，偷偷活动。可是没有。你怎么在这儿？你妈妈死了我很难过。要是让我跟你爸爸单独在一起，我也会跑到这里来。”

她看着凯特琳，凯特琳没有说话。

“我给你带了吃的。”珍妮说着弯腰去捣鼓凯特琳没留意的一堆东西。她取出一块湿面包递给凯特琳。凯特琳把胳膊从沙子里挣脱出来，用牙齿撕咬面包，几乎没有咀嚼。她胃里一阵刺疼，就停下来咽几口唾沫，尽量不把面包吐出来。

“谢谢你。”她在一阵反胃过去之后说。

“我还带了毯子。毯子会打湿，但总比没有要好。你也许可以用来挡雨。”

“谢谢你。”

“我尽量天天来。妈妈会拦着我。不过我今天就偷跑出来了，我听说你失踪了。”

“外面有多少人？”凯特琳问，她嘴巴里又塞满了面包。

“外面只有那些生过病的人，”珍妮说，“他们不担心再次生病。许多人死了。太多了。也有女孩。孩子。”她脸上阴云密布，接着她猛地摇了摇头，从一边甩到另一边，仿佛为了驱散悲伤的迷雾。“我尽量不去想它，”她顿了顿，“孕妇最惨。我想她们都死了，至少大多数都死了。”

“太糟糕了。”凯特琳觉得自己好像该说点什么，却调动不起由衷的悲伤。自从凯特琳听说妈妈死了，她的情绪就变得灰暗、麻木，迟钝。

珍妮耸了耸肩。她浑身狂乱，耸肩和伸展腰身的动作都很突兀，过于剧烈。“有些人没有生病，他们还在家里。就像我们。大家什么时候可以出门？没人会告诉我。”

“你现在就出来了。”凯特琳说。

“我知道，但我不该出来，”她说，“我好像也不是要走进病人的房间……我不知道，我只是一定得出来。”

凯特琳点点头。

“没有多少粮食，耕作、烘烤或者做奶酪的人太少了。不过吃饭的人也少了。我不知道。也许我们都要挨饿。”珍妮又耸了耸肩，她的肩膀像受惊的鸟儿兀地上扬，又迅速落回原位。看起来像一阵痉挛的前奏。凯特琳突然响亮地打了个嗝。

珍妮吃吃地笑起来。“现在他们都能找到你了。”她说。

“我不想让人找到我。”

“也许你可以跟我回家。”珍妮若有所思地说。

“你爸爸会找你。也许他会允许你跟我们待在一起。你需要妈妈。现在我们当中失去妈妈的人太多了。游侠会想出办法来。有人说，他们会让夫妻配对。我不确定那样一定行得通。你能想象哪个女人愿意嫁给你爸爸吗？他会把她们切成两半。给，我给你带了水。你可以随便从哪户人家的雨桶里把它装满。”

珍妮递给凯特琳一个杯子，凯特琳一饮而尽。珍妮接过杯子放在沙子上。“里面很快就会装满雨水。”

凯特琳点点头。

“你能出来吗？”

凯特琳挣扎一下，摇摇晃晃站了起来。珍妮露出笑容。“我还怕你陷在里面出不来了。”

凯特琳摇摇头，拉过一块毯子裹在身上。毯子是湿的，粗糙扎人，但是很暖和。她轻轻叹了口气。

“我不喜欢你一个人留在这里。你何不跟我回家去？”

凯特琳使劲摇头。

“你担心发生什么呢？”

凯特琳撇了撇嘴，哭了起来。

“嗯，我会每天来看你。我们会想点办法，”她们同时叹了口气，“你还需要什么？”

凯特琳又摇摇头。

“你很勇敢，”珍妮使劲抱了抱她，凯特琳紧贴着她瘦骨嶙峋的肩膀，心里盼望她留下来。“我明天来看你。尽量挖个洞，用毯子垫好，再搜罗所有的东西盖在上面。”

晚上她试着这样做了，可是不管用。她在毯子里缩成圆球，睡得很差，醒来时双脚麻木，咳嗽得很厉害。凯特琳在原地等了一天，望着潮水涌来又退去，把沙子堆成各种细碎的形状。可是珍妮没有来。晚上，凯特琳醒过来，剧烈地咳嗽，吐出的痰液带着血丝。“珍妮？”她喃喃地说着，眯眼看见一个细瘦高挑的身影像舞动的火焰向自己走来。接着，妈妈用柔软的双手抚摸着她的眉毛，像清凉的水雾，凯特琳发出欣慰的叹息。

“妈妈，我梦到您死了。”她说。妈妈没有答话，继续用又凉又湿的手爱抚凯特琳的脸庞，直到凯特琳醒过来，摊开手脚躺在雨中，她身体发烧，孤单一人。

第 51 章

珍妮

珍妮在黄昏时分回了家，她浑身湿透，沾着沙子，脸色潮红。玛丽走过去打她，还没来得及抬起胳膊，珍妮就把她拉到一边，讲起她们必须收留凯特琳的事。玛丽迷惑地扬起脑袋，珍妮在房间里踱来踱去，把双臂举到空中，发出几声压抑的喊叫。“珍妮，”玛丽说，“珍妮，我搞不懂你。”

珍妮摇摇头打了个趔趄。玛丽起身奔向珍妮，珍妮热乎乎的身体战栗着瘫在她怀里。

“妈妈，”玛丽说，“我想珍妮病了。”

珍妮想表示抗议，可是时间停滞，拉长，像一缕青烟袅袅散去。她想说几句话，舌头却只是迟缓地推挤着沉重的空气。他们把一切停止，她昏昏沉沉地想，现在我可以走，来回前后。她为这句押韵的话笑了笑。她的身体像水做的，从玛丽怀里流泻，洒在地板上。

此后一切都发生得很快，一闪而过。她在爸爸怀里，被举向高而阔的天花板。玛丽的脸庞近在咫尺，模模糊糊，朦朦胧胧，就像有人把颜料涂在雨水冲刷的窗户上，然后突然把刷子拿走。她躺在床上，厚实柔滑的被单像几条活蛇缠绕着她的肌肤。一切都在摇摆抖动。有什么不对劲。她迟钝地想，接着，我病了。“妈妈。”她缓慢地说。妈妈向她转过身。

“别让玛丽进来。”珍妮急切地耳语，努力把每个字都吐得分明利落。她感到嘴巴没有知觉。她得悄声说话；她不想再挨鞭子。

“好的。”妈妈紧张地答应着，给珍妮脱掉湿裙子。妈妈用胳膊搂住珍妮，毫不费力地扶她坐起来，把一件暖和的睡袍兜头套在珍妮纤细的身上。

“您最好出去。”珍妮哑着嗓子说。

“你要是以为我会撇下你一分钟，就是个傻瓜。珍妮·所罗门。”妈妈干脆地说。珍妮胆怯地向后倒下，有点感动。妈妈的黑发也像玛丽一样油亮，一绺绺从顶髻上散落，珍妮恍惚中看见妈妈脸上的雀斑好像在动。

“妈妈，您的脸。”珍妮说。一块凉布敷在她疼痛的额头上。这是她此生最美妙的体验。清凉渗入她的眉骨，顺着太阳穴脉冲波似的流淌，冷却了她脑海中的漫天烈火。它切断了喉咙的酸涩，阻断了眼睛跳动和骨骼颤栗的疼痛。“谢谢。”她喘息着滑到意识之外。

第 52 章

瓦妮莎

瓦妮莎的手在愈合，妈妈为了让伤口边缘贴合，把它绑得很紧，勒得布条间的肉都鼓了起来。她让瓦妮莎定时把手伸到雨桶里，还给她喝苦味的茶，以缓减睡觉时的疼痛。妈妈说瓦妮莎的手再也不可能灵活如常，可能会终生疼痛，但也许除了缝纫，她应该能做女人要做的一切。瓦妮莎不喜欢缝纫，她不禁觉得，这个消息不啻是黯淡前景中的一线光明。

爸爸的两处刀伤得让编织工约瑟夫先生缝合，但爸爸告诉瓦妮莎，伤口不疼。她回答说，他得把肚子浸在雨桶里，他听了这话笑了。

几天后，游侠在爸爸的图书室开会。瓦妮莎习惯了游侠在自己家里集合，但此时他们宛如凶残掠夺的外来生物。她想到他们很不舒服地坐在地板上，靠在书架上，黑大衣把图书弄脏，就浑身发抖。

她只能想象，眼下，人都死光了，他们在想办法寻找出路。事实证明，好奇心比恐惧感更强大，妈妈一转身，她就悄悄溜过去偷听。

“田地会很肥沃，但没人种田了。”

“不，不是这样。好多农夫活了下来；我们只要把以前划分的小块农田拓宽就行。必要时我们要重新划分。”

“现在没人造纸了。只剩下一名雕刻工。我们损失了大量技艺娴熟的——”

妈妈发现了瓦妮莎，把她拉进厨房。只要妈妈干起活来浑然忘我，不再怒气冲冲地瞪着瓦妮莎，她就又悄悄溜出去偷听。

“鳏夫比寡妇多。孕妇都死了。我们得让所有人都结婚，可是女人不够。可以让少数几个男人多娶几个老婆，过去，只有第一任老婆生不出健康的孩子才允许多娶。我们要改变这种情况吗？”

一个鼻音很重的严厉声音。是所罗门先生？“呃，这是用不着对付河东狮吼的男人说出来的话！”

一阵笑声。

“让一些年纪大的男人去果实之夏。年轻男人可以多等一年。”

“我们从来不让年纪大的男人和鳏夫去参加果实之夏。理由很充分。那样会造成灾难。”

“而且也解决不了问题，我们不想让未婚的年轻男人四处浪荡。”

“要是我们能引入一些女儿已经长大的夫妻——”

“还记得几年前约瑟夫的事儿吧，新来的那户人家，她才八岁！”是爸爸的声音。

“眼下这种局面——”

妈妈在瓦妮莎后背猛拍一下，打发她回到房间，威胁说她要是再乱动，就要受到严重的惩罚。瓦妮莎等了一会儿，就又从妈妈身后跑向图书室。

“我们有了引入新家庭的空间。许多新家庭。这是个非同寻常的机会。”

“我们不希望一切骤然失去平衡。那个雕刻工亚当是个彻头彻尾的灾难，他们才只是一对夫妻。我们不能保证所有人都合适，如果他们人数超过我们……”

“亚当夫妇是个灾难，不过我们一代又一代引入的新家庭不全是那样。”

“雅各一家呢？”

“好吧，雅各夫妇不完美，但他们留了下来。我们需要人手。”

“先人来时带着十户人家。”

“我们不是先人！那边也没有先人的同类可供选择。”

“很多人同时到来，知识会传开。现状无法维持，如果我们一半人——”

“不到一半。”

“是的。听他说下去。他们同时从外面进来，我们能说服他们不在私底下谈论荒野吗？我们能防止内幕传开吗？”

“能。只要我们选对人。”

“他们有合适的女人吗？”

“女人都能教会明辨是非。”

“肯定教不会。看看我们的女儿们干了什么。那个珍妮·所罗门，她不仅领着她们离家出走去了海滩。你们知道她还秘密地布道吗？”

瓦妮莎心头一紧，疼得抽搐，她只好深吸一口气提醒自己，没人知道她在门外。

“怎么回事？”

“我女儿举止很奇怪，我从她口中逼问出来的。珍妮说，还有别的岛屿，她知道阿曼达·巴尔萨泽的事——我以为只有吉迪恩家那个女孩知道，没人信她的话。可是——”

有人长吐了一口气。“原来，她们是为这事去了海滩。我还以为珍妮·所罗门只是让她们相信，她们不需要父母。”

“原来是珍妮·所罗门。她是怎么知道的？”

“我不懂那些女孩怎么想得出这一招。一两年后，她们要成为下一波妻子。我们不能让她们到海滩去，逃离丈夫。这种事从没发生过。要不是疫病，她们还在那儿呢！”

“瞎扯，只要天气够冷，她们会爬着回来，哭哭啼啼地请求怜悯。那是一场游戏，现在结束了。”

“你说那是一场游戏？她们不肯听话！我把女儿打得那么厉害——”

“我搞不懂，你干嘛把所罗门家那丫头当回事。再过一年她就死了，要么结了婚。”

“是啊，我们会怕几个黄毛丫头？！怕她们向我们开战？！”一阵不自在的哄笑，夹杂着几声懊恼的叹息。

“疫病又怎么说？”一名游侠痛苦地问，“她们的忤逆从先人那里召来了疫病，比战争还糟。”

“谁知道珍妮一年后还会跟她们说些什么？她已经播下了怀疑和忤逆的种子。只有她年纪够大，能拼凑出真相。我说我们——”

“你低估了那几个大点儿的女孩，十三四岁的。我一直都说，我们应该早点把她们嫁掉。”

“先人说过——”

妈妈用手指使劲抓住瓦妮莎的胳膊，把她押到楼上推进房间，又拖了张桌子堵在门外。妈妈沮丧地哼了一声，坐在桌边缝缝补补。

瓦妮莎几次从门缝里偷瞄，看见妈妈不是打呵欠就是皱眉头，还看见她打瞌睡。终于，妈妈叹了口气把脸蒙在掌心。瓦妮莎悄无声息地钻出门，绕过妈妈，用双手和膝盖爬到楼下。

“很抱歉，詹姆斯，你票数不够，”詹姆斯就是爸爸，“我们需要新人。我们需要家长抚养没了爹妈的孩子！”

“只有十个孩子父母双亡，我们有足够多的家庭失去了孩子，可以收养孤儿。”爸爸坚持说。

“不管怎样我们必须补充存栏量。每年生出的缺陷儿越来越多，女人大出血——生出怪胎——有时就此死去。先人警告过我们，我们却置之不理。还记得菲利普·亚当写过疫病，疫病把牲口全部放倒，除非——”

“人不是山羊。”另一名游侠打断他的话。

“繁殖方法是一样的，我们已经好几代人自行繁殖，达到了承受极限。我们的繁殖开始出错。就我们所知，这场病本来是可以避免的。我们需要新鲜血液。”

“去他妈的新鲜血液，去他妈的繁殖。这是先人给出的信号，我们出了岔子，我们给大家定的标准出了岔子。现在，现在，丫头片子们的叛逆行为前所未见，她们提出危险的问题，你怎么会认为——”

“问题必须解决，先人用缺陷儿来——”

“詹姆斯，我们已经投过票了。已经做了决定。我们要引入新的家庭，找到多少就引入多少。”

“那么，”爸爸说，“我们的末日就要来了。我们为之努力的一切开始走向终结。”他的声音听起来苍凉疲惫。

“别犯傻了。”

“你们还记得我对亚当夫妇的看法吗，第一点，那人——”

“他企图对你女儿做的事情很可怕，但他没有得逞。他已经受到从重从严的惩治。”

“我不是这个意思。”

“我们需要你的帮助。我们不需要你的道理，我们需要你的帮助。”

“那么剩下的男男女女呢？”另一个声音说，“我们要给夫妻配对吗？”

“也许我们应该再给他们安排一次果实之夏。”

有人朗声大笑，另一个人咬了一下牙齿。

“我想最好——”

爸爸打断他的话：“我不相信你们不知道自己在干什么，这要冒多大的风险。”

“詹姆斯，很抱歉这么说，你是我们中间的薄弱环节，不能再这样下去了。”

一阵难以置信的长久沉默。瓦妮莎惊讶地张大了嘴巴。这时，爸爸阴沉地说：“你说什么？”愤怒溢于言表。

“你心太软。我们的决定、行动和秘密必须向你隐瞒，在既成事实之后才告诉你，你本该帮助我们的！你对阿曼达·巴尔萨泽事件的反应——”

“要是你们告诉了我，我们本来可以想出别的办法！”爸爸为自己辩护说，“她怀着孩子！她——”

“有时必须斩草除根。”另一个声音说。

“我们的所作所为要遵循先人的教诲。你要重新读一读菲利普·亚当的密诫——”

“我知道他的训诫。”

“那还犹豫什么呢，对这次——这次——反叛？你发现要处置约瑟夫家那女人时大吃一惊，还有阿曼达·巴尔萨泽和罗茜·吉迪恩……”

“她还是个孩子。”

“她会长成什么样的女人？等她长大成人，又有什么意义？”

“你都没把问题提出来跟我们商量，自作主张就去做了。”

“他做得对，呃，”另一名游侠说，“我完全没有异议，不过——”

“杀死一条咬人的狗不用迟疑。”前一位游侠厉声说。

“我同意，”一个低沉的声音说，“我们必须能够按照自己的判断采取行动。用不着什么事都开会，投票。”

“杀死一个孩子。”爸爸义愤地说。

一阵沉默，然后两个声音响起来，争夺话语权。声音高的赢了。“菲利普·亚当说——”

“我不管菲利普·亚当说了什么！”爸爸叫道。一阵震惊的沉默。

“詹姆斯，我们要做出改变，”那个鼻音很重的严厉声音说，“今年的事情下不为例。”

“疫病？”

“嗯，也包括疫病，”另一个人说，“如果引入新的家庭——”

“不是疫病。我们要……更好地落实戒律。再也不要让事态发展到这种地步。逃跑，不在父亲的指引下过日子，这样的女儿要从严惩治，要是屡教不改……也得斩草除根。”

“你认为她们的父亲不会在乎吗？”爸爸轻声问道。

“我认为她们的父亲会倾听和服从，不像那些丫头。我想，只要我们表明了对一切反叛的回应手段，女儿们也会倾听和服从。也许我们错在保守了阿曼达·巴尔萨泽、罗茜·吉迪恩等人的秘密。也许我们当初应该——”

“可是，对于丈夫、父亲，”爸爸说，“这些女人和女孩是他们心爱的人。要是这样做，你不认为男人们会——”

“他们，会，服从。”

“你的女儿……”

“我女儿怎么了？”爸爸悄声问道。

“你培养她的方式。我们压根不该让你留着那些书。”

“跟你收藏东西有什么不一样？”

“好啦，好啦，”一个安抚的声音说，“眼下的问题不是詹姆斯的图书室。瓦妮莎没有跑到海滩上。你们多少人能说自己的女儿也没有跑掉？”停顿片刻，有人叹息，有人尴尬地挪动双脚。

“这对珍妮·所罗门意味着什么？”又一个人问。

“问题总是回到珍妮·所罗门。”第三个声音敷衍地笑着说。

“唔，她的父亲——”

妈妈扇了瓦妮莎两个耳光，脸上露出遭到辜负和抓狂的神色。听到母女冲突的动静，里面的声音戛然而止。随后只听到有人窃笑，有人喃喃地表示关切。妈妈摇摇头，深吸一口气，把瓦妮莎推到桌前，逼迫她用发抖的手练习缝衣服，瓦妮莎做不到。

第 53 章

凯特琳

凯特琳等着珍妮回来，珍妮却始终没有回来。凯特琳不知道已经过了多少天。有时她想，大概只过了几个小时吧；有时又想，大概已经过了好几个星期吧。时间在她眼前拉伸变形，一片混沌。杯子满了，她把水喝掉。面包吃完了。凯特琳醒来时天色漆黑，她不能确定自己是每天晚上醒来，还是一个晚上醒来好几次。她止不住地咳嗽。

她知道正常人会站起来回家去。爸爸可能打她一顿，也可能不打她。她还可以去别人家。他们会让她进门，让她吃饭，把她擦干，派人去找她爸爸。

她知道自己能站起来，她练习过，时不时地练习，保证让自己还能站起来。她站起身，披着沉甸甸的湿毯子，把脚跺几下。再弯曲膝盖，钻回到沙洞里。她身体冰冷，脸上火辣辣的。她一阵一阵瑟瑟发抖。凯特琳渐渐喜欢上了身体冰冷的感觉。感觉洁净，清爽，新鲜。

她脑海中闪过许多念头，她进入梦乡，又清醒过来；有时，白日梦变成真正的梦。她梦见自己在学校，亚伯拉罕先生向她扔大头针。她梦见自己和妈妈在花园挖掘食人植物。她梦见长着硕大白牙的狗啃咬她的双脚。她醒来，咳嗽，吐痰；痰液是黑的，在月光照射下显得很亮。沙地上隐约传来小女孩们雀跃欢笑的袅袅余音，好像她们回家时把魂魄遗落在这里。

凯特琳的一生在她脑海中闪回，仿佛有人用手指一遍遍划过结霜的窗户，让画面浮现。她下定决心，假如人生能够重来，她要大声呐喊。她要像梦中的狗一样狠狠撕咬。她再也不要谨小慎微，战战兢兢。听到爸爸喊她，她要置若罔闻，绝不走过去。亚伯拉罕叫她的名字，她再也不要屏住呼吸，而是要大胆地开口讲话。她要跺脚，要喊叫，她要嗓门洪亮，身材高大。她要多吃饭，长到六英尺，然后逃之夭夭。

她沉入了幻觉。沉入幻觉无需恩威并施，软磨硬泡，而是像从高处落到低处那么轻易。

她大概三四岁，比她记忆中离地面更近。她向另一个小女孩伸出手。天气很热，不是岛上夏天的湿热，而是让人口干舌燥的炎热。她把嘴唇抿紧，觉得它们像两块干燥的画布。

她们的泥手碰到一起，两人的胳膊上留有黑色和紫色的掌印，还有昨天挨打后正在消退的黄色斑痕。她们的裙子美得令人窒息：这女孩穿着凯特琳只在斑斓的晚霞中见过的粉色衣服，点缀着艳丽的橘色花朵。刺绣精细得难以识别，好像布料本身印着图案。凯特琳低头看见自己一袭白衣，白得胜过她见过的一切布料，白裙子上印有小小的黑色单词，像忙碌的蚂蚁，可惜她读不懂是什么意思。

这女孩很面熟，笑脸上露出略带棕色的牙齿，亮晶晶的黑眼睛开心地盯着凯特琳的双眸。她看起来很瘦，差不多像珍妮·所罗门一样瘦，头发鲜艳闪亮。她们愉快地相视而笑，慢慢转起圈来。“环绕玫瑰树，”她们抑扬顿挫地唱道，“口袋里装满花束。”凯特琳听到爸爸对妈妈吼叫，但荒野的凯特琳并不烦恼。她已经习惯了。

“这是唯一的选择！”爸爸尖叫道，“这是我们唯一的选择！我不要留在这里！”

令人惊讶的是，妈妈声音洪亮地嚷了回去：“不！我不去！”

“灰烬，灰烬，”两个女孩唱着，“我们摔倒！”凯特琳像骨头散架似地摔倒在地。两个女孩为自己聪明伶俐而欢笑，她们满地乱滚，尘土沾在脚趾上，如丝绸般柔滑，点缀着石头渣，还有奇怪的边缘参差不齐的金属圈。她不知道这首歌是什么意思，不过没关系。重要的是转圈和摔倒。凯特琳抬头望着炎热的黄色天空。

这女孩坐起来，咳出湿痰，她把黑沫喷到掌心，说了句“又来了！”她们把奇怪的裙子掸干净，又转着圈吟唱起来。凯特琳笑了，她已经知道结尾用什么押韵了。

这时，她恍恍惚惚又回到了海滩，身体冻得瑟瑟发抖，比幻觉中的自己大了好几岁。她感到了失去那个女孩的痛苦，不管她是谁；周围一切都在燃烧，她却年纪虽小而勇敢无畏。

凯特琳摇摇晃晃地站起来，雨水变成了冰冷的钢针。她费力地喘着气，夜晚成为毒药，让她窒息。她知道，她短暂的生命走到了终点，一个渺小的生命，以一切标准看都很渺小。她知道，自己要做的事是一桩罪过，可她也想不出天上和人间有谁想让她改变主意。

关于下方的黑暗，她听过很多说法，听过太多说法，但她不认为先人会把她送去那里。她总是一丝不苟地听从吩咐，除了来到海滩——好多女孩来到海滩。而且她后来回了家。

她想，她的所作所为想必足以让她加入先人，升入天堂。

她想加入先人之列吗？也许还有别的地方可去。

她的脚麻了，走路有点趔趄。默默等待的海水温柔地拥抱着她。像一张安全的床，没人再打扰她。凯特琳弯下膝盖，沉到水中，又浮出水面。她的皮肤在风中冷得刺疼。她又滑入海水温暖的掌控，水流像温柔的舌头舔着她的肚子，她挺直身体走向深处。水没过了脖子，她屏住呼吸，把双脚从水底抬起，保持一动不动，好像她在飞翔。

第 54 章

珍妮

珍妮醒来时发现玛丽俯身趴在她床边，屁股坐在椅子上，头枕着珍妮的胳膊。“出去！”珍妮向她嘶吼，“出去！你不该在这儿！”

玛丽眨眨眼睛，打着哈欠，用困乏的眼神望着珍妮。“没关系，”她说，“妈妈说你没有生病。你不咳嗽，也没发烧。”想必玛丽说得对，因为珍妮的脸庞像太阳般温暖，贴在珍妮凉爽的胳膊上。

“不管怎样，还是出去吧。”珍妮怒气冲冲地说。玛丽反倒爬上床挨着她躺了下来，玛丽的肌肤柔软温暖，衣服干爽清洁。珍妮疲乏得无力抗拒。她迷迷糊糊睡着了。她醒来时玛丽还在睡，眼珠在珠灰色的眼皮下不安地转动。珍妮感到手脚凉得像冰棒。她怕自己吸走玛丽珍贵的体温，就歉疚地挪开身体，结果差点掉到床下。可是她又太冷，便再次偎依着玛丽睡着了。

妈妈端着满满一碗玉米糊走进来，珍妮醒了过来。“家里只有玉米。”妈妈气恼地说。

“她不会吃的。”玛丽说。

“嗯，她会吃的，她会吃得一口不剩。”

珍妮闻到了黏稠发酵的味道，在床上翻个身，背对着她们。

“珍妮。”妈妈说。

珍妮没有反应。

“先吃一口。”玛丽说着把珍妮闪亮的头发抚平。珍妮抓起玛丽的手，把它像小枕头一样放在自己脸上。

“你得吃饭，”玛丽说，“你要是早点吃饭，现在就不会躺在床上了。你就会活蹦乱跳，好端端活着。”

珍妮睁开眼睛，没有四下张望，而是瞪着墙壁。泪水汩汩从她眼里涌出，滴到床单上。“珍妮，”玛丽说，“珍妮？”

“都是你的错。”珍妮的声音很刺耳。

“我？”

“你们大家。你，你们大家。你、妈妈、爸爸、先人，还有那些规矩和秘密。只要愿意，你们都可以怪我，但这一切全都是你们的错。”

“珍妮，”妈妈说，“你得照这个世界本来的样子生活。绝食——”

“世界本来的样子，就是你们把它弄成这个样子，”珍妮嘀咕说，“别烦我。”

“你得吃饭，”玛丽坚持说，她把湿手从珍妮的颧骨下抽出，“你晕倒了，你在说胡话。”珍妮没有回答，“珍妮，吃饭很重要。”

珍妮又两眼无神地瞪着墙壁，目光扫过木板上的瑕疵，划痕、凹坑和节疤等。她把身体团起来，觉得浑身的骨头像一捆干柴，枝枝叉叉地戳着她。

“我要让你吃饭。”妈妈说。

“不，”珍妮低声说，“你做不到。”

“吃一点，”玛丽说，“好吗？你死了我怎么办？”她从妈妈手中接过小碗，歪了一下头示意妈妈出去。妈妈不悦地哼了一声，走了。珍妮感到玛丽用手指轻轻把一团玉米糊塞到她嘴里。她轻蔑地把它吐出来。

“凯特琳死了。”珍妮说。

“什么？你怎么知道？我没听说。”

“她死在水里。她在等我。”

"你怎么知道？"

"因为只有我知道她在哪里。孤零零在严寒中。我答应要去看她。"

"珍妮，"玛丽过了一会儿悄声说道，"珍妮，他们杀了她吗？"

珍妮摇摇头，"不"，她说，"是我杀了她。"

"可你在这里。你这些天一直在这里。"

"一点不错。"

玛丽把玉米糊碗放在膝盖上，不解地等着。终于，珍妮掀开被子，用发颤的胳膊支撑着费力地坐起来，瘦骨嶙峋的臀部杵到了玛丽柔软的身体。她脸庞苍白，微微发光，像房间里挂着一轮昏暗的小月亮。"玛丽，"珍妮轻轻摇晃着说，"要是我想去教堂，你能扶我去吗？"

春　天

第 55 章

瓦妮莎

昨天是学校里没人哭泣的第一天，瓦妮莎感受到这个变化的全部分量。自从学校复学，孩子们就常常在半空的教室里突然泣不成声。

大家先是为死者哭泣，为爸爸妈妈和兄弟姐妹哭泣。要哀悼的人太多，只选一位显得随意而无谓，就像从密密麻麻的蚂蚁山上除掉一只蚂蚁。悲伤袭来时，瓦妮莎也无法遏制地随大家一起痛哭。

接着，游侠把人们重新婚配。

丧夫或者丧妻并不稀罕。特别是鳏夫时时涌现，女人大出血或分娩死去，留下倒霉的男人束手无策，只好自己做饭，打扫卫生，抚养孩子。通常有一位母亲、姐妹或者婶婶欣然乐意照料鳏夫，尤其是如果她们本人不曾生育。但游侠鼓励再婚。罕有男人喜欢跟不能生育、被撇到一边的姐妹组成家庭，多数人热衷于寻找新妻子；对寡妇的需求很旺盛。求爱一本正经，十分友好，婚礼欢欢喜喜，玩笑不断。再婚组成的家庭偶尔有三四个孩子。这些乱糟糟的家庭很富有，往往招致涟漪般的嫉妒，哪怕夫妻很快失和，孩子们晚上在暗处疯狂厮打。

这一次，在疾病彻底终结后，游侠把全体丧亲者领到一块寒冷的田地，命令他们两两配对，在天黑以前结婚。

人们哭得浑身发抖。有些人死去的配偶还没有掩埋。游侠威严地杵在旁边，他们颤巍巍地、顺从地努力挑选自己认为最好的人选。几个男人为年轻漂亮的摩西太太打了起来，没人想要收粪人的寡妇、年老的亚当太太，她身上还能闻到户外厕所的味道。凯特琳的爸爸连面都没露。男人的数量比女人多，有几个男人落了单。

夫妻当时就地结了婚，接着马上谈判房屋事宜。现在有了空房子可供荒野来的新家庭居住。许多女儿有了新爸爸，她们放声大哭。有了新爸爸的男孩也很伤心。有些孩子看见陌生女人取代了妈妈的位置，哭得声泪俱下。连着几天，全体岛民似乎都在不停地哭泣，他们眼睛红肿，像溃烂的伤口不停地渗出水来。

亚伯拉罕先生的儿子死了，每次大家在学校里哭泣时，他都尽量不加入。但他眼里依然看得见泪光，让更多孩子抑制不住哭起来。

昨天，班上没有人哭。今天到现在为止也没有人哭。亚伯拉罕先生两眼无泪，他讲了一节算术课，接着又讲了树皮的多种用途。坐在瓦妮莎对面的艾米丽·亚伯拉罕心不在焉地抠着腿上的癣疥，瓦妮莎看见一滴浓血呈带状缓缓地从她的膝盖滴落到了脚踝。炭笔在石板上刮擦的声音简直让她受不了。

生活恢复了正常，瓦妮莎却反常地感到负疚。她终于可以出门了，死者的重量轰然降临在她身上，每多一个名字就在她身上多压一点重量，直至让她无法呼吸。莱蒂、弗丽达、罗茜、莉莉、凯特琳、汉娜——这些名字仿佛没有尽头。晦暗的悲伤再次倏然进入她体内，在地上流淌，从天空降下，把一切变得黯淡沉闷。孕妇连同体内的胎儿全死了。尸体太多，大多已经腐烂，空气中漂浮着发甜的难闻的恶臭，给瓦妮莎的肌肤裹了一层死亡的气息。她听说尸体太多，有的只好砍碎后从渡船上丢弃，以免庄稼田里腐尸累累。

现在，他们好像在假装一切都不曾发生过，这些不流泪的孩子。瓦妮莎担心他们会辜负死者，而大家距离死亡曾经近在咫尺。大家都脸色苍白，动作迟缓，半数孩子仍在咳嗽。瓦妮莎始终觉得疲倦病弱，其实她压根不曾生病。课间休息时，女孩们坐着不动。她们怔怔发愣，唉声叹气，依在余下的朋友肩头。渐渐地，瓦妮莎看得出来，小孩子在康复，像花朵在寒流袭击后重新挺直茎干。他们不再蔫头耷脑，而是变得健康，时时爆发欢笑，做游戏，大孩子用冷冷的目光一瞪，他们又羞愧地退回阴影当中。瓦妮莎似乎忽然成了大孩子中的一个。小孩子的笑声惹她生气，她精疲力竭，心如死灰，他们却大胆自信，很快恢复。

现在大家饮食都改善了。人们交换贮存物，有了兔肉、牛奶和浆果。每天放学后，瓦妮莎发现妈妈不是跟几个女人坐在厨房里，就是刚从别人家回来。家里，灰尘在角落里聚集，污渍在桌布上积累。大家都忙于互相安慰，没有人跟孩子说话。瓦妮莎确信，她们不知道该说什么。

爸爸也不在家，他去跟游侠开会、规划、密谋。要到秋天，他们才会把新家庭引入。爸爸说起“招募”，瓦妮莎不知道是什么意思。他总是很烦躁，有时气呼呼的，把本呵斥得直哭。前几天瓦妮莎看见妈妈腿上有一道淤青，想起了可怜的夭亡的凯特琳·雅各。现在凯特琳不在了，瓦妮莎记起她小小的勇敢举动，想到自己软弱无用，每次都会掉眼泪。

蕾切尔·约瑟夫回过身来抓挠肩膀，把一个折起来的纸条丢到瓦妮莎课桌上。她的姿势动作与莱蒂太像了，瓦妮莎愣了好半天，不确定自己是不是在做梦。瓦妮莎的手好了，留下一道皱起来的粉红色伤疤，但手指一动还是会疼。她笨拙地打开纸条，上面用小字写着“教堂，午夜，珍妮”。瓦妮莎盯着它，好像这几个字是乱码。她想起当初自己年纪尚幼、人们都活着时，一股兴奋的热流曾经贯穿全身。此刻，她只是生出一丝淡淡的好奇心。

珍妮没有回来上学，瓦妮莎知道她还活着。她认为他们已经放弃了教育珍妮，因为珍妮比谁都知道得多。她深深地思念珍妮。瓦妮莎躺在家里的床上，等待世界开启或者终结时，对那些梦幻岛屿想了很多。她好奇荒野会不会也是一座岛，一座大岛，岛上有从前世界的物资储备。她想知道自己能不能游到另一座岛上，有没有人试过。

也许珍妮会告诉她们。也许珍妮去了别的岛屿，所以她们才没见到她。也许她经常去别的岛屿，还把疾病带了回来。对于珍妮，一切皆有可能。

瓦妮莎数月以来第一次感到振奋，她忍不住发出了快乐的叹息。趁亚伯拉罕先生不注意，蕾切尔扭过头来，似笑非笑。瓦妮莎也向她微笑，期待自己脸上绽放笑颜，却只觉得表情冰冷而陌生，脸颊很疼。这时热泪涌上眼眶，她皱着脸把头埋在课桌上。

第 56 章

瓦妮莎

珍妮看起来像某种昆虫，中间瘦，腿细长，眼睛又大又黑。她下眼睑的黑眼圈很严重，瓦妮莎怀疑她挨过打。她的头发依然闪亮，辫子生气勃勃地垂在背上。玛丽犹豫地站在旁边，面朝珍妮，向她伸出胳膊，仿佛等她落入自己怀里。

她们人太少了，比瓦妮莎料想的还少。许多女孩一定是脱不开身，还有许多女孩死了。到场的女孩奇怪地错落站立，隔开距离，好像给那些本应到场却埋在地下，或者一块块漂在海里的身体留出空位。

珍妮迈步走上讲坛。微弱的光线照在她头顶的几绺散落的头发上，头发又细又脆，垂在她胳膊上，让她沐浴在金光中。“你们来过这里，”珍妮静静地说。玛丽附耳跟她说了句什么，她提高了嗓门，“这是你们最后一次来这里。我是说，为了我。谢谢你们。”

女孩们不安地动了动，在黑暗中互相对视。

“我只是想说，我认为一切都是谎言。”

“什么是谎言？”卡罗琳·索尔咬着指甲说。

“灾难。没有发生过灾难。没有荒野。有人生活在那边，过着他们的生活。我们在这边。过着我们的生活。一切，他们告诉我们的一切，他们告诉我们的父母和祖辈的一切，直至祖先，全都是谎言。”

一阵长久的沉默。玛丽望着珍妮的眼神清楚地表明，这些话连她也是头一次听到。

“为什么？”罗达·巴尔萨泽问。

“因为他们能做到。”珍妮静静地说。

房间里再次鸦雀无声。瓦妮莎盯着天花板角落里的一抹暗影。如果她相信珍妮，她的生活就是个谎言。如果她不相信珍妮，她的生活就什么也不是。这本该让她愤怒，这曾经让她绝望和恐惧，如今她太厌倦了，已经没什么感觉。

“我不确定，”珍妮说，“一切我都不确定。但我们不要再听什么信什么。我是说，不光是告诉我们的话。”

长久的沉默。“好了，就这些。”珍妮说着走了下来。她饿着肚子，四肢呈笔直的细线，昂首挺胸缓步走向台阶，好像从水中划过。玛丽站起来，两手抱胸，凄苦又骇然地望着珍妮离去。

“等一下。”瓦妮莎说，但珍妮继续往前走，转眼就看不见了。

第 57 章

珍妮

黑暗。死亡。燃烧。每一根神经末梢都在起火燃烧，松弛散落，然后伴着一声刺耳的噼啪声戛然而止，她的四肢变得沉重。珍妮不再是珍妮，而是沦为一堆色调深浅不一的白骨，堆在床上。

许多时刻她曾明亮发光，熠熠生辉，这是她的另一面，黑暗的那一面。在这个部分，她独自跪坐在黑暗中，任凭自己无可阻止地持续下沉，没入泥土，任凭黑暗填塞她的眼睛、耳朵和喉咙。她以前从来不曾探过这么深的地方，从来不曾感到如此绝望、寂静和沉重，石建教堂无休止地透过淤泥沉下去，直至它的压力足以把一个女孩化为齑粉。

她也许会活下去。她也许会死。两种结果都无所谓。她再也不会踩着脚后跟蹲在潮湿的沙子里，在小火堆上烘烤冰凉的白手指。一条湿淋淋的狗，身上沾满沙子，披挂着红黄白花的花环，她再也不会看着它开怀大笑。她再也不会在小孩子的环绕中睡觉，她们动来动去，喃喃低语，夜里在她身边挨挨挤挤。她再也听不到小女孩无休止地争论，敲开蛤蜊壳的最好办法是什么，怎么描述海水的颜色。她再也不会在荆棘丛生的灌木丛中睡觉，亲爱的玛丽的身体与她紧紧偎依。可她全不在乎。一切她都不再关心，一切。她身上关心的那个部分已经死亡，她累极了，不想努力让它复活。

此后几天，珍妮似乎在缓慢地死去，她欣然迎接死亡。她弓着身体，把黑色的尿液撒到床单上。她语速很慢，语无伦次，眼睛失去生机。她挨饿的身体变得迟缓，心跳时快时慢，忽断忽续，手指变得冰冷，青紫，刺痛。她呼出烂水果的刺鼻气味。她眼睛下陷，蒙着紫色和灰色的阴影。

玛丽安静而温柔地陪着她，算得上彬彬有礼。她小心地把颤抖的手指放在珍妮的肌肤上，迅速而轻柔地亲吻珍妮的额头，像鸟儿扇动翅膀。珍妮看得出来，玛丽想要发火，想要动怒、哭泣和嘶吼，又怕自己的怒气会形成一股气流，把珍妮裹挟，从生命进入死亡。所以玛丽默默地为她清理，给她换床单，还给她讲她们很久以前的童年往事，逗她发笑。

珍妮的灰眼睛闭上又睁开，睁开又闭上，没有意识，也没有规律。她把脸背过去不看营养滋补品。她听到玛丽对妈妈嘀咕，玛丽用手指蘸着蜂蜜放进她的嘴巴时，她已沉入半睡半醒的状态。她扭动一下，没有醒来，玛丽把手指拿走，她在睡眠中把蜂蜜吞了下去。此后几个小时，珍妮吃光了所罗门家储存的全部蜂蜜，蜂蜜蘸在手指上，她像沉睡中贪婪的婴儿吮吸着玛丽的手指。她醒来时目光无神，面如死灰，痛苦难当。

“我杀了凯特琳，”她对玛丽耳语道，“还有阿曼达，还有罗茜。”

“你没有杀人。”玛丽坚持说。

“嗯，我没有救她们。”她定定地瞪着墙壁，她的目光越过木板，看到了远处日渐聚积的黑暗。玛丽钻到干净的被子里，躺在她旁边，温暖的身体偎依着珍妮形销骨立的冰冷身体。

“你在教堂里说的话，”她在珍妮耳边低语，“是真的吗，珍妮？”

“我不知道，”珍妮说，“我什么也不知道。我想是真的。”

玛丽把头放在珍妮胸前，听到她心跳加快，又慢了下来。

“你……你还好吧？”

珍妮咳嗽着，虚弱地一笑：“不好。”

“我该做些什么？”

“在这里陪着我。”

近来，一切都沐浴在美丽的薄雾中，好像笼罩在灰色水面上的大片晨雾曲曲弯弯上了岸。滚滚烟雾让珍妮的视觉变得模糊。珍妮不时看见一只黑色翅膀在她的视线边缘忽闪。她确知家里没有鸟，却忍不住一再察看，转身眯起眼睛搜寻房间的各个角落，以防一群乌鸫从天花板上的新窟窿里蜂拥而至。她什么也没看见。

玛丽爬到珍妮身上，让她不再打颤。珍妮用冰凉的胳膊挽着她，喃喃地说：“我本想改变一切。”她的声音刺耳空洞。

“你做了。”

“我没有。我没做到。我被困住了。”

“那座岛。”

“不。”

在阴沉的夜色中，玛丽脸上似乎散发出柔和的光芒。如果有神存在，珍妮恍惚地想，我敢说神看起来一定很像玛丽。

玛丽睡着了，耳朵还贴着珍妮的锁骨，等她说些别的。早上她醒过来，珍妮四肢冰凉，一动不动。玛丽偎依着她。太阳升起来，她看见珍妮的脸部轮廓时而发青，时而发白，变化不定。玛丽没有动，直到阳光透过窗户洒进来，妈妈大叫一声。

第 58 章

瓦妮莎

自从与亚当先生那件事发生后，瓦妮莎就经常在噩梦中梦到血。血从亚当先生身上喷涌而出，洒满地板，像铺了一张光洁湿润的床单，如夏天般温热的液体涌起，淹没她的脚踝，沾湿她的衣物，舔舐她的腰间。它从天空的裂隙倾泻而下，把岛屿浇成红色，猩红的薄雾在清晨的大地上腾起。她喝水时发现嘴巴染了一圈深红，咸咸的浓血灌入喉咙。一天下午，她的大腿内侧沾上了斑驳的血迹。妈妈哭了，瓦妮莎却不觉得吃惊。这么多血，当然不可能只存在于梦中，它一定会找到路径，进入她醒来以后的生活。

从那天起，爸爸偶尔仍然到她的房间，爬上她的床，但只是谈话或者睡觉。瓦妮莎看得出来，妈妈不喜欢这样，有时她听到妈妈在门口侧耳倾听，或者踮着脚尖走进房间打量他们。妈妈的窥探似乎让爸爸觉得好玩，继而感到厌烦，早上，他避开妈妈的目光，故意顾左右而言他。

一天晚上，瓦妮莎尖叫着从憋闷的梦中醒来，感到喉咙里盘旋着一条血虫，它蠕蠕地滑向肺里。她咳嗽起来，躺在床上的爸爸给她揉背，喃喃地说着安慰的话语，她的呼吸变得舒畅。后来她安下心来，重又贴着他的胸膛躺下来。

“爸爸，”她耳语道，“我杀掉亚当先生时——”

“你没有杀掉亚当先生，”爸爸回答说，“我告诉过你。我们放逐了他。”

“那么，我把他割伤的时候。”

“嗯？”

“我忍不住想到亚当先生的孩子。”

“那个在妈妈肚子里死掉的孩子？”

“是的。”

“怎么了？”

“也许是个女孩。”

“唔，也许。”

“要是个女孩……”

“嗯？”

"亚当先生会对她做他想对我做的事情。"

"嗯，那就是另一回事了。"

"我想，假如我是亚当先生的女儿呢？"

"你就是个完全不同的人了，瓦妮莎。"

"也许。假如您生病死去——"

"我们吃了药。"

"好吧，假如一块大石头砸在您头上，妈妈只好改嫁，亚当先生——"

"妈妈绝不会嫁给他。"

"要是游侠让她嫁给他呢？要是只剩下他一个男人没结婚呢？"

"这样的事不会发生，我是说，大不了她成为第二任妻子——"

"没关系。我说的是，要是妈妈不得不嫁给亚当先生，我突然成了他的女儿怎么办？"

"你听我说，不会发生这样的事。"

"那样的话，那天发生的事情就会大不一样。他没有违反法律。我割伤他是我做错了。我会受到惩罚。他们可能会杀了我。"

"可是——"

“想一想这场疾病以后那些有了新爸爸的女儿们吧。”

“嗯，我希望他们都不像亚当先生。”

“说真的，谁也说不好。”

“你是什么意思？”

“谁也不知道一个人是什么样，除非他们在一起生活。”

“你认为关起门来，男人全都像亚当先生吗？我像亚当先生吗？”

“不像。可是我想，您愿意认为亚当先生是个奇怪的错误，是一件从没发生过的事情，我却说不准。”

“我不明白。”

“我一直在想这件事，”她顿了顿，“上一户新来的人家，在亚当夫妇以前，是雅各夫妇。”

爸爸沉默了。

“您知道雅各先生是个什么样的人。您得看到凯特琳，才知道雅各先生是个什么样的人。雅各先生随时可以娶个新妻子。那个妻子可能生个女儿。”

“我不认为他能活多久。他在用喝酒毒害自己。”

“要是荒野来的人全都像那样怎么办？”

“像什么样？”

“像亚当先生。像雅各先生。”

“不会的。”

“还记得那次您跟游侠开会吗？”

“妈妈说你在门后偷听的那次？”

瓦妮莎的脸微微红了，多亏黑暗中看不见，她接着说下去。

“如果我们带来的新家庭都像他呢？您说得对，荒野来人不可能全都像他，可如果想来这儿的男人都那样呢？”

“像亚当先生吗？”

“这不可能。”

“要是呢？要是我嫁给一个像他那样的人呢？”

“你在夏天结束时就结婚了。我们不会引入未婚男人。”

“您怎么知道亚当先生年轻时就是那个样子？您怎么知道雅各先生当年是个什么样的人？如果新来的人家不知怎的带来一股风气，把岛上的男人都变成那样怎么办？就像一种荒野病？”

长久的沉默。她深吸一口气，“要是——”

爸爸生气地说：“够了，瓦妮莎。我知道你很聪明，可你还是个孩子。”他从床上起来，懒得放轻脚步，通通地下楼去了。瓦妮莎屏着呼吸在黑暗中躺了很久。

第 59 章

瓦妮莎

“我们因死亡而窒息。”索尔牧师声音颤抖地说。他的妻子和两个孩子都死了，新妻子坐在前排，像脑袋挨过击打似的呆呆望着他。教堂重新开放已经好几个星期，他的感恩话语中渐渐多了些悲戚。“死亡让我们透不过气来。但我们还活着。没有死亡就没有新生，我们的岛屿已经新生。感谢先人让我们得救。

“可是，这一切为什么发生？可怕的瘟疫为什么降临在我们的社会？也许先人请上帝惩罚我们的罪孽。也许先人对我们不满意。

“看着我们大家，我能看到他们不满意的理由。我们已经偏离了他们。我们已经偏离了他们的憧憬和神圣性。我们用没用的知识把女儿们的思想固化，而不是利用宝贵的时间教她们成为父亲的安慰。妻子忘记了辅佐丈夫。我们让老人活得太久，过了盛年还活着，原因很简单，我们心太软。男人受到女人的言语摆布，受到妻女的言语摆布，她们身为妻女，拒绝服从男人的意愿。”

瓦妮莎偷瞄了玛丽一眼，身边没了珍妮高大的身影，玛丽似乎不再完整。她脸色发白，闭着眼睛，嘴唇一动不动。一只手无力地放在妈妈掌心，妈妈摩挲着，好像在努力让玛丽起死回生。

“随着新生迎来了重新开始的机遇。我们要让外人、让在灾难中幸存并怀着憧憬的家庭再来坐满长椅。我们可以借助他们重新开始。我们可以正确地教导他们。我们可以指引他们始终走在我们本该行进的方向。我们要净化他们身上附着的污秽。那是一个罪恶社会的废弃物，那个社会放火自焚，它烧啊，烧啊，烧得地上尸体横陈。”

“我们要自我净化。游侠要给我们做出表率。纪律要严厉无情。我们在做什么？不过是把破损腐烂的果实从收成中切除，让健康的果实生存和兴旺。我们在做什么？不过是遵循先人的旨意。”

游侠经常深夜来到瓦妮莎家里，她醒过来，隔着墙壁听到他们争论不休。第一天晚上，她悄悄下楼去偷听，在零星蹦出的激烈言辞中惊愕地听到了自己的名字。他们是察觉到了她的存在，还是随便说到了她？她没有把握，连忙跑回楼上假装睡得很沉，以防一大群游侠闯进房间讯问她。如今她吓得不敢偷听，只是躺在床上，听到男人们愤怒争吵的声音从楼下飘上来。

索尔牧师低下头。“我们必须为重生祈祷。”

一阵交织着赞同、不满和悲伤的嘈杂。瓦妮莎抽泣起来，坐在她周围的人们木然地面朝前方，好像他们是聋子，好像他们睡着了。

第 60 章

瓦妮莎

夜里，瓦妮莎感到爸爸走过来摇晃她。她其实没有入睡——她在半睡半醒之间想着珍妮·所罗门。他们说她体重很轻，她妈妈怀里抱着她走到田里，把她丢进土坑，她像羽毛一样飘起来。

时候不早了，瓦妮莎把毯子翻起来，躺下，像她该做的那样张开双臂，这时她想起来，已经不允许她再这样做了。

“不是，瓦妮莎，”爸爸说，“快起来。”

“什么？出了什么事？”

他已经退后了：“我要你拿几件衣服准备离开。”

“离开？”瓦妮莎坐了起来，“离开，去……”

“我没时间了。”他说着走了。月亮又圆又亮，她不需要点蜡烛。她在黑暗中收拾了几件衣服。这时，她吸了口气，把衣服丢在一处，又跑进了图书室。

“瓦妮莎。”爸爸说，他发现她抱了一摞书。他的声音很严厉，但她捕捉到他眼中闪过一丝温情。

“我穿妈妈的衣服。”她对他说。她近来长高了，身体重新排列组合，新模样又怪又丑。她现在穿妈妈的衣服应该合身了。

本和妈妈站在门口。妈妈怀里抱着个大包裹。“怎么回事？”瓦妮莎问妈妈，尽管她知道是怎么回事。

妈妈摇了摇头，撅了撅嘴又舒展开。

瓦妮莎看出来妈妈哭过。

“我要你们保持安静，”爸爸说，“尽量安静。要是有人醒过来，发现我们……艾琳，我来拿衣服。你抱着本。”

妈妈一言不发把衣服交给爸爸，弯腰把闹腾的本抱在怀里。她把头贴在本的脑袋上。爸爸打开门闪了出去，一家人跟着他稀稀拉拉地排成一队。瓦妮莎怀里的书很沉，但她一本也不肯丢掉，两只胳膊发酸，继而发麻。她那只结了疤的手疼得很。他们经过亚伯拉罕家时，她意识到自己没有穿鞋，双脚冰冷刺疼，像针扎一样。除了继续往前走，他们别无选择。

他们到了渡船处，瓦妮莎睡意朦胧的头脑陡然清醒，对即将发生的事情恍然大悟。她的心跳到了嗓子眼，她使劲咬着嘴唇。爸爸走向摆渡人，悄声说了些什么。摆渡人没有动。爸爸转身示意他们上船。

瓦妮莎麻木的双脚踩到平坦的木板上。甲板很凉，很粗糙，布满灰尘。瓦妮莎弯腰把书放成一堆。她直起身来，摆渡人正盯着她看。他帽檐下的眼睛像两汪黑色池塘，她移开了视线。

“你跟什么人说过吗？”爸爸询问摆渡人，后者只是凝视着他，轻轻摇摆一下，“他们问过你什么吗？”摆渡人耸了耸肩膀看向别处，伸手拿过长篙投在水中。

他们驶离海边时，本哭闹起来，妈妈给他唱了一首短歌。爸爸眺望着水面。

岛屿看不见了，摆渡人拉了拉绳子，筏子下方传来一声可怕的低吼。瓦妮莎哆哆嗦嗦地抓起妈妈的手，摆渡人兀自无声地笑了。“没事，”爸爸说，“一直都这样。”一条瀑布从筏子后方奔流而下，他们开始加速前进。瓦妮莎眼望天边，看见灰色的天空变成粉色。她盘腿坐着，望着水面向后退去。

爸爸蹲在她旁边。“我这么做是为了你，瓦妮莎。”他说。

“您这么做，是因为您说不准接下来要发生什么，”她回答说，眼睛没有看他，“您假装是为了我，其实是因为他们不听您的。”

一阵沉默。他说：“你不明白。”

“嗯？”

“他们本来打算烧我的书。现在还这么打算呢。我不能眼睁睁地看着一切发生。就好比眼睁睁地看着我的家人被火焰吞噬。我看见你随身带的东西，你不知道我心里多么骄傲。”

瓦妮莎静默片刻，想象爸爸的图书室陷入火海，美丽的文字和图片化为灰烬：“您离开是为了保住书？”

“不是，”他不说话了，然后叹了口气，“我离开，是因为我担心他们有朝一日也许想杀了你。”瓦妮莎听到妈妈猛吸一口气，她抬起头，看见妈妈用胳膊紧紧搂着本杰明，好像只有本杰明能拯救妈妈免于溺亡。

瓦妮莎伸手捏了捏爸爸的掌心，只持续了一瞬间。他想用手指包裹她的手掌时，她把手抽了出来。她眯眼瞧着灰色的早晨，想起去年夏天她曾在最高的树上眺望，当时，这座岛屿多么美丽啊。

终于，她看见了地平线的尽头：阳光照耀，大地一片光明。他们走近时，她看到一些人影在动。一切都在火焰中烧得亮亮堂堂，摇曳的微光勾勒出黑色的剪影。她分不清是荒野在永恒的火焰中燃烧，还是太阳升起，照在人们身上，在背后形成光晕。

致　谢

首先要感谢我的中学老同学卡伦·西格尔（Karen Siegel）读了我的小说片段并给出宝贵的反馈。布赖恩·梅拉米德（Bryan Melamed）和克里斯托弗·布朗（Christopher Brown）也做了有益而精辟的评论。

我在这个领域没有经验，但我可以毫不夸张地说，桑福德·J. 格林伯格协会（Sanford J. Greenburger Associates）的斯蒂芬妮·德尔曼（Stephanie Delman）是世界上最好的文学代理人。衷心感谢你的支持、指导和奇妙的创意，感谢你实实在在地让我梦想成真。

我也很荣幸让卡丽娜·吉特曼（Carina Guiterman）担任我在美国的编辑。卡丽娜，我非常感谢你打磨情节和文字的惊人技巧。感谢你让我的小说比交稿时好了一百倍。我也感谢小布朗（Little，Brown）出版公司的其他诸位帮助我顺利出版这本小说。

Tinder Press 的利娅·伍德伯恩（Leah Woodburn）是我在英国的编辑和卡丽娜大洋彼岸的合作伙伴。谢谢你精准的观察、绝妙的点子和独具见地的点评。谢谢利娅同事们的帮助和贡献。

我的文字编辑德博拉·P. 雅各布斯（Deborah P. Jacobs）拥有精准的判断力和敏锐的头脑。谢谢你运用专业知识处理我的小说，捕捉到了我的一切疏漏。

感谢桑福德·J. 格林伯格勇敢无畏的国际版权主任斯蒂芬妮·迪亚斯（Stefanie Diaz）把我的书介绍到全新的地区。

感谢海伦妮·韦克（Helene Wecker）百忙之中抽时间阅读我的手稿。甜点马上就来。

感谢我的两条柴犬、两位缪斯女神莫莉和恩伯，它们虽然不识字，但它们始终不渝的支持仍然值得认可。

最后，衷心地感谢我的船长、知己和真爱克里斯。明年我们去帕劳。

图书在版编目（CIP）数据

岛上的女儿们 / (美) 珍妮 · 梅拉米德著 ; 梁卿译 . -- 北京 : 北京时代华文书局 , 2018.8

书名原文: Gather the Daughters

ISBN 978-7-5699-2423-7

Ⅰ . ①岛… Ⅱ . ①珍… ②梁… Ⅲ . ①长篇小说－美国－现代 Ⅳ . ① I712.45

中国版本图书馆 CIP 数据核字 (2018) 第 111762 号

北京市版权著作权合同登记号　图字：01-2018-0632

Jennie Melamed

Gather The Daughters

岛上的女儿们

DAOSHANGDE NÜERMEN

作　　者 | [美] 珍妮 · 梅拉米德

译　　者 | 梁　卿

出 版 人 | 王训海

策划编辑 | 韩　笑　黄思远

责任编辑 | 周海燕　韩　笑

封面设计 | 刘　伟

责任印制 | 刘　银　范玉洁

出版发行 | 北京时代华文书局 http://www.bjsdsj.com.cn
北京市东城区安定门外大街 136 号皇城国际大厦 A 座 8 楼
邮编: 100011　电话: 010 - 64267955　64267677

印　　刷 | 固安县京平诚乾印刷有限公司 0316-6170166
（如发现印装质量问题，请与印刷厂联系调换）

开　　本 | 880mm×1230mm　1/32

印　　张 | 14

字　　数 | 232 千字

版　　次 | 2018 年 9 月第 1 版　　2018 年 9 月第 1 次印刷

书　　号 | ISBN 978-7-5699-2423-7

定　　价 | 59.00 元